बकुर नारायण

जिंदगी XXL

बकुर नारायण

जिंदगी XXL

अभिषेक मनोहरचंदा

प्रभात
पेपरबैक्स
www.prabhatbooks.com

प्रकाशक

प्रभात पेपरबैक्स

4/19 आसफ अली रोड, नई दिल्ली-110002

फोन : 23289777 • हेल्पलाइन नं. : 7827007777

इ-मेल : prabhatbooks@gmail.com ❖ वेब ठिकाना : www.prabhatbooks.com

संस्करण

प्रथम, 2019

मूल्य

दो सौ रुपए

अ.मा.पु.स. 978-93-5322-690-9

मुद्रक

आर-टेक ऑफसेट प्रिंटर्स, दिल्ली

———— ★ ————

ZINDAGI XXL

Novel by Shri Abhishek Manoharchanda

Published by **PRABHAT PAPERBACKS**

4/19 Asaf Ali Road, New Delhi-110002

ISBN 978-93-5322-690-9

₹200.00

यह उपन्यास उन तमाम लोगों के लिए है
जिन्होंने अपनी जिंदगी में कभी–न–कभी
किसी मोटे आदमी का मजाक उड़ाया है।

न पढ़ा, न लिखा, न कुछ सीखा, वो अब खोटा हो गया।
उसकी जीभ हर पल लपलपाई, वो बेचारा मोटा हो गया।

आभार

विचारों के बीज से उगे इन चंद पन्नों के आने की वजह—

सबसे पहली वजह, श्री मनोहरलाल शर्मा और श्रीमती चंदा शर्मा… मेरे माँ-बापू—हौसला, जुनून, ताकत, विचार, मैं तथा मेरा हर अच्छा काम, सबकुछ इन्हीं का दिया तोहफा है।

दूसरी वजह, दोस्त, प्यार और रंगमंच—दोस्तों ने वो हर चीज सिखाई, जो शायद जिंदगी जीने के लिए आज सबसे ज्यादा जरूरी मालूम पड़ती है। पहले सिर्फ जीना आता था, लेकिन मस्ती में जीना इन नवाबजादों ने सिखाया—लक्की, राहुल, नवीन, प्रफुल्ल, संजय 32, दीपक, विपिन।

प्यार में और कहानी लिखने में एक कॉमन बात है, दोनों में एक समय ऐसा आता है, जब इनसान मुरीद हो जाता है। जिस कहानी ने मुझे सोचने पर मजबूर किया, आपके हाथों में पुस्तक रूप में है और जिस चिंकी ने, जिस पगली ने, जिस परी ने अर्थात् जिस शालिनी ने मुझे प्यार में पागल किया, उसका हाथ अब ताउम्र मेरे हाथो में है।

और मेरा प्यारे मेरी परिवार, मेरी जिंदगी के सबसे अहम हिस्से मेरी दादी संतरा शर्मा, दादा स्व. श्री बंसीलाल शर्मा, मेरा समर्थक, मेरी जरूरत मेरा भाई जीतू शर्मा, मेरे जैसी उलटी-सीधी मस्ती करने वाली मेरी भाभी बहिन रानू बेन, मेरी भतीजी, दुनिया के सारे अच्छे इनसानों का जो निचोड़ निकलेगा, वह सुत्तड़ (रूही शर्मा) जैसा होगा। सल्लू, कृष्णा, किशन, पूजा, प्राची, तनिश हम सब भाई-बहिन जब भी मस्ती की पाठशाला ऑर्गनाइज करते हैं तो यकीन मानीए, हम सब उसमें टॉप करते हैं। इन सबसे मेरा प्यार ऐसा है कि इनसे मिलते ही मेरे अंदर की ऊर्जा और मेरे अंदर की मस्ती चार गुना तक बढ़ जाती है। मेरे चाचा—दिलीप शर्मा,

अशोक शर्मा, चची—इंद्रा बेन, गायत्री देवी… सबसे छोटू भतीजा काव्य।

वह रंगमंच, जिसने मेरे दिमाग पे लगे ताले को खोलकर सैकड़ों, लाखों विचारों को अपने दिमाग में पैदा करने की कला को सिखाया। नेपथ्य नाट्य समूह और उसके साथियों को भी मैं हृदय से अपने इस मुकाम तक पहुँचने की वजह मानता हूँ—गौरव साध सर, इदरीश सर, अमित, जैक, नितिन, सौरभ, सागर, सिद्धार्थ, रोहित, हर्ष भैया, विजय, स्व. चंद्रहास तिवारी सर।

तीसरी और सबसे जरूरी वजह अर्पित वगेरिआ, ये वे इनसान हैं कि अगर मैं यह कहूँ कि यह जो पुस्तक आई है—ये इनसान मेरी जिंदगी में आए सिर्फ इसी वजह से आ पाई है तो यह बात बिल्कुल गलत नहीं होगी। इन्हीं की तरह कुछ और मुंबई के साथी—वंकुश भैया, सौरभ नायर, प्रदीप तथा मुझे स्क्रिप्ट राइटिंग के सबसे जरूरी गुर सिखाने वाले मेरे टीचर फिल्म राइटर मिस्टर दिलीप शुक्ला सर।

सबसे अंत में बस इतना कहना है कि यह पुस्तक मैं अपने उस भाई को समर्पित करना चाहूँगा, जो हमसे बिना इजाजत लिये इतनी दूर जा चुका है कि चाह के भी मैं अपनी यह खुशी उसके साथ नहीं बाँट सकता। चंद्र शेखर आजाद की तरह बेबाक जिंदगी जीने वाला मेरा भाई स्व. चंद्रशेखर शर्मा।

1

'जय महाकाल' के नारों से गूँजती महाकाल की इस नगरी में अभी कुछ देर पहले एक और आवाज की गूँज उठ रही थी, एक आदमी की···, सरकारी अस्पताल के बेड नंबर 9 पर 130 किलो वजनी असुखद आदमी अपनी आँखें मूँदे लेटा है—बकुर नारायण पांडे। बस अभी 3 मिनट पहले ही इसकी आँखें बंद हुईं। चीख और चिल्लाहट के बीच दिए गए डॉक्टर के इंजेक्शन से कहीं ज्यादा दर्द था उस पल में, जो बकुर के साथ ठीक अभी 5 मिनट पहले घटा। बकुर के शरीर का एक-एक अंग बेचैन था, पैर जमीन पर, दिल छाती में और खून शरीर में रुकने को तैयार नहीं था। पैर के अँगूठे से लेकर माथे तक एक-एक नस फूल चुकी थी। धड़कनों की धड़क बाहर तक सुनाई देने लगी थी। पहली बार उसका यह अखरोट जैसा दिमाग मानो बस अब फूटने वाला था और सीने में बैठा हृदय लगभग टूटकर धीरे-धीरे अब बिखर रहा था।

मैं जो इन सारी बातों का बखान कर रहा हूँ, कौन हूँ? यह भी बताऊँगा, लेकिन इस शुरू हो चुके सफर के अंत में बस इतना जान लीजिए कि बकुर के पैदा होने से लेकर आज इस अस्पताल के बेड तक, हमेशा मैं उसके बहुत करीब रहा हूँ और कई बार तो उसे पता भी नहीं होता कि मैं उसके आसपास ही या उसके बहुत करीब हूँ। इस किताब के पन्नों के पैदा होने की वजह बकुर नारायण पांडे है, उसके शरीर का बेडौल आकार है, उसका वजन है, उसका असाधारण होना है, उसका लोगों द्वारा मजाक बनाना है, उसका खुद में विश्वास न होना है···कहते हैं, कोई इनसान जब आम इनसानों से किसी भी मायने में अलग होता है तो या तो वह आदर्श बनता है या फिर उसका सिर्फ मजाक बनता है और बकुर का तो लोगों के साथ-साथ किस्मत और परिस्थितियों ने भी भरपूर मजाक बनाया।

आज से ठीक 32 साल पहले 21 जून, 1980 को ठीक इसी तरह बकुर की माँ हॉस्पिटल के बेड पर थी, बकुर का जन्म होने वाला था। माँ दर्द से चिल्ला रही थी, माँ के पेट में होने के बावजूद बकुर के कानों में बाहर से आ रही कुछ आवाजें पड़ रही थीं।

"अपना वो हरिप्रसाद नहीं था, छह बीघा खेतवाला¨ कल मर गया वह।" बकुर के मामाजी ने बाहर बैठे चार-पाँच रिश्तेदारों के बीच में बात रखी।

"तो वो थो भी तो कितनो मोटो, चलनो-फिरनो तो दूर, जहाँ बैठ जातो, वहाँ से उठ ही नहीं पातो थो।" बकुर की मामीजी ने घूँघट में रहते हुए मालवी भाषा में ही बोली।

"मोटे और बीमार आदमी पर यमराज की गाढ़ी नजर रहती है।" मामाजी ने गुटखा चबाते हुए कहा।

"अरे भाईसाहब, आजकल मोटापा बहुत बड़ी परेशानी है, मेरा भतीजा सिर्फ 16 साल का है, लेकिन 85 किलो का है, वो दिन भर बाजार की अटरम-शटरम चीजें खाता रहता है। जिन लोगों के मुँह ज्यादा खुले होते हैं, उनके पेट भी जल्दी फूले होते हैं, यह हाल है मोटापे का!" अस्पताल के बाहरी परिसर में ही स्ट्रेचर पर लेटे एक मोटे आदमी, जिसे ग्लूकोज की बॉटल चढ़ रही है, ने भी बीच में हिस्सा लेते हुए कहा।

"अरे, कोई भी खाने-पीने का ध्यान नहीं रखे, नकली खावे सब दिन भर, देखना, अपने पोते को कैसा असली घी खिलाके बड़ा करती हूँ मैं!" बकुर की दादी ने तंबाकू में चूना मिलाते हुए कहा, जैसे मानो उन्हें पता है कि पोता ही होगा!

"मतलब आज के जमाने में मोटापा इतना बढ़ गया है कि हमारे देश में हर पाँच में से एक आदमी मोटा है मान लो।" मामाजी ने अबकी बार वहीं कोने में गुटखा थूकते हुए कहा।

"लेकिन हम तो पाँच-छह लोग हैं, हममें से तो कोई भी मोटा नहीं है!" मामीजी ने कहा।

"मैं हूँ न!" स्ट्रेचर पर लेटे अनजान आदमी ने हँसकर, फिर से जबरदस्ती हिस्सा लेते हुए कहा।

"ये मुझे शरीर से कम, बुद्धि से ज्यादा मोटा लग रहा है।" मामाजी ने धीरे से मामीजी के कान में कहा।

"अरे त्रिभुवन, किसी को भेज के जगत से खबर तो बुलवा कि जमुना के

क्या हाल हैं? बेचारी वो भी नाजुक हाल में है!" दादी ने तंबाकू नीचेवाले होंठ में दबाते हुए कहा।

जगत नारायण पांडे, बकुर नारायण पांडे के पिताजी… जो कि इतने मुश्किल हालात में भी अपनी पत्नी के साथ न होते हुए जमुना की देख-रेख में थे।

"मनोज को भेजा है मैंने, आता ही होगा।" मामाजी ने गले में टँगे गमछे से मुँह पोंछते हुए कहा।

"पाँच कदम की दूरी पे घर है अपनो, लेकिन देखना वो पाँच घंटे लगाएगा आने में।" दादी ने 10 साल के पड़ोसी के बेटे मनोज पर ताना कसते हुए कहा।

"हे भगवान्! जमुना का ध्यान रखना, न जाने किस हाल में होगी वो!" दादी ने चिंतित भाव से कहा।

बस तभी अंदर से बच्चे के रोने की, यानी बकुर की आवाज आती है, डॉक्टर बाहर आते हैं।

"मुबारक हो, लड़का हुआ है!" डॉक्टर ने दादी से कहा।

"डॉक्टर साहब, सब ठीक तो है न, सबकुछ नॉर्मल है न?" मामाजी ने खिले हुए चेहरे से पूछा।

"सब नॉर्मल है, बस बच्चे का वजन 4 किलो है, जो नॉर्मल बच्चों से 1.5 किलो ज्यादा है और ये कोई घबराने की बात नहीं है।" डॉक्टर ने स्टेथोस्कोप को ठीक करते-करते बोला।

"अरे, तो 4 किलो का तो होगा न, उसकी माँ को मैंने 9 महीने देशी घी के पराँठे, सुबह-शाम ताजा दूध का गिलास, बादाम का हलवा, मिट्ठू लाल का मावा, फतियाबाद के गुलाब जामुन और भी न जाने क्या-क्या खिलाया है!" दादी ने बकुर के स्वस्थ और हट्टा-कट्टा पैदा होने में लगभग अपना नाम सबसे ऊपर दर्ज कराते हुए कहा।

तभी मनोज दौड़ता हुआ आता है, मामाजी के कान में कुछ कहता है और मामाजी वही बात दादी के कान में बोलते हैं और दादी के मन में खुशियों के नगाड़े बज उठते हैं।

"अरे, भगवान् ने इतनी ज्यादा खुशी का दिन बनायो है आज तो, हमारी जमुना ने भी बच्चे को जन्म दिया, मतलब गायत्री को बच्चा और जमुना को बच्चा दोनों लगभग एक ही समय पर पैदा हुए हैं।" दादी खुशी-खुशी सबको एक साथ सुनाती है।

जमुना बकुर के घर की भैंस का नाम है। ये थी बकुर की इस दुनिया में शुरुआत! जगत नारायण का बच्चा और एक भैंस का बच्चा दोनो दुनिया में एक साथ, एक टाइम पर आ चुके थे और ये दोनों खबर 'जगत नारायण के घर बच्चा हुआ' और 'उनकी भैंस को बच्चा हुआ', फैलते-फैलते अलग-अलग मुँह जब दूर तक जाने लगी तो ऐसी फैल गई कि 'जगत नारायण को भैंस का बच्चा हुआ।' कुछ न्यूज चैनलवालों से लेकर अखबारवालों तक के हॉस्पिटल में फोन आने लगे कि सच में हॉस्पिटल में किसी भैंस के बच्चे ने जन्म लिया है ? ये सारी बातें, सारे किस्से दादी बकुर को हमेशा सुनाती रहती थी।

□

2

दादी का पूरा दिन अब बकुर को खिलाने में बीतता था, कभी गोदी में, कभी कंधे पर, कभी अपनी खाट पर, कभी झूले पर। वैसे बुढ़ापा उम्र की वह सीमा होती है, जिसमें अकसर जीने का उत्साह मर-सा जाता है, लेकिन घर में आए बच्चे अकसर बूढ़े लोगों के फिर से जीने की वजह बन जाते हैं।

दादी बकुर के खाने-पीने का विशेष ध्यान रखती थी। हमेशा बकुर को शुद्ध देशी, ताकत वाली चीजें ही खिलाती-पिलाती थी। रोज सुबह जाकर गाय का ताजा निकलता हुआ दूध लाती थी और दिन भर पिलाती। अगर मच्छर के काटने से भी बकुर को रोना आता तो दादी फौरन दूध की बॉटल लगा देती। अगर गिरने-पड़ने पर भी रोना आता तो फौरन दूध की बॉटल मुँह पर आ जाती। एक साल बकुर को दादी का बहुत लाड़-प्यार मिला ।

दादी जितना खयाल बकुर का रखती, उतना ही कालू का भी रखती। कालू वो है, जो बकुर के साथ ही पैदा हुआ था, जमुना का बेटा। हमेशा घर के पीछे बरामदे में जहाँ जमुना और कालू बँधे रहते थे, वहीं दादी की एक खाट लगी थी। बस वो बकुर को वहीं हमेशा कालू के साथ खिलाती और कहती—

"देखो, तुम दोनों भाई हो, एक ही साथ पैदा हुए हो, कभी आपस में लड़ना नहीं।" ये सुनते ही हँसते हुए बकुर की हँसी अचानक रुक जाती और आँखें दादी पर टिक जातीं।

बकुर के पिता जगत नारायण रोज सुबह जल्दी उठकर अपनी कसरत-व्यायाम करते और नहा-धोकर महाकाल मंदिर जाते। वर्षों से वे उसी मंदिर में पंडित हैं। मंदिर का गर्भगृह सँभालने वाले पुजारी से जगत नारायण की अच्छी बनती है, इसलिए सुबह जल्दी जाकर भोलेनाथ के श्रृंगार में हाथ बँटाने का सौभाग्य भी

कभी-कभी प्राप्त कर लिया करते थे और उनके द्वारा किए गए श्रृंगार के दृष्टिकोण की प्रशंसा पूरे मंदिर प्रांगण में हमेशा होती और शाम को जब भी घर आकर नहा-धोकर पाठ करने बैठते, बकुर को भी गोद में बिठाते और कहते, "देखो, कितने ध्यान से सुन रहा है, पंडित बनेगा ये भी बड़ा होकर।" उनका यह नजरिया कुछ ही मिनटों में तब बदल जाता था, जब बकुर के गोदी में सू-सू करते ही वे कहते थे, "गधा बनेगा ये तो बड़ा होकर!"

दादी के लाड़-प्यार और कालू के साथ खेलते-खेलते बकुर कब 20 किलो का हो गया, पता ही नहीं लगा। उम्र में तो सिर्फ 5 साल का ही हुआ था, लेकिन अभी थोड़ा ज्यादा फूला-फूला दिखने लगा था। आसपास के लोग, मेहमान, रिश्तेदार जो भी आते, बकुर के फूले-फूले गाल इतने आनंद से खींचते, जैसे इनके मन को उसके गाल खींचने से मोक्ष की प्राप्ति होती हो!

दादी की उम्र की एक और बूढ़ी दादी रोज सुबह-सुबह जमुना का ताजा दूध लेने आती थी और बकुर को रोज गोदी में उठाकर पड़ोस की ही किराना दुकान से एक टॉफी दिलाती और टॉफी देने के बाद 2 बार गाल खींचकर उसकी कीमत वसूलती थी। कभी-कभी साथ में वह अपनी 5 साल की पोती, जिसे वह गुड़िया नाम से बुलाती थी, उसे भी लाती थी और जब तक उन्हें जमुना का दूध न मिल जाता, गुड़िया बकुर को ही घूरकर देखा करती थी। लेकिन थोड़े दिन बाद तीनों अच्छे दोस्त बन गए थे—बकुर, गुड़िया और कालू।

रोज सुबह-सुबह दादी जब जमुना और कालू को चराने के लिए लेकर जाती थी तो गुड़िया भी आ जाया करती थी। दादी बकुर और गुड़िया दोनों को जमुना के ऊपर बिठा दिया करती थी और थोड़ी ही दूरी पर एक मैदान में लेकर जाती थी, जहाँ की घास कालू और जमुना चरते थे और उस दौरान बकुर और गुड़िया भी घास तोड़-तोड़कर लाते और कालू से मस्ती करते हुए उसे खिलाते थे।

कालू जब थोड़ा बड़ा हो गया था तो बकुर की जिद पर दादी उसे कालू के ऊपर भी बिठा दिया करती थी। एक बार मैदान में कीचड़ था और कालू के गड्ढे में पैर रखने की वजह से वह लड़खड़ाता है और बकुर कीचड़ में गिर जाता है। बकुर की हालत देखकर गुड़िया बहुत हँसती है और बकुर कालू को बहुत डाँटता है।

एक दिन बकुर और गुड़िया दोनों जमुना के ऊपर बैठे होते हैं, जमुना मैदान में घास चर रही होती है, तभी चार-पाँच कुत्ते आकर जमुना पर भौंकने लगते हैं और जमुना अचानक डर के मारे भागना शुरू कर देती है, बकुर और गुड़िया भी

डरने लगते हैं, वे दादी–दादी चिल्लाकर आवाज लगाते हैं। जमुना कुत्तों से बचने के लिए पूरे मैदान में भाग रही है, उसके पीछे कुत्ते भाग रहे हैं और उनके पीछे एक पतला–सा डंडा लेकर दादी भाग रही है और उनके पीछे कालू भाग रहा है। चारों में से कोई भी नहीं रुकता। थोड़ी देर बाद जमुना और कालू दोनों मिलकर कुत्तों को सींग मारकर भगाने में कामयाब होते हैं। बकुर और गुड़िया को दादी नीचे उतारती है, पर दोनों का रोना बंद ही नहीं होता।

समय के साथ–साथ दोनों और भी बड़े होते जा रहे थे। बकुर और गुड़िया एक साथ स्कूल में पढ़ते थे, लेकिन बकुर अब भी वैसा ही था, किसी से कुछ नहीं बोल पाता था। शर्म उसका गहना था मानो, सबके सामने आने में घबराता था। उसे कोई मोटा बोलता था तो उसे रोना आ जाता था, पर वह पलटकर कभी जवाब नहीं दे पाता। लेकिन गुड़िया ऐसी बिल्कुल नहीं थी। क्लास में किसी बच्चे ने बकुर को मोटा कहा और उसे रोना आया तो गुड़िया उससे जाकर भिड़ जाती थी। पीठ पर दो चाँटे मारे गुड़िया ने और वह बच्चा रोने लगा। तब मैडम ने आकर गुड़िया को हाथ ऊपर करके खड़ा रहने की सजा दी। उस दिन से बकुर को गुड़िया और अच्छी व स्कूल ज्यादा बुरा लगने लगा था।

मन मार–मारकर पढ़ाई में कब बकुर पाँचवीं कक्षा में आ गया, पता ही नहीं लगा, और इससे ज्यादा यह पता नहीं लगा कि वह कब 20 से 35 किलो पर आ गया। अब बकुर क्लास के बाकी सारे बच्चों से अलग ही दिखाई पड़ता था, एकदम बड़ा शरीर सबकुछ फूला–फूला। इसलिए बकुर को अंतिम बेंच पर बैठना पड़ता था। प्रार्थना करते समय लगनेवाली लाइन में भी सबसे अंत में लगना पड़ता था और अब बकुर का मोटापा उसके लिए परेशानियाँ खड़ी करना शुरू कर चुका था। प्रार्थना करने के लिए खड़े होने पर कई बार पैंट फट जाती थी, कच्छे का रंग दिखने पर सब हर दिन वही बोलकर चिढ़ाते थे, "ए नीली चड्डीवाले···नीली चड्डीवाले।"

धीरे–धीरे स्कूल के शरारती बच्चों ने बकुर के अलग–अलग नाम रखना शुरू कर दिए थे—मोटे, गैंडे, हाथी, फुग्गे, जाड़िए···। रोना उसे अभी भी आता था; लेकिन अब वह अकेले में रोता था। इतने सारे नामों में से एक नाम गुड़िया ने भी रखा था; सिर्फ उसी नाम का बकुर को कभी बुरा नहीं लगा, वह नाम था···गुब्बारा। बकुर, आदमियों का गुब्बारा! इस क्लास तक बकुर उसी की वजह से आ पाया है। बकुर एक बात से परेशान था, क्योंकि उसका यह स्कूल सिर्फ पाँचवीं तक ही था

और उस समय पाँचवीं में बोर्ड परीक्षा हुआ करती थी। इसलिए यहाँ से पास होने के बाद फिर सब अलग-अलग किसी नए स्कूल चले जाएँगे।

परीक्षा होने के बाद गरमी की छुट्टी को भी दो महीने बीत चुके थे। जगत नारायण खाना खा रहे थे, दादी और गुड़िया की दादी दोनों साथ में स्कूल से बकुर और गुड़िया के रिजल्ट लेकर आते हैं। दादी कहती है, "जगत, तेरा छोरा तो फेल हो गया पाँचवीं में।" बकुर का पढ़ाई में मन कम लगता है, यह तो जगत नारायण जानते थे, पर इतना कम कि फेल ही हो जाएगा, यह आज जान पाए थे। उन्होंने खाना छोड़कर हाथ भी न धोते हुए पहले बकुर को धोना उचित समझा। गायत्री देवी और दादी के बीच-बचाव में बीच-बीच में थोड़ा ब्रेक जरूर मिल रहा था; लेकिन जगत नारायण नहीं रुक रहे थे। फिर गुड़िया की दादी भी आई बीच-बचाव में, तब जगत नारायण के हाथ रुके और बातों-बातों में दादी से पता लगा कि गुड़िया तो पास हो गई। मार खाने से ज्यादा बकुर को दु:ख इस बात का हो रहा था कि गुड़िया पास हो गई, अब वह दूसरे स्कूल में चली जाएगी और बकुर उसी स्कूल में रह जाएगा। पहले ही तो पढ़ने में मन नहीं लगता था, अब यह सुनकर तो पूरा उठ चुका था, रो-रोकर उसका बुरा हाल था; क्योंकि अब गुड़िया बकुर के साथ नहीं रहेगी। अब स्कूल में चिढ़ानेवालों से कौन भिड़ेगा, कौन बकुर का ध्यान रखेगा और अब कौन उसे बोलेगा—गुब्बारा, बकुर आदमियों का गुब्बारा?

□

3

एक मोटा सा आदमी अपनी पतलून का बटन लगाने की जद्दोजहद कर रहा है, लटकते पेट को बार-बार अंदर करने की कोशिश कर रहा है; लेकिन पतलून का बटन नहीं लग रहा। वह अपनी साँस जोर से अंदर खींचता है और जोर-जबरदस्ती से जैसे-तैसे बटन लगा लेता है। चेहरे पर एक छोटी सी सुकून भरी मुसकान आती है और चैन की पहली साँस लेते ही पतलून का बटन टूटकर नीचे गिरता है। बटन को उठाने के लिए नीचे झुकते ही अचानक उसके पीछे से चरररररर की आवाज आती है। पतलून पीछे से फट चुकी है।

ये गोल-मटोल आदमी कोई और नहीं, बकुर है, बकुर नारायण पांडे, जिसकी उम्र 31 और वजन 130 हो चुका है। समय आगे बढ़ता गया और समय के साथ-साथ बकुर का वजन भी बढ़ता गया। पाँचवीं के बाद बहुत कोशिश की पढ़ने की, दिल और दिमाग लगाकर जबरदस्ती पढ़ा तो आठवीं तक पहुँच ही गया, लेकिन 6 साल लग गए थे आठवीं तक पहुँचने में भी। तीन बार फेल हुआ तो स्कूलवालों ने भी हार मान ली, घरवाले तो बहुत पहले ही मान चुके थे। फिर पापा ने पंडित बनाने की कोशिश की, कई जगह की कथा और पाठ बिगड़े बकुर से; क्योंकि किताबें ठीक से पढ़ना सीखा नहीं था और मंत्र याद होते नहीं थे। पापा के कहने पर कुछ जगह पाठ किए भी, तो ऐसे किए कि लोग भक्ति में खोने की जगह बैठे-बैठे सोने लगे। दोष बकुर का ही था, क्योंकि जिस तरह वह पाठ पढ़ रहा था, इनसान क्या, अगर घोड़ा भी सुनता तो वह भी बैठकर सो जाता। बकुर के कारण जगत नारायण का भी कुछ जगह का काम छूटा। बकुर को लेकर वह हमेशा परेशान रहते और बकुर अपने इस मोटापे को लेकर परेशान, जैसे आज की यह फटी पैंट ही देख लो!

"मम्मी···मम्मी···मम्मी यह पैंट भी टाइट हो गई है; देखो, पीछे से फट गई

है।" पतलून हाथ में लिये बकुर ने माँ को दिखाई।

"दीवाली पर शहर में इतने बम नहीं फटते, जितनी महीने में तेरी पतलून फटती है।" गायत्री देवी झाड़ू निकालते-निकालते बोली।

गायत्री देवी के जवाब रोचक होते थे या तो वह अपने गरीबी में, अभाव में बीते पुराने समय की आज के समय से तुलना करती थी या इस प्रकार के हास्य से भरे जवाब देती थी।

"अब इसमें मैं क्या करूँ यार मम्मी, पतलून टाइट हो गई तो?" बकुर खुद को बचाते हुए बोला।

"बेटा, पतलून जैसी थी, वैसी ही है, तू और बढ़ गया है, अब तो तेरी कमर इतनी बढ़ गई है कि तू पाजामा भी बिना नाड़ा डाले पहन सकता है।" गायत्री देवी ने फिर से कहा।

"अरे यार, आप हमेशा मेरा मजाक ही उड़ाया करो।" बकुर नाराज होते हुए बोला।

"अरे, मजाक कर रही हूँ मैं।" गायत्री देवी ने तुरंत बकुर के सिर पर हाथ घुमाकर, लाड़ करते हुए बोला।

"हाँ, तो पैंट सिल दो जल्दी से पहले, मुझे आज थोड़ा दूर तक डाक बाँटने जाना है।"

"अभी कैसे कर दूँ बेटा, अभी तो घर के इतने सारे काम पड़े हैं? देश की सरकार को इतना काम नहीं होता होगा, जितना तेरी माँ को करना होता है। अभी दूसरी पैंट पहन ले, मैं दिन में सिल दूँगी।" गायत्री देवी ने थोड़ा रोज-रोज के काम से चिढ़ते हुए, सब्जी बनाते हुए कहा।

"अब दूसरी पैंट कहाँ है माँ, सब धोने की हैं।"

"तुम्हारे पास तो फिर भी इतने कपड़े हैं, हमने तो ऐसे-ऐसे दिन देखे हैं गरीबी के कि क्या बताऊँ! दो ही साड़ी थीं मेरे पास, जब शादी करके आई थी और पाँच महीने तक बस वो ही पहनी थीं मैंने। उसमें से भी एक तो ज्यादातर सँभालकर ही रखनी पड़ती थी, कहीं भी आने-जाने में पहनने के लिए।"

तभी जगत नारायण आ जाते हैं। वे रोज दिन में घर पर खाना खाने आते हैं।

"तू अभी तक गया नहीं काम पर?" जगत नारायण ने बाथरूम में जाकर हाथ-पैर धोते हुए पूछा।

"बस पापा, निकल ही रहा हूँ।" जगत नारायण के सामने बकुर की कभी

कुछ ज्यादा बोलने की हिम्मत नहीं हुई, इसलिए हमेशा छोटा सा जवाब देकर रह जाता था।

"ऐसे जाओगे बिना पतलून के?" पतलून बकुर के हाथ में थी, लगभग अर्धनग्न स्थिति में जगत नारायण ने देखते हुए कहा।

"नहीं।" बकुर फौरन अंदर गया, दूसरी पैंट पहनने के लिए।

"सुनो।" जगत नारायण हमेशा गायत्री देवी को ऐसे ही बुलाते थे।

"हाँ।" गायत्री देवी भी जानती थी कि यह शब्द घर में सिर्फ उनके लिए ही उपयोग होता है।

"इस रविवार को एक और लड़की देखने चलना है, साँवेर में।"

"हम्म!" गायत्री देवी ने सिर्फ इतना ही जवाब दिया।

"अच्छा, मैं जा रहा हूँ।" बकुर गायत्री देवी और जगत नारायण दोनों के पैर छूकर बोला।

"जय महाकाल!" जगत नारायण ने हमेशा की तरह कहा।

जगत नारायण किसी से मिलना हो, किसी से नमस्कार करना हो, किसी को विदाई देना हो, मन की शांति बताना हो, भगवान् को याद करना हो, खाने के बाद डकार लेना हो, हर बात में वे 'जय महाकाल!' का ही उच्चारण करते थे।

'जय महाकाल!' बकुर भी कहते हुए घर से बाहर निकल गया और अपनी साइकिल साफ करने लगा।

"क्या लगता है, ये लोग 'हाँ' करेंगे हमारे बकुर के लिए। इतनी सारी लड़कियाँ तो देख चुके हैं हम, कोई 'हाँ' ही नहीं करता?" गायत्री देवी ने गरम-गरम रोटी बनाते हुए कहा।

"पता नहीं, देखते हैं कल चलकर। बाकी महाकाल की मरजी!" जगत नारायण ने कहा।

"यह गिलास यहाँ किसने रखा?" शायद बीच में रखे गिलास को देखकर जगत नारायण ने पूछा।

"अरे, वह जूठा है।" गायत्री देवी ने बताया।

"किसने रखा जूठा गिलास? कहीं भी कुछ भी रखा रहता है, इन्हीं कारणों से घर में दरिद्रता आती है।"

"अरे, आप रोटी खा लो पहले, बाद में किच-किच कर लेना।" गायत्री देवी ने भी चिढ़ते हुए कहा।

"रोटी खा लो नहीं, भोजन कर लो बोला करो। हजार बार बोला, ब्राह्मण के घर रहते हो, अपनी जुबान तो ठीक रखो। रोटी कुत्तों को दी जाती है, गाय को दी जाती है, हम भी पशु हैं क्या, जो ऐसे बोलती हो हमसे?" ये बातें जगत नारायण हर रोज किया करते थे, शायद इसलिए कभी-कभी गायत्री देवी भी चिढ़ जाती थी।

अगर आज दादी होतीं तो जगत नारायण शायद इतनी ऊँची आवाज में नहीं बोलते, लेकिन दादी भी जमुना और कालू के बाद पांडे परिवार को छोड़कर जा चुकी थीं और बकुर को हमेशा यह लगता है कि वह आज भी ऊपर जमुना और कालू को साथ में ही रखती होंगी।

बकुर साइकिल साफ करके घर से निकल चुका था यह सोचते हुए कि रविवार को फिर से लड़की देखने जाना है। अभी तक 20-22 लड़कियाँ तो देख चुके हैं। और बकुर को सब याद है कि कैसे पूरा पांडे परिवार हर बार लड़कियाँ देखने साथ में जाते हैं और कैसे हर बार लड़की वाले मना करते हैं। कभी बकुर के घर के अंदर जाते ही बकुर के भारीपन पर आश्चर्य भरी नजर पड़ते ही, तो कभी नाश्ते की प्लेट सामने से उठाकर, तो कभी खिड़की से ही बकुर को नीचे से आता देख मना करने का मन पहले ही बना लिया जाता था।

इतनी बार रिजेक्ट हो चुका था, लेकिन फिर भी जगत नारायण हर रविवार को कैसे भी एक नई शादी योग्य लड़की का रिश्ता ढूँढ़ ही लाते हैं। उन्हें बकुर की शादी की चिंता इसलिए भी बहुत ज्यादा है, क्योंकि वह उनका इकलौता बेटा है और शादी की सामान्य उम्र के पढ़ाव को वह पार कर चुका है तथा पढ़ाई में बकुर आठवीं फेल, वह भी 3 बार। नौकरी कूरियर बाँटने की करता है, ऐसा घरवालों को उसने बताया है, असल में वह जो काम करता है, वह जगत नारायण कभी स्वीकार नहीं करेंगे; और जगत नारायण का बेटा यह काम करता है, यह बात जानकर तो उनके मान-सम्मान को, उनके मन को बहुत ठेस पहुँचेगी, क्योंकि वे एक प्रतिष्ठाप्रिय इनसान हैं; लेकिन इस काम के अलावा वर्षों से कोई और काम मिला भी नहीं, इसलिए मजबूरी में बकुर बस यही करता है, घर पर झूठ बोलकर।

एक किराने की दुकानवाला अपने कस्टमर को सामान दे रहा है और एक के बाद एक सामान की लिस्ट पूछते जा रहा है, तभी बगल वाली दुकान से आवाज आती है—

एक आदमी बोल रहा है, "ऊ ला ला, ऊ ला ला पर प्रैक्टिस करते हैं एक बार, चलो, वन...टू...थ्री..."

अचानक जोर-जोर से शादी में बजनेवाले बैंड की आवाजें आने लगती हैं, 'ऊ ला ला, ऊ ला ला' गाने की धुन बज रही है। ये आवाजें बैंड में इस्तेमाल होनेवाले सारे इंस्ट्रूमेंट्स, जैसे—बास, बाजा, तुरतुरी, रणमुरली की मिली-जुली हैं, जो कि किराने वाले के कान में बिल्कुल वैसे चुभ रही है, जैसे पैरों में काँटा, किरानेवाला जोर-जोर से ग्राहक से चिल्लाकर सामान के बारे में पूछ रहा है, लेकिन ग्राहक का जवाब उसे कुछ समझ नहीं आ रहा है। उधर बैंड की 'ऊ ला ला, ऊ ला ला' आवाज और तेज होती है। किरानेवाला अपने बाल नोचने लगता है और गुस्से में दुकान से बाहर निकलता है और बगल में जहाँ बैंड बज रहा है, वहाँ जाता है।

"ऐ मोटे! बंद कर यह।" उसने बकुर के मुँह से बाजा (bass) छीनते हुए कहा।

"हाँ, बकुर इसी बैंड में काम करता है—'कामले बैंड, गदा पुलिया, उज्जैन रोड' और यह वाला बड़ा सा यंत्र, जिसे बाजा (bass) कहते हैं, यह बाजा इस बैंड में बकुर बजाता है।"

8 से 10 लोग, जो अपना-अपना इंस्ट्रूमेंट्स बजा रहे थे, अचानक सब एक साथ रुक जाते हैं।

"क्या हुआ, क्या दिक्कत है?" बकुर के बैंड के सेठ पप्पू कड़वाजी ने किरानेवाले से पूछा।

"पप्पू, तुझे कितनी बार कहा है, ये दुकान खाली करके कहीं जंगल में जाकर बजा अपने ये तान-तंबूरे!"

"क्यों, किसी के बाप की है क्या यह दुकान, पप्पू ने खुद खरीदी है!"

"दुकान किसी के बाप की नहीं है तो हमारे कान भी किसी के बाप के नहीं हैं, जो रोज तेरा ये कानफाड़ म्यूजिक सुनें।"

"तुम तेल-शैंपू बेचनेवालों को संगीत की समझ है कहाँ। खबरदार, जो म्यूजिक को घटिया कहा तो।" बकुर का सबसे करीबी दोस्त और इस बैंड के गायक गोपाल ने म्यूजिक के खिलाफ गलत शब्द सुनने पर आपत्ति जताई।

सिर्फ गोपाल ही एक ऐसा इनसान था, जिससे बकुर सारी बातें करता है, जो बकुर का हर सच जानता है, बस उसकी जाति जरा नीची है, इसलिए जगत नारायण को पसंद नहीं कि बकुर गोपाल के संपर्क में रहे और इन सबके अलावा वह एक बहुत अच्छा सिंगर है, ऐसा उसके अलावा कोई और नहीं मानता। किशोर कुमार का बहुत बड़ा फैन है। अपने आपको किशोर कुमार का दूसरा जन्म मानता है,

क्योंकि वे भी मध्य प्रदेश से थे और यह भी।

"तेरे बॉस से बात कर रहा हूँ, तू मुँह मत लग।" गोपाल की बात का जवाब दिया किरानेवाले ने।

"और उसका बॉस तेरे मुँह नहीं लगना चाहता। चल, प्रैक्टिस करने दे, शाम को प्रोग्राम है हमारा। चलो स्टार्ट, 'ऊ ला ला, ऊ ला ला…'।"

सब फिर से बजाने लग जाते हैं। किरानेवाला अंदर आता है और अबकी बार सेठ पप्पू कड़वाजी से बाजा छीनकर फेंक देता है।

"सब अपनी प्रैक्टिस चालू रखो।" सेठ पप्पू कड़वा अपनी कुरसी से गुस्से में खड़े होते हुए बोले और फिर दोनों के बीच में हाथापाई शुरू हो जाती है। दोनों लड़ रहे हैं और 'ऊ ला ला ऊ ला ला' पर बैंड की प्रैक्टिस भी लगातार चल रही है। सेठ पप्पू कड़वा मारते तो सब म्यूजिक ऊँचा कर देते और सेठजी मार खाते तो सब म्यूजिक धीमा कर देते।

□

4

बैंड से बकुर रोज रात 8-9 बजे तक घर लौटता है और लौटते समय मोहल्ले के कोने पर एक आटा चक्की की दुकान है, जहाँ पर मोहल्ले के सारे फालतू-आवारा लड़के ताश, शतरंज या क्रिकेट हमेशा खेलते हुए मिलते, जहाँ से बकुर के लिए निकलना बड़ा मुश्किल सा होता था, क्योंकि ये लोग बकुर को देखकर अचानक से हँसने लगते या मोटे, भैंसे, हाथी—बोलकर उसका मजाक बनाते।

बकुर इस बात से अधिक उदास हो जाता था और उसे मन-ही-मन बहुत गुस्सा आता था, जो तब तक ठंडा नहीं होता था, जब तक वह पेट भर कुछ खा न ले, यह आदत बचपन से दादी के कारण उसमें आ गई थी। अगर बकुर थोड़ा भी रोता, नाराज होता, गुस्सा होता, तो दादी फौरन उसे कुछ-न-कुछ खाने को दे देती और बकुर शांत हो जाता था।

बकुर घर आता है, अंदर आने लगता है और थोड़ा दरवाजे में फँसता है… खुद को थोड़ा टेड़ा करता है, फिर अंदर आता है। अपने मोटापे के कारण बकुर को रोज ऐसे ही आना-जाना पड़ता है। घर में गायत्री देवी खाना बना रही थी, जगत नारायण रामायण का पाठ कर रहे थे, पास में अगरबत्ती जलाई हुई थी। बकुर फौरन हाथ-मुँह धोकर आ जाता है।

"माँ, रोटी बन गई ?" बकुर ने टॉवेल से अपने हाथ पोंछते हुए पूछा।

यह सुनते ही रामायण पढ़ते-पढ़ते जगत नारायण बकुर को नाराजगीवाली नजरों से देखते हैं।

"भोजन बन गया है बेटा, खा ले।" गायत्री देवी मानो समझ गई थी कि जगत नारायण पाठ न कर रहे होते तो अभी क्या बोलते!

बकुर बैठ जाता है।

"अरे, एक बार चिंटू को भी बाहर आवाज लगाकर बुला ले, साथ में ही खा लेगा।"

बकुर बैठ चुका था, अब फिर से मन मारकर उठता है। मोटे इनसान को बैठने के बाद उठने का सुनते ही लगता होगा कि 'इससे अच्छा तो काला पानी की सजा दे दो, वह फिर भी थोड़ा आसान पड़ेगा।'

बकुर चिंटू को बुलाने के लिए उठता है। चिंटू बकुर का चचेरा भाई है। वर्षों पहले बकुर के मौसाजी को अचानक अटैक आया और उनके सदमे में मौसी भी कुछ दिनों बाद शांत हो गईं। 6-7 साल की उम्र में चिंटू अकेला रह गया था, तब गायत्री देवी ने जगत नारायण से कहा कि चिंटू को सँभालनेवाला अब कोई और नहीं है तो हम अपने साथ रख लेते हैं...तब से चिंटू गायत्री देवी और जगत नारायण को मम्मी-पापा ही बुलाता है। अभी कॉलेज में पढ़ता है, चिंटू के पापा सरकारी नौकरी में थे तो उनकी पेंशन से चिंटू का सारा खर्चा निकल जाता है।

बकुर चिंटू को बाहर बुलाने गया। चिंटू अपने दोस्तों के साथ था। इतने सारे दोस्तों के बीच देखकर ही बकुर की हिम्मत नहीं हुई उसे आवाज लगाने की। उसे हमेशा की तरह डर लगा कि फिर से लोग उसे देखकर हँसेंगे, उसका मजाक उड़ाएँगे।

"मम्मी, वह तो बाहर नहीं दिखा।" बकुर माँ से आकर झूठ बोल देता है।

बकुर जगत नारायण के नजदीक फिर से खाना खाने के लिए बैठने लगता है तो इतने बड़े शरीर का छोटा सा हिस्सा जलती हुई पाँच अगरबत्तियों पर पड़ जाता है। जगत नारायण उसे गुस्से में देखते हैं, बकुर गरम-गरम अगरबत्ती के दर्द को भूलकर फौरन सिर झुका लेता है।

छोटे से घर में अकसर बकुर के उठने-बैठने, चलने पर कुछ-न-कुछ हो ही जाता है। हॉल पहले ही छोटा है, उसमें भी एक पलंग बिछा होता है और उसके अलावा बस एक कमरा, वह भी छोटा सा, जिसमें बकुर और चिंटू सोते हैं।

माँ बकुर को खाना परोसती है और बकुर फौरन तेजी से खाना शुरू कर देता है, क्योंकि उसका गुस्सा अभी ठंडा नहीं हुआ था। तब तक जगत नारायण का भी पाठ हो चुका होता है।

"हजार बार कहा है, खाना शुरू करने से पहले भोजन-मंत्र बोला करो, ब्राह्मण के घर पैदा हुए हो, किसी नीच जाति के यहाँ नहीं।" जगत नारायण ने आसन से उठते-उठते, चीजें जगह पर रखते हुए कहा।

बकुर डाँट सुनते ही एकदम हाथ जोड़ आँख बंद करके मंत्र बोलने लगता है।

"अरे, बुद्धि क्षिप्रा नदी में फेंक आया क्या? जूठा करने के बाद भोजन-मंत्र बोलकर क्या पाप चढ़ा रहा है सिर पे?" जगत नारायण ने बकुर के बिल्कुल नजदीक आते हुए कहा।

"मम्मी, जल्दी से रोटी दे दो, भूख लग रही है।" चिंटू ने अंदर आते ही बिना किसी पर ध्यान दिए, आसन पर बैठते हुए बोला।

चिंटू के यह बोलते ही जगत नारायण का उसे गुस्से में देखना एवं बकुर और गात्रयी देवी का चिंटू को देखना।

"पूरा बोलना बेटा—भगवान् के नाम पर रोटी दे दे माई, जैसे वे भिखारी रोज आकर माँगते हैं।" जगत नारायण ने चिढ़ते हुए बोला।

"खाना दे दो माँ।" चिंटू ने पिताजी के गुस्से के कारण को समझते हुए फौरन अपने शब्द को बदला।

गायत्री देवी के खाना लगाते ही चिंटू फौरन खाना शुरू कर देता है, बिना भोजन-मंत्र बोले। जगत नारायण फिर से गुस्से में देख रहे हैं।

"बेटा चिंटू, कल से पहले भोजन-मंत्र बोला करो, उसके बाद खाना शुरू किया करो!" गायत्री देवी ने जगत नारायण के बोलने से पहले बचाव करते हुए बोला।

"मंत्र छोड़ो, हाथ तक नहीं धोए बाहर से आकर इन्होंने, ब्राह्मण के घर को नरक बना रखा है।" बोलते-बोलते जगत नारायण बाहर चले जाते हैं।

"इतना तो ये दिन भर में पूजा-पाठ नहीं करते, जितना गुस्सा करते हैं।" गायत्री देवी ने उन्हें जाता देख कहा।

जगत नारायण के जाने के बाद बकुर ने जमकर खाना खाया।

"तुम लोगों को तो फिर भी इतना अच्छा खाने को मिल रहा है, हमने तो ऐसे-ऐसे दिन देखे हैं—सब्जी तक नहीं होती थी घर में, आटे की रोटी बनाती और आटे की ही सब्जी भी बनाती थी।" गायत्री देवी ने तुरंत खुद को अपनी पुरानी यादों में ले जाते हुए कहा।

□

5

खाना खाने के बाद चिंटू बिस्तर पर लेटा होता है और बकुर भी डकार लेता हुआ आता है। वह जैसे ही लेटता है, चिंटू उस तरफ कोने में दब जाता है; क्योंकि बकुर जब पलंग पर लेटता है तो एक–तिहाई जगह की जरूरत उसे लगती है।

"भैया, मैं दब गया।" कोने में दबा चिंटू बकुर को धक्का देकर हिलाने की असमर्थ कोशिश करते हुए बोला।

"मैं एकदम किनारे पर सोया हूँ चिंटू, उधर खिसका तो गिर जाऊँगा, तू खुद देख ले।" बकुर ने हल्का सा सरकते हुए कहा।

"वर्षों पहले हम आधे–आधे पलंग पर सोते थे, भैया, और आज मैं उस आधे के आधे में भी नहीं सो पा रहा हूँ।" चिंटू ने बची जगह देखते हुए बोला।

"चिंटू, तू सो जा चुपचाप।" बकुर ने नाराज होते हुए कहा।

"भैया, आपसे एक जरूरी बात करनी थी।" चिंटू बोला।

"क्या है ?" बकुर ने आँखें बंद करते हुए ही कहा।

"एक बात बताओ, मैं अगर पापा को यह बता दूँ कि आप किसी कूरियर कंपनी में नहीं, बल्कि बैंड में काम करते हो, तो ?"

"क्यों ?" बकुर सुनते ही अचानक आँख खोलते हुए बोला।

"नहीं, बस ऐसे ही पूछ रहा था।" चिंटू ने हँसते हुए बोला।

"यार चिंटू, तुझे अब मालूम हो गया है तो तू ऐसा करेगा अपने भाई के साथ ? अगर मालूम होता कि तेरे दोस्त की शादी है, तो मैं मुँह पर कपड़ा बाँध के बजाता।" बकुर ने मासूम भाव से बोला।

"वो तो मैं जब बरात में गानेवाले को बोलने गया कि 'काला कऊआ काट

खाएगा' गा दो, तभी आप पर मेरी नजर पड़ गई थी।" चिंटू ने थोड़ा ऐंठ में कहा।

"चिंटू देख, अगर तूने पापा को बताया तो समझ लेना मैं तो मर ही जाऊँगा और पापा को तो जानता ही है तू।" बकुर ने डरे भाव से चिंटू से कहा।

"ठीक है, तो फिर आपको मेरे दो काम करने पड़ेंगे, भैया!" चिंटू ने हमेशा की तरह किसी बात को छिपाए रखने के बदले में शर्त रखी।

"हाँ, बोल न भाई।" बकुर ने तुरंत बड़े प्रेम से कहा।

"एक तो मुझे 50 रुपए की जरूरत है और दूसरा कल आपको मेरे साथ मेरे कॉलेज में पापा बनकर चलता पड़ेगा।"

"50 रुपए तक तो ठीक है, लेकिन मैं पापा बनकर चलूँगा, तेरा दिमाग खराब हो गया है क्या?"

"भैया, कॉलेजवालों ने पापा को लेकर आने को कहा है और जब तक पापा नहीं जाएँगे, वे मुझे कॉलेज में नहीं जाने देंगे।"

"लेकिन वे पापा को क्यों बुला रहे हैं?"

"अरे, हमारी क्लास मैडम एक पागल है, उसने जाकर शिकायत कर दी कि मैंने उन्हें देखकर सीटी बजाई।"

"तूने मैडम को देखकर सीटी क्यों बजाई?" बकुर हैरान होकर पूछता है, "रुक, मैं पापा को बोल के आता हूँ!" बकुर उठने की कोशिश करते हुए बोला।

"ठीक है चलो, मैं भी बोल देता हूँ आपके बैंड के बारे में।" चिंटू भी साथ में उठने लगा।

"तुझे पता है, अगर पापा को भूल से भी पता लग गया तो क्या करेंगे वे, पर तूने मैडम को सीटी कैसे मारी मूर्ख?" बकुर ने चिंटू को उठने से रोकते हुए पूछा।

"अरे मैडम को सीटी नहीं मारी भैया, मेरी गर्लफ्रेंड है न मेरे क्लास में, मैं उसे कुछ बोल रहा था ऐसे करके तो सीटी निकल गई और मैडम ने देख लिया, तो उन्हें लगा कि उन्हें मारी है।"

"तेरी गर्लफ्रेंड भी है, चिंटू? ये कैसे बुरे-बुरे काम में पड़ा है तू? ये पढ़ाई करने जाता है तू? ये तो पापा को बताना ही पड़ेगा!"

चिंटू उसकी ओर देखता है, बकुर फिर चुपचाप बैठ जाता है।

"आप ये बताओ कि आप कल पापा बनकर साथ में चल रहे हो कि नहीं, वरना आज पापा को दोनों की बातें बता देते हैं।"

"यार चिंटू, तू तो जानता है, मैं नए लोगों के सागने बोलना तो दूर, खड़ा तक

नहीं हो पाता हूँ, घबराहट होती है मुझे, फिर मैं क्या बोलूँगा वहाँ?"

"आपको बोलना कुछ नहीं है, वे बस मेरी बुराइयाँ करेंगी, आपको वह सुनना है और थोड़ा-बहुत जो बोलना है, वह मैं रास्ते में सिखा दूँगा, बस, हिम्मत से उतना बोल देना।"

"यार, कोई और रास्ता नहीं है क्या? अपने किसी दोस्त को बना ले न पापा।"

"आपके अलावा मेरे पास कोई दूसरा ऑप्शन नहीं है, आपको ही बनना पड़ेगा।"

तभी पलंग के नीचे से म्याऊँ की आवाज आती है और गायत्री देवी दौड़कर आती है और उस पलंग के नीचे झाँककर देखती है।

"ये बिल्ली पलंग के नीचे कैसे आई और इसके लिए ये पानी का कटोरा और खाने के लिए रोटी किसने रखी वहाँ?" गायत्री देवी ने थोड़े गुस्से में बकुर व चिंटू से पूछा।

"माँ, तुम तो जानती हो कौन कर सकता है ये काम, किसे जानवरों पर बहुत दया आती है!" चिंटू ने बकुर की तरफ इशारा करते हुए कहा।

"बकुर, तुझे पिछली बार भी मना किया था न, तेरी उस बिल्ली ने भी घर के कोने-कोने में उल्टियाँ कर दी थीं और पूरा घर कितना बदबू मार रहा था, पता है न! दो दिन तक धोते रहे थे पूरा घर और न जाने कहाँ-कहाँ के गंदगी के पाँव होते हैं इनके!" माँ ने बकुर पर चिढ़ते हुए कहा।

"अरे माँ, बस पानी पिलाने के लिए लाया था, कल सुबह बाहर छोड़ दूँगा।" बकुर ने कहा।

"घर में अगर इसने गंदगी की तो तुम साफ करोगे वह? पहले स्वयं को सँभालो, फिर जानवरों का सोचना और खबरदार, फिर से अगर कुत्ता-बिल्ली घर में लाए तो!" जगत नारायण ने दूर हॉल में से बैठे-बैठे ही भारी आवाज में कहा।

जगत नारायण के बाद फिर घर में और कोई नहीं बोलता। गायत्री देवी झाड़ू लाती है और बिल्ली को पलंग के नीचे से झाड़ू दिखाकर भगाती है, फिर जाकर सोती है।

□

6

सुबह चिंटू जाने के लिए तैयार हो जाता है, साथ में बकुर भी। बकुर हमेशा की तरह वही लाल शर्ट और लाल पैंट पहनकर बाहर आता है।

"मैं कॉलेज जा रहा हूँ पापा, जय महाकाल!" चिंटू जगत नारायण और गायत्री देवी दोनों के पैर छूता है।

"तुम कहाँ जा रहे हो आज इतनी सुबह-सुबह?" जगत नारायण ने बकुर को तैयार देख चाय पीते हुए पूछा।

बकुर के पास कोई जवाब नहीं होता है, वह चिंटू को देखने लगता है।

"भैया की कल कुछ डाक रह गई थी, थोड़ी दूर की है, इसलिए अभी सुबह-सुबह देने जा रहे हैं, ताकि जल्दी फ्री हो जाएँ और मुझे भी कोने तक छोड़ देंगे।" चिंटू ने झूठ को विश्वास से बोला, जो सुनने में सच जान पड़ रहा था।

"अरे, चाय तो पीते जा।" माँ ने कहा।

"नहीं माँ, जल्दी में हैं।" चिंटू बोला।

"हाँ, दे दो।" चिंटू की बात के साथ ही बकुर भी बोल पड़ा। दोनों एक-दूसरे को देखने लगे।

"अच्छा, दे दो।" चिंटू ने बोला।

"अच्छा, रहने दो।" बकुर बोला। फिर से दोनों एक साथ अलग-अलग बोल पड़े।

चिंटू बकुर की साइकिल पर पीछे बैठा-बैठा बकुर को सिखा रहा है। बकुर थोड़ा असहज और भय से भरा नजर आ रहा था।

"भैया, आपको सिर्फ तीन बातें बोलना है—मैडम के सामने और कुछ नहीं... एक, सही बात है, दूसरी, गलत बात है और तीसरी, क्यों चिंटू, क्या सुन रहा हूँ मैं!

सिर्फ इतने में मेरा काम हो जाएगा। मैडम बोलेंगी—इसने मुझे देखा, सीटी मारी, आप बोलना, क्यों चिंटू˙˙वे बोलेंगी, इसे कॉलेज में ऐसा करना चाहिए क्या, आप बोलना, गलत बात है, वे बोलेंगी, हम तो इसे निकाल देते कॉलेज से अगर आप नहीं आते तो, आप बोलना—सही बात है, बस, इन तीनों बातों के अलावा और कोई बात नहीं करेंगी वे, आप बस ये याद रखना।" चिंटू ने अपने पुराने अनुभव के हिसाब से बताया।

दोनों कॉलेज पहुँच गए, अंदर जाने में बकुर डर रहा है।

"चिंटू, हम फँस जाएँगे यार, मैं तेरा पापा बिल्कुल नहीं लगता!" बकुर वहीं रुकते हुए बोला।

"भैया, कितने डरपोक हो यार, सिर्फ मैंने जो सिखाया, वह ठीक से बोल देना और कुछ नहीं होगा।" चिंटू हाथ पकड़कर अंदर ले जाते हुए बोला।

"मैम, मेरे पापा आए हैं।" पापा को बाहर खड़ा कर क्लास में पढ़ा रही मैडम को चिंटू ने बोला।

"भैया, वो मोटी आ रही है, तैयार रहना!" चिंटू ने भैया के पास आकर बोला।

"चिंटू, मोटा बोलना गलत बात है और खासतौर पर किसी की शारीरिक दशा पर तो बिल्कुल टिप्पणी करना ही नहीं चाहिए, छोटा सा मजाक भी किसी की बड़ी परेशानी बनने के लिए काफी होता है।" मानो जैसे बकुर चिंटू के मार्फत ये बात उन सब लोगों को सुनाना चाह रहा हो, जो हमेशा उसका मजाक बनाते रहते हैं।

तभी मैडम बाहर आ जाती हैं, देखने में बकुर की तरह ही वजनदार शरीर, लेकिन सुंदर और आकर्षक चेहरा और गाल पर कुछ बाल बार-बार आकर गिर रहे थे, सलवार-सूट पहने, हाथ में पेन लिये आती हैं।

'ये तो सच में भी मोटी है, मेरी तरह!' बकुर ने मैडम को देख मन में बोला।

बकुर को अंदर-ही-अंदर खुशी तो हुई, जब एक इनसान अपनी ही तरह का कोई इनसान पाता है तो खुद को मजबूत और अकेलेपन से दूर पाने लगता है।

"आप हैं इनके पिताजी?" मैडम ने बकुर से पूछा।

"सही बात है।" बकुर ने घबराहट में चिंटू की सिखाई तीन बातों का इस्तेमाल करना शुरू किया।

"क्या?" मैडम ने बात को अजीब पाते हुए पूछा।

"हाँ मैम, पापा कह रहे हैं—'हाँ'" चिंटू ने बीच में बोलकर समझाया।

"आपको पता है, कितना बदतमीज है आपका यह बच्चा?" मैडम ने गुस्सा करते हुए बोला।

"गलत बात है।" बकुर ने बिना कुछ समझे बस चिंटू की सिखाई बात को बोला।

"गलत छोड़िए, इसने मुझे देखकर सीटी मारी।" मैडम ने गुस्से में कहा।

"क्यों चिंटू, यह मैं क्या सुन रहा हूँ!" बकुर ने तीसरी बात कही।

"सॉरी मैम, वह गलती से मुँह से निकल गई थी।" चिंटू सिर झुकाते हुए बोला।

"तुम चुप रहो, मैं तुमसे बात नहीं कर रही, आप बताइए, निकाल दें हम इसे कॉलेज से?"

"सही बात है।" बकुर ने बोला।

चिंटू शॉक होता है कि भैया ये क्या बोल रहे हैं···

"या फिर आप एक आवेदन लिखकर दे दीजिए कि अब ये इस तरह की कोई भी हरकत नहीं करेगा।"

"गलत बात है।" बकुर ने कहा।

मैडम और चिंटू दोनों शॉक होते हैं···

"आप क्या बोल रहे हैं, मुझे कुछ समझ नहीं आ रहा है!"

"चिंटू, यह मैं क्या सून रहा हूँ!" बकुर लगातार बिना परेशानी को सुने बस डर के मारे सिखाई हुई बात को बोले जा रहा था।

मैडम का फोन आ जाता है, वे साइड में फोन पर बात करने लगती हैं।

"यार भैया, ये क्या बोले जा रहे हो, निकलवाओगे क्या कॉलेज से!" चिंटू फौरन मौका पाते ही बकुर को फिर से समझाने लगता है।

"तूने सिखाया, वही तो बोल रहा हूँ!"

"अरे, तो वो पूछ क्या रही है, वो भी तो सुनो पहले···अभी भूल जाओ, मैंने जो सिखाया, आपको जो ठीक लगे, वो जवाब दो।"

"बताइए आप, क्या करना है आपके बच्चे का?" मैडम ने फोन काटते हुए वापस बकुर के पास आकर पूछा।

"मुझे तो लगता है, इसके पापा को बता देना चाहिए, तभी अकल ठिकाने आएगी इसकी।" बकुर ने कहा।

"लेकिन पापा तो चिंटू के आप हैं न!" मैडम ने आश्चर्यचकित होकर पूछा।

'अरे यार मरवा दिया भैया ने।' चिंटू मन में बोला।

बकुर सोचने लगता है···

□

7

'यार मुझसे नहीं होगा···तुझसे पहले ही बोला था मैंने··· अब फँस गए न··· अब पापा तेरे साथ-साथ मुझे भी मारेंगे।' बकुर ने मन-ही-मन सोचा कि ये सारी बात अभी चिंटू को बोल दे।

"आप चिंटू के पापा ही हैं न?" मैडम ने आखिरी बार और कन्फर्म किया।

"नहीं मैडम।" बकुर ने तुरंत जवाब दिया सिर झुकाकर, चिंटू और मैडम के चेहरे के भाव पूरे बदल गए।

"चिंटू के पिता नहीं हैं तो फिर कौन हैं आप?" मैडम ने पूरी तरह गुस्से में आकर पूछा।

"हूँ तो पिता ही मैडम, लेकिन ऐसे बच्चों का पिता कहलाने से क्या फायदा, जो अपने गुरु की इज्जत न करते हों।" बकुर ने बात को घुमाते हुए कहा।

"इज्जत छोड़िए, क्लॉस में सब बच्चों से कहता है, आज मोटी नहीं आई क्या?"

"फिर तो मुझे भी मोटा बोलता होगा न चिंटू, किसी के भी शरीर के आकार-प्रकार का मजाक उड़ाना उस इनसान के विश्वास और आजादी को खत्म करने की शुरुआत है, किसी की हत्या करने से बड़ा जुर्म है ये, हत्या में इनसान एक बार मरता है, मजाक बनने में बार-बार मरता है।" बकुर बोलते-बोलते सच में गंभीर हो गया, मानो वह फिर अपने मन की बात करने लगा।

"बड़ा अच्छा सोचते हैं आप।" रितु मैडम ने कहा।

"मैडम, आप इसे जो सजा देना चाहती हैं, दे दीजिए, पर एक बार मौका देकर भी देख लीजिए, अगर आपको सही लगे तो।" बकुर अचानक गंभीर होकर बोल पड़ता है।

"ठीक है, तो कल से इसे मैं 10 दिन तक क्लास के बाहर सबके सामने मुरगा बनाकर रखूँगी, उसके बाद क्लास में बिठाऊँगी।" मैडम ने भी थोड़ा सोचने के बाद बोला।

"मैडम, लेकिन मुरगा तो स्कूल में बनते हैं न, कॉलेज में हाथ ऊपर करके खड़ा कर दीजिए प्लीज।" चिंटू ने फिर धीरे से बोलने की कोशिश की।

"देखिए, सजा भी अपने हिसाब की चाहिए इसे, आप अपना नंबर दे दीजिए, अगर इसने फिर कुछ किया तो कॉलेज से आपको कॉल जाएगा।" मैडम तुरंत हाथ में रखा पेन और छोटा सा कागज देते हुए कहती हैं।

"चलिए, अब मैं चलता हूँ, चिंटू, तू यहीं रह, मैडम जैसा बोलें, वैसा कर, धन्यवाद मैडम!" नंबर लिखकर कागज और पेन देते हुए बकुर कहता है।

बकुर जाने लगता है, तभी चिंटू को कुछ याद आता है···

"अरे, चाबी तो मेरे पास है साइकिल की भैया।" निकालकर देने लगता है और एकदम चिंटू को याद आता है कि उसने भैया बोल दिया, बकुर शॉक हो जाता है। मैडम जो क्लास रूम में जा रही होती है, वो भी एकदम रुककर पलटती है, तभी चिंटू वहीं पास से गुजर रहे चपरासी को देखता है और बात को सँभालता है।

"भैया, चाबी मेरे पापा को दे दीजिए।" चपरासी को भैया बोलकर बताता है कि उसने पिछली बार भी भैया उसे ही बोला था।

कॉलेज द्वार के बाहर अपनी साइकिल के पास पहुँचते ही बकुर एक चैन की साँस लेता है।

'मैं इतना सब कैसे बोल गया? मैंने कैसे ऐसी स्थिति का सामना कर लिया? क्या हुआ मुझे?' एक के बाद एक बकुर के अंदर खुद को लेकर अनेक सवाल खड़े होते रहे।

'इतनी जल्दी फ्री हो गया, अब घर जाकर फिर कौन आएगा··· गोपाल के घर चलता हूँ, वही से फिर बैंड पर निकल जाऊँगा।' यह सोचकर बकुर अपने दोस्त गोपाल के यहाँ चला जाता है।

गोपाल के घर के बाहर पहुँचते ही बकुर ने साइकिल धीमी की और धीरे-धीरे किसी के जोर से गाने की आवाज बकुर की ओर बढ़ने लगी, जैसे-जैसे वह गोपाल के घर के नजदीक पहुँचने लगा, बाहर 10-15 लोगों की भीड़ जमा थी, जो गोपाल के घर की ओर ही देख रहे थे, अंदर से गोपाल की जोर-जोर से किशोर कुमार के गानों को गाने की आवाज आ रही थी। बकुर ने उसके घर के बाहर साइकिल टिकाई···

"आप जानते हैं इन्हें?" उन खड़े लोगों में से एक आदमी ने बकुर से पूछा?

"हाँ।" बकुर ने कहा।

"इन्हें कहिए लोगों के सोने का समय होता है, रोज सुबह 5 बजे से उठकर फटी आवाज में चिंघाड़ना शुरू कर देता है यह आदमी। एक खराब रेडियो से भी आती आवाज इतनी बुरी नहीं चुभती कानों में, जितनी इस आदमी के गले से आती आवाज चुभती है।" उनमें से एक लगभग 40-45 की उम्रवाले व्यक्ति ने कहा।

"और नहीं तो क्या, रात में 12 बजे तक तो गली के कुत्ते भौंकते रहते हैं, वो शांत होते ही नहीं है कि थोड़ी देर बाद यह शुरू हो जाता है; लेकिन कुत्तों की आवाज में एक बार फिर भी नींद आ जाती है, लेकिन यह आदमी असहनीय है।" उन्हीं में से एक और व्यक्ति बोला।

"मेहमानों तक ने इसके कारण आना बंद कर दिया है हमारे घर पे।" एक 35 से 40 उम्र की महिला भी बोली।

"आप उनसे कहिए, रोज सुबह कचरे वाला आता है, किसी दिन अपना ये फटा गला उसे दे दे, सारी समस्या की जड़ ही खतम हो जाएगी···हम झगड़ा नहीं करना चाहते।" फिर से उस 40-45 उम्रवाले व्यक्ति ने कहा, जिन्हें देखकर लगता है कि वे अपने अंदर के झगड़े को शांत करके बैठे हैं।

सब लोगों ने इतनी सी देर में गोपाल के गाने से संबंधित पैदा होती समस्याएँ बकुर को बता दीं और जाने लगे। गोपाल किशोर कुमार को बहुत मानता था, इसलिए अगर उसे कहीं 5 मिनट का मौका भी मिल जाए तो फौरन गाना शुरू कर देता था।

बकुर उसके घर में गया। दरवाजे पर ही उसने लिखवाया था—'ॐ किशोराय नम:' अंदर कमरे की दीवार दिखती नहीं थी, क्योंकि किशोर कुमार के पोस्टर-ही-पोस्टर चिपके हुए थे। टी.वी. के आगे भी उन्हीं का पोस्टर चिपकाया हुआ था। हर जगह पर किशोर कुमार थे, पंखे पर भी किशोर कुमार, बरतनों पर भी किशोर कुमार के छोटे-छोटे स्टीकर चिपके हुए थे।

'गोपाल' गाने में इतना मगन था कि कब बकुर अंदर आया, उसे पता ही नहीं लगा। गोपाल पूरी तरह से किशोर कुमार बनकर ही रहता था, वैसी ही मूँछें, वैसे ही बाल, कपड़े भी उन्हीं की तरह, पैंट को ऊपर करके पहनना, उनकी तरह टोपी लगाना। ऐसा लगता है जैसे सच में किशोर कुमारजी फिर से आ गए, लेकिन जैसे ही वह गाता है, तब पता लग जाता है कि गोपाल ही है।

"गोपाल··· !" अपनी रियाज में व्यस्त गोपाल को बकुर ने आवाज लगाई।

"अरे बकुर, आज तू इधर··· 'तेरे जैसा यार कहाँ, कहाँ ऐसा याराना, याद करेगी दुनिया, तेरा-मेरा अफसाना, मेरे दिल की ये दुआ है, कभी दूर तू न जाए, तेरे बिना हो जीना, वो दिन कभी न आए, तेरे संग जीना यहाँ, तेरे संग मर जाना, याद करेगी दुनिया, तेरा मेरा अफसाना···' " गोपाल ने वहीं बैठे-बैठे ड्रामेटिक अंदाज में बकुर के लिए गाना गाया।

जब भी बकुर दिखता गोपाल हमेशा ये वाला गाना गाना शुरू कर देता, क्योंकि गोपाल को पता है कि यह गाना बकुर का पसंदीदा है और बकुर को गोपाल के गाने से ज्यादा अच्छा ये लगता है कि उसे यह वाला गाना पूरा याद है।

"वैसे, इस तरफ का रास्ता कैसे भूल गया तू आज ?" गोपाल ने बकुर से गाने की लय में ही पूछा।

"हाँ, कोई काम से जल्दी फ्री हो गया था तो सोचा अब कौन घर जाकर वापस आएगा, इसलिए यहाँ आ गया, यहाँ से सीधा बैंड चले जाएँगे।"

"बहुत अच्छा किया ये तो। रुक, पानी लाता हूँ तेरे लिए।" गोपाल अभी भी गाने की लय में ही बात कर रहा है।

गोपाल यहाँ अकेला रहता है। माँ-बाप गरीब हैं, वे गाँव में रहते हैं और जब भी गोपाल से शादी करने के लिए बोलते, वह एक ही जवाब देता, 'जब तक मुंबई जाकर अपना टैलेंट नहीं दिखा देता, तब तक नहीं··· !'

गोपाल पानी का गिलास लाकर बकुर को देता है, गिलास चारों तरफ से किशोर कुमार के स्टीकरों से ढका था।

□

8

"गोपाल, तूने हर एक जगह पर किशोर कुमार को लगाया है!" पानी के गिलास से लेकर जगह-जगह पर लगे किशोर कुमार को देखकर पूछा।

"हाँ यार, किशोरजी से बचपन से बहुत लगाव रहा है मेरा, तू मानेगा नहीं, इतना बड़ा फैन हूँ मैं उनका कि स्कूल में खुद का नाम तो किशोर कुमार लिखता ही था, मम्मी-पापा के नाम की जगह में भी किशोर कुमार ही लिखकर आता था।"

"फिर?"

"फिर, क्या, इसलिए तो आज बैंड में लगे हैं, इन्हीं हरकतों के कारण फेल हुए, मार भी बहुत खाई।" बोलकर फिर गाना शुरू कर देता है।

"गोपाल, वो बाहर लोगों की भीड़ थी अभी।" बकुर गोपाल को फिर से गाना शुरू करने के लिए बोला।

"हाँ, कुछ लोग हैं, जिन्हें अच्छा लगता है मेरा गाना। वे फैन से बन गए हैं मेरे, इसलिए सुनते हैं रोज घर के बाहर आकर।" चेहरे पर बड़ी सी स्माइल लेकर बोलता है गोपाल।

गोपाल अपने संगीत को लेकर हमेशा पूरे विश्वास में रहता था। वह इस बात को कभी मान ही नहीं सकता कि वह अच्छा नहीं गाता है, बकुर यह बात जानता था, इसलिए उसने भी आगे फिर न बताना ही ठीक समझा··· बातों-बातों में बकुर ने गोपाल को बताया कि उसे इस रविवार को फिर से लड़की देखने जाना है।

"अबे, आधे उज्जैन की लड़कियाँ तो देख चूका है तू, अब कौन सा नया घर ढूँढ़ लिया फिर से··· तेरा सही है। गली के लौंडे लड़कियों की एक झलक देखने को तरस जाते हैं, और तू घर में घुस-घुसकर लड़कियाँ देखकर आता है और कितनी लड़कियों से ना सुनेगा तू? देख, आजकल की लड़कियाँ लड़कों को सिर्फ

दो ही बातों से सलेक्ट करती हैं—या तो दिखने में स्मार्ट हो या फिर कमाने में। तू दोनों में से किसी में नहीं है, ऊपर से 30 की उम्र में 130 किलो का वजन अलग चढ़ाया हुआ है शरीर पर!" बकुर को गोपाल की बात कभी अजीब नहीं लगती थी, क्योंकि वो उसे कभी गलत तरीके से नहीं बोलता था।

"चल, अब बैंड पर भी चलना है, रास्ते में कुछ खाते हुए चलेंगे, भूख लग रही है।" बकुर ने उठते हुए कहा।

गोपाल फौरन तैयार हुआ और दो फोटो किशोर कुमार के एक शर्ट के आगे की ओर और एक पीछे हमेशा की तरह पिन से लगा चुका था...फौरन किशोरजी के सामने दो अगरबत्ती जलाकर, उन्हें प्रणाम करके दोनों घर से निकल जाते हैं।

आज रविवार है, बकुर के लिए लड़की देखने जानेवाला दिन। जगत नारायण और गायत्री देवी दोनों तैयार हो रहे हैं, पर बकुर भी अभी तक नहा रहा है।

"अरे, सो गया क्या अंदर जाकर, कब से नहाने गया हुआ है?" माँ बाथरूम का दरवाजा खटखटाते हुए बोली।

"माँ, आपको पता है न, इतना छोटा-सा बाथरूम है, जैसे-तैसे नहाता हूँ मैं।" बकुर आधे खुले दरवाजे से झाँककर बोला।

"बेटा, बाथरूम छोटा नहीं है।" माँ ने बिना बोले बकुर के फैले हुए शरीर की ओर इशारा किया।

"तुमको तो फिर भी बाथरूम है नहाने को, हमने तो ऐसे-ऐसे दिन देखे हैं कि साड़ियों के परदे लगाकर बाथरूम बनाया था।" बकुर माँ की फिर से वही बात शुरू होती देख फौरन दरवाजा लगा लेता है।

"चलो, आकर नहाऊँगा मैं।" बकुर मुँह धोकर बाहर आ जाता है।

"लो आधा घंटे बाद आया, उसमें भी कौवा स्नान करके निकला है, इनको बाथरूम छोटा लगता है!" माँ ने बकुर को देख कहा।

"बाथरूम छोटा नहीं है, अपने आपको देखो, खाने पर कंट्रोल करो तो शरीर कंट्रोल में आएगा।" जगत नारायण ने कुरता पहनते हुए कहा।

तभी जगत नारायण के साले साहब त्रिभुवनदास और उनकी पत्नी भी तैयार होकर आ जाते हैं। जगत नारायण के घर के हर फैसले में उनकी पत्नी गात्रयी देवी अपने भाई को पहले खबर कर देती है, इसलिए वह भी खुशी-खुशी हर मौके पर अपनी उपस्थिति दर्ज करा देते हैं, और यह बात जगत नारायण को ठीक नहीं लगती, क्योंकि गायत्री देवी अपने भाई त्रिभुवन को जगत नारायण से ज्यादा ज्ञानी पंडित मानती है।

“जय महाकाल! चलो, हो गए सब तैयार?” त्रिभुवन ने जगत नारायण के पैर छूते हुए कहा।

“हाँ भैया, जिसे लड़कीवालों को दिखाना है, उसे छोड़कर सब तैयार हैं।” गायत्री ने भाई को देख हँसते हुए कहा।

बकुर मामा त्रिभुवन के पैर छूने के लिए झुकता है और उसका लपेटा टॉवेल, जो पहले ही उसपर छोटा लग रहा था, खुल जाता है, बकुर शर्म से फौरन टॉवेल उठाता है, बिना पैर छुए ही…

“अरे भानजे, जल्दी से तैयार हो जा, पैर-वैर तो बाद में छू लेना!” मामा ने बकुर को कमरे की तरफ जाता रास्ता दिखाते हुए कहा।

“अभिवादनशीलस्य नित्यं वृद्धोपसेविनः चत्वारि तस्य वर्धन्ते आयुर्विद्याश्य शो बलम्।” त्रिभुवन अपने आपको बड़ा ज्ञानी और विद्वान् पंडित दरशाने के लिए आदतन रटे हुए श्लोक का उच्चारण किया करते थे।

“वाह भैया, इसका क्या मतलब हुआ?” गायत्री ने मुसकराते हुए भैया पर गर्व करते हुए पूछा।

“बड़ों का अभिवादन करनेवाले मनुष्य की और नित्य वृद्धों की सेवा करनेवाले मनुष्य की आयु, विद्या, यश और बल—ये चार चीजें बढ़ती हैं।” त्रिभुवन ने अपने श्लोक का हिंदी अनुवाद बड़े अभिमान के साथ बताया।

“बिल्कुल सही कह रहे हो भैया। अरे, भैया ने 12 साल की उम्र में तो पूरी रामायण पढ़ दी थी और हम सब तब खेलते ही रहते थे।” गायत्री देवी ने भाई प्रेम में अति उत्साह में कहा।

“हाँ, और तुम्हें याद है जीजी, पापा पंचोलीजी के वहाँ सत्यनारायण भगवान् का पाठ करने गए थे और किताब में आखिर के तीन पन्ने नहीं थे, तो मैंने बिना देखे बोले थे और सब आश्चर्यचकित रह गए थे, तब भी मैं सिर्फ 15 साल का था।” त्रिभुवन दास ने मुँह में गुटखा दबाते हुए कहा।

“भैया, थोड़े कुछ नए मंत्र इन्हें भी सिखा देना न…कर्मकांड के इन्हें आते तो हैं, पर वो एक ही एक बोलते हैं। ये तीन-चार नए मंत्र बोलो तो लोगों को भी लगता है कि बहुत विद्वान् पंडित होगा।” गायत्री की यह बात सुनते ही जगत ने मन-ही-मन गुस्सा किया।

“हाँ-हाँ, जीजाजी बेफिक्र रहो, मैं सिखा दूँगा।” जगत नारायण के कंधे पर सांत्वना वाला हाथ रखकर बोलता है।

"अरे चल बकुर, कब से तैयार हो रहा है, बाहर निकल।" त्रिभुवन की बात का गुस्सा जगत नारायण ने बकुर को आवाज लगाते हुए निकाला।

जगत नारायण की तेज आवाज सुनकर बकुर घबरा के फौरन बाहर आ जाता है

"वाह! एकदम तरबूज लग रहा है मेरा भानजा, वो भी पूरा छिला हुआ, लाल शर्ट, लाल पैंट में जम रहा है मेरी दीदी का लाल।" मामाजी ने बकुर को ऊपर से नीचे तक देखते हुए कहा।

"यह तो फिर भी ठीक है, भले ही एक रंग के कपड़े पहनता है; लेकिन अलग-अलग कपड़े तो हैं इसके पास! हमने तो ऐसे-ऐसे दिन देखे हैं भैया···" गायत्री देवी आदतन अपनी बात रखने लगती है।

"अरे चलो यार, हमें वहाँ समय पर पहुँचना है।" जगत नारायण फौरन गायत्री की बात काटते हुए कहते हैं, क्योंकि वह जानते हैं, गायत्री आदतन पुराने दुखड़े शुरू करनेवाली है।

सब एक-एक करके बाहर निकलते हैं, गायत्री देवी घर पर ताला लगाती है।

□

9

सब घर के बाहर खड़े होकर इंतजार कर रहे हैं, जगत नारायण श्यामलाल को बुलाने जाते हैं। जब भी लड़की देखने जाते हैं तो जगत नारायण मोहल्ले में रहनेवाले 22-23 साल के श्यामलाल को याद करते हैं, जो कि मिनी ट्रक चलाता है। श्यामलाल उस मिनी ट्रक से चारा और भूसा गोदामों में डालने का काम करता है। जगत नारायण को लड़का मेहनती और शरीफ लगता है। हर बार वो थोड़े पैसे में इतने सारे लोगों को लेकर चला जाता है और ले आता है।

"सुन, सुबह-सुबह एक गिलास गरम पानी में थोड़ा जीरा गरम करके डाल और उसमें आधा नीबू निचोड़ दे तथा वह पानी सुबह-सुबह खाली पेट रोज पी, देख 20 दिन में तेरा वजन कैसे कम होता है!" मामा ने बकुर को मोटापा कम करने का हमेशा की तरह एक और तरीका बताया।

मोटे, दुबले, पतले, नाटे, गंजे, बीमार, किसी चीज में कमजोर, पीड़ित ये बेचारी वो कौम होती है, जिनकी मुलाकात आम इनसानों से कम डॉक्टरों से ज्यादा होती है। एक समस्या के बदले हर कोई 20-20 उपाय बताके जाता है। बस, खुद की ही समस्याओं का सदियों तक कोई इलाज नहीं मिलता इन्हें।

तब तक जगत नारायण श्यामलाल के साथ मिनी ट्रक में आ जाते हैं और सब मिनी ट्रक में बैठना शुरू करते हैं, बकुर को ट्रक के बीच में बिठाया जाना है, ताकि एक तरफ वजन आकर ट्रक खड़ा न हो जाए।

तभी पड़ोसी पंडित रवि मंगल बाहर आता है, गुटखा थूकता है, सबको गाड़ी में बैठते देख समझ जाता है कि बकुर के लिए लड़की देखने जा रहे हैं। रवि मंगल ऐसा शायद ही कोई दिन गया हो कि बकुर के लिए लड़की देखने के लिए निकले हों और इन्होंने जगत नारायण परिवार को टोका न हो! रवि मंगल को बकुर के लिए

लड़की देखना निरर्थक प्रयास लगता है और वे हमेशा इसकी बातों-बातों में हँसी भी उड़ाते हैं।

"लगता है फिर से लड़की देखने जा रहे हैं सब!" रवि मंगल जगत नारायण को टोकते हुए बोलता है।

"हाँ मंगलजी, पर आप पीछे से टोकेंगे नहीं तो आपकी तिलिस्मी जुबान को चैन कहाँ मिलेगा!" मामा ने रवि को सुनाते हुए बोला।

"अरे, हम तो पड़ोसी के नाते बस खबर रख रहे थे।" रवि मंगल हर बार की तरह बचाव करते हुए बोला।

"जितनी खबर तुम रखते हो न, तुम्हें पंडित नहीं, पत्रकार बनना चाहिए था। चलो जीजाजी! मामा ने जैसे अभी का आखिरी जवाब देते हुए कहा।

जगत नारायण सपरिवार लड़कीवालों के घर पहुँच गए थे, सब लोग मिनी ट्रक से उतर जाते हैं, बकुर बैठा रह जाता है और जैसे ही वह भी उतरने लगता है तो मिनी ट्रक आगे से थोड़ी उठ जाती है, जगत और मामा उसको सँभालते हैं और बकुर को उतारते हैं।

"आओ श्यामलाल, तुम भी आ जाओ साथ में।" जगत नारायण ने लड़की के घर की ओर जाते हुए कहा।

"नहीं-नहीं पंडितजी, आप होकर आइए, मैं यही हूँ।" श्यामलाल गाड़ी को ठीक स्थान पर लगाते-लगाते बोला।

सब लोग लड़कीवाले के घर में पहुँचते हैं।

"आइए-आइए, स्वागत है आपका।" लड़की के पिता ने सबका स्वागत करते हुए कहा।

"आइए भाभीजी, हम अंदर बैठते हैं।" लड़की की माँ ने गायत्री देवी और मामीजी से हँसते हुए कहा।

"मोहित बेटा, एक कुरसी और ला जरा इधर।" लड़की के बाप ने अपने छोटे बेटे को आवाज देते हुए कहा।

जगत नारायण, मामा और बकुर तीनों एक सोफे पर बैठ गए और लड़की के पिता कुरसी पर ठीक उनके सामने।

"और बताइए साहब, क्या लेंगे?" लड़की के पिताजी ने मुसकराते हुए कहा।

"बस-बस, हम घर से नाश्ता-पानी करके ही निकले हैं।" जगत नारायण ने लड़की के पिताजी से कहा।

"और वैसे भी एक बार रिश्ता पक्का हो जाए तो खाना-खिलाना तो चलता ही रहेगा।" मामा ने थोड़ा हँसी का माहौल बनाने की कोशिश करते हुए कहा।

उधर गायत्री देवी और मामीजी भी लड़की की माँ से घुल-मिल रहे थे।

"हमारे यहाँ तो ये सुबह-सुबह जल्दी जाते हैं तो जल्दी उठकर काम में लगना पड़ता है। मेरी कभी तबीयत खराब हो जाती है तो बेटी ही सारा काम करती है।" लड़की की माँ ने बड़ी चालाकी से बातों-बातों में बेटी घर के सारे काम जानती है, यह बता दिया।

"हमारे यहाँ तो ये मंदिर से आकर खाना खाते हैं 12 बजे तक और बकुर भी 12 बजे ही काम पर जाता है, तब तक सब तैयार करना पड़ता है।" गायत्री देवी ने भी अपनी दिनचर्या के बीच बकुर का काम पर जाना बतलाया।

"बकुर, बड़ा अच्छा नाम है, किसने रखा?" लड़की की माँ ने हँसते हुए पूछा।

"इसकी दादी ने रखा, क्योंकि इसके दादाजी का नाम बकुरनाथ था, दादी का पूरे घर में सबसे ज्यादा लाड़ इसी पर था।" गायत्री देवी ने बताया।

कुछ देर बातचीत होने के बाद लड़की नाश्ते की प्लेट लेकर आती है और जगत नारायण के सामने रखी टेबल पर रखकर चली जाती है।

"ये है जी हमारी लड़की, बी.कॉम किया है और घर के सारे काम यही सँभालती है।" लड़की के बाप ने लड़की से सबका परिचय कराते हुए कहा।

"लड़की तो बड़ी सुंदर और सुशील है।" मामा ने लड़की की तारीफ करते हुए जगत नारायण के पहले बोला।

"वैसे आप लोग बता रहे थे कि लड़का भी साथ में आनेवाला है?" लड़की के बाप ने सवाल किया।

"अरे, यही तो है लड़का।" मामा ने बगल में बैठे बकुर की तरफ इशारा करते हुए कहा।

"बेटा, पैर छुओ अंकल के।" मामा ने बात को आगे बढ़ाते हुए कहा।

बकुर खड़े होकर पैर छूने लगता है और जैसे ही झुकता है, चरररररर करके आवाज आती है, बकुर की पैंट पीछे से फट जाती है और वह शर्म के मारे चुपचाप फिर से सोफे पर बैठ जाता है। लड़की का बाप बनावटी चेहरा बनाकर हँसी छिपाने की कोशिश करता है। अचानक से थोड़ी देर के लिए चुप्पी छा जाती है।

□

10

बकुर बड़ा सहमा-सा बैठा है गरदन झुकाकर। उसे बहुत शर्म-सी महसूस होती है।

"तो ये है लड़का!" बकुर को देखते हुए लड़की के बाप के चेहरे पर एक अजीब सा भाव आता है, जिसे तुरंत वह बनावटी हँसी में बदलने में कामयाब हो जाते हैं।

"कूरियर कंपनी में नौकरी करता है और बुरी आदत तो हमारे बच्चों में हमने कभी बचपन से नहीं पड़ने दी। काम से सीधे घर आता है और घर से सीधे काम पर जाता है।" जगत नारायण ने अपने बच्चे का परिचय कराते हुए कहा।

'मैंने ये जरूर सोचा था, अपनी बेटी के लिए खाते-पीते घर का लड़का देखूँगा, लेकिन इतना खाता हुआ लड़का तो बिल्कुल नहीं सोचा था।' लड़की के बाप ने बकुर के शरीर पर गंभीरता से ध्यान देते हुए मन में कहा।

"तो लड़का-लड़की एक बार आपस में बात कर लेते अगर···" मामाजी ने बात को आगे बढ़ाते हुए कहा।

"जी बात क्या करनी, हमारी बच्ची जैसा हम बोलते हैं, वैसा ही करती है। हम आपस में विचार-विमर्श करके फिर आपको फोन पर बताएँगे!" लड़की के बाप ने मामाजी की बात के तुरंत बाद कहा।

जगत नारायण समझ गए कि उनको यह रिश्ता करने में रुचि नहीं है।

"तो ठीक है, फिर चलते हैं हम!" जगत नारायण ने खड़े होते हुए कहा।

उनके साथ मामा भी खड़े हो जाते हैं तो सोफा अचानक एक तरफ से ऊपर उठ जाता है, क्योंकि बकुर सोफे के एक कोने पर बैठा था और उसके वजन से सोफा पूरा उसी तरफ झुक जाता है। सोफा एकदम ऊपर होने से बकुर नीचे गिर जाता है

और मामा एवं जगत नारायण जैसे-तैसे सोफे को सँभालते हैं। बड़ी असुविधाजनक स्थिति बन जाती है वह।

"अरे, कोई बात नहीं, रहने दीजिए, आप उठिए।" लड़की का बाप बकुर को उठाने के लिए हाथ देता है।

लड़की के पापा पूरी ताकत लगाकर उठाने की कोशिश करते हैं, बकुर को हाथ से खींचते हैं, लेकिन वह नहीं उठ पाता।

"आप कोशिश कीजिए।" लड़की के पापा हार के मामा से कहते हैं।

फिर मामा और लड़की के पापा दोनों बकुर को उठाते हैं, तब जाकर वह उठता है और फिर अपनी पीछे से फटी पैंट के चक्कर में वो दीवार से चिपककर खड़ा रहता है।

"चलिए, चलते हैं हम लोग।" जगत नारायण बोलकर बाहर निकल जाते हैं।

अंदर से गायत्री देवी और मामी भी जाने के लिए बाहर आती हैं।

"मामा···" मामा को जाते देख बकुर उन्हें आवाज लगाता है।

"चल ना!" मामा उसे चलने को कहते हैं।

"अरे, मेरी पैंट फट गई है पीछे से, ऐसे जाऊँगा तो दिखेगा सब।" बकुर बड़ा टेंशन में आकर बोलता है।

"ठीक है, तू आगे चल, मैं पीछे से तुझे कवर फायर देता हूँ, पीठ-से-पीठ सटाकर चलूँगा मैं तुझसे, धीरे-धीरे ही चलना, वरना पांडे परिवार की इज्जत जमाना देख लेगा।" मामा चुटकी लेते हुए बोलते हैं।

वे वैसे ही करते हैं, बकुर आगे बढ़ता है और मामा उससे एकदम सटके पीछे सबसे हाथ जोड़कर नमस्ते करते हुए निकल जाते हैं।

बाहर आते ही श्यामलाल के मिनी ट्रक में बैठकर निकल जाते हैं। रास्ते में सब अपनी-अपनी राय रखते हैं।

"लड़की तो अच्छी थी, क्या बोले वे?" गायत्री देवी ने पूछा।

"उन्हें जैसे ही पता लगा कि ये है लड़का, उनकी रुचि खत्म हो गई।" मामाजी ने गुटखा चबाते हुए कहा।

बातें करते-करते जैसे ही घर पहुँचते हैं, पड़ोसी रवि मंगल घर के बाहर खड़ा किसी आदमी से बात कर रहा होता है। वह जगत नारायण परिवार के उतरे हुए चेहरे देखकर समझ जाता है कि हमेशा की तरह आज भी खाली हाथ ही लौटे हैं।

"लगता है, बात बनी नहीं इस बार भी!" रवि मंगल ने चुटकी लेते हुए जगत

नारायण परिवार से पूछा।

इस बार बिना कोई भी जवाब दिए गाड़ी से एक-एक करके उतरने लगते हैं।

"तुम्हारा बच्चा कितने साल का है?" रवि मंगल ने साथ खड़े आदमी से जानबूझकर जगत नारायण को सुनाने के लिए पूछा।

"अभी तो 24 साल का है।" आदमी ने जवाब दिया।

"समय पर शादी कर देना, वरना लड़का अधेड़ उम्र का हो जाए तो कोई अपनी लड़की नहीं देता। फिर मैंने तो इसलिए अपने तीन बेटों में से एक बेटे की शादी कर दी, दूसरे का रिश्ता पक्का हो गया है। बस, उसकी शादी का भी मुहूर्त निकालना है।" रवि मंगल ने जगत नारायण परिवार को बात सुनाते हुए नीचा दिखाने की कोशिश की।

जगत नारायण ये सब सुनकर बोलना बहुत कुछ चाहते थे, लेकिन साथ खड़े आदमी के सामने विवाद न करने का सोचकर वे चुपचाप अपने गुस्से को दबाते हुए घर में चले जाते हैं।

"अरे त्रिभुवन दासजी, एक मिनट सुनिए,देखिए, ये लड़की फाइनल की है अपने दूसरे बेटे के लिए, ठीक है न?" रवि मंगल अंदर जा रहे मामा को रोकते हुए हाथ में रखी लड़की की फोटो दिखाकर चिढ़ाता है।

"तुम्हारा बेटा तो हीरा है रवि मंगल, उसे तो अप्सरा ही मिलेगी।" मामा ने भी बड़ी-बड़ी बात करके चुटकी लेते हुए कहा।

"हाँ, हीरा तो है ही, कम-से-कम कोई लड़कीवाले लड़का देखते ही मना तो नहीं करते, बच्चे थोड़े सुंदर और ठीक-ठाक शारीरिक दशावाले हों तो ज्यादा परेशानी नहीं आती।" रवि मंगल ने बकुर की तरफ देखते हुए यह बात मामाजी से कही।

"तुम्हें अगर किसी ने बताया न हो तो मैं बताऊँ, तुम पिछले जन्म में साँप रहे होगे, क्योंकि इतना जहर अभी तक उन्हीं में पाया गया है, जितना तुम्हारे स्वभाव और बातों में है।" मामा यह बात बोलते हुए अंदर चले जाते हैं।

गायत्री देवी गुस्से में बाहर आती है और घर का कचरा, जो रोज अपने घर के सामने रखती है, आज वो रवि मंगल के घर के सामने फेंककर उसे गुस्से में देखते हुए अंदर चली जाती है।

कुछ देर के बाद मामा-मामी अपने घर जा चुके थे, जगत नारायण बाहर किसी काम से, गायत्री देवी कपड़े धोने में लगी थी और बकुर अपने कमरे में बहुत

उदास-सा बैठा था। हालाँकि यह पहली बार नहीं था, इससे पहले भी बकुर कई बार नकारा जा चुका था। बिगड़ते शरीर का कभी समय और उम्र के साथ तालमेल नहीं बना, लेकिन निराशा के साथ शरीर का खूब तालमेल रहा। बकुर हर बार अपने मन में दौड़ रहे उदासी रूपी बवंडर को कभी बाहर नहीं लाता, लेकिन अंदर-ही-अंदर उसके तीव्र द्वंद्व चलते हैं, जिसमें वह खुद को भरपूर कोसने लगता है। आखिर वह पैदा ही क्यों हुआ? क्यों सब उसे इतना बुरा-भला बोलते हैं? क्यों इतना बुरा मानते हैं? क्या वह इतना भद्दा, गंदा है कि उसे कोई अपनी जिंदगी का हिस्सा नहीं बनाना चाहता है? हर बार बकुर इस मानसिक स्थिति के साथ अपने कमरे में होता है और घंटों उदासी में डूबा रहता है। दिमाग खुद के खिलाफ सैकड़ों-हजारों सवाल खड़े कर देता है और उसे फिर हर जगह अँधेरा-ही-अँधेरा नजर आने लगता है।

□

11

शाम को गोपाल बाजार में अपनी आवाज को और सुरीली करने के लिए मुलेठी लेने के लिए आया था। वह साथ में बकुर को भी लाता है, दोनों बाजार में घूम रहे हैं।

"क्या हुआ, फिर आज जो लड़की देखने गए थे, देखने के बाद मना किया या देखने के पहले ही?" गोपाल ने हर बार जो होता है, उसी हिसाब से सवाल किया।

"देखने के बाद मना किया।" बकुर ने निराशा से भरे चेहरे से बताया।

"तू अगली बार जाना न तो लड़की के सामने गुरुजी का वो वाला गाना गा देना, शायद उससे तेरा काम बन जाए।" गोपाल ने शर्ट पर लगे किशोर कुमार के फोटो को प्रणाम करते बोला।

"कौन सा?" बकुर ने फौरन पूछा।

"पल भर के लिए कोई हमें प्यार कर ले, झूठा ही सही···दो दिन के लिए कोई इकरार कर ले, झूठा ही सही···झूठा ही सही।" गोपाल मजाक करके बकुर का चेहरा देख हँसने लगता है।

"चल, कुछ खाते हैं यार!" समोसे-कचौरी की दुकान देखकर गोपाल कहता है।

दोनों वहीं रोड पर खड़े-खड़े एक-एक समोसा और एक-एक कचौरी लेकर खाने लगते हैं, तभी वहाँ एक मोटी-सी लड़की आती है।

"भैया 10 गरम-गरम समोसे पैक कर दीजिए।" लड़की ने दुकानदार से कहा।

"यार देख, लड़कियाँ भी तो होती हैं इतनी मोटी, अब बता इससे भी कोई शादी नहीं कर रहा होगा क्या?" बकुर ने लड़की को पीछे से देखते हुए धीरे से गोपाल से कहा।

"तू कहे तो पूछूँ मैं कि आपको अभी तक कितने लड़कों ने मना किया है?" गोपाल बकुर से मजे लेते हुए पूछता है।

"चुप कर, समोसा खाते-खाते मैं मार नहीं खाना चाहता।" बकुर ने कहा।

लड़की जैसे ही अपने पैक समोसे लेकर पलटती है।

"अरे बकुरजी आप, कैसे हैं?" ये चिंटू के कॉलेज वाली रितु मैडम थीं, जिन्होंने बकुर को देखते ही पूछा।

बकुर को एकदम रितु मैडम को देखते ही ठस्का लगता है, समोसे का छोटा सा टुकड़ा गले में फँसता है तो वह फौरन पानी पीता है, घबराता हुआ स्थिति को थोड़ा सँभालने की कोशिश करता है।

"जी, ठीक हूँ, आप कहिए?" बकुर जल्दी-जल्दी में बोल देता है।

"मैं भी ठीक हूँ।" रितु मैडम ने भी औपचारिकता पूरी की।

"चिंटू अभी तो आपको कुछ परेशान नहीं करता है न?" बकुर ने हड़बड़ाते हुए पूछा।

"नहीं-नहीं, थोड़ा-बहुत करता भी है तो मैं मुरगा बनाने में देर नहीं करती हूँ, आप बेफिक्र रहिए। आपके बच्चे को मैं सुधारकर रहूँगी।" रितु मैडम ने हँसते हुए कहा।

बच्चे वाली बात सुनते ही समोसा खाते-खाते गोपाल का हाथ अचानक रुक जाता है और वह बकुर को देखने लगता है।

"तेरी तो वर्षों से शादी नहीं हो रही है, बच्चा कहाँ से आ गया तेरा?" गोपाल से सुनकर जरा भी रहा न गया और हाथोहाथ वह बकुर से सवाल पूछ बैठा।

"शादी नहीं हो रही मतलब, ये शादीशुदा नहीं हैं?" मैडम ने अचंभे से भरी आवाज में पूछा।

बकुर गोपाल को पीछे से चिमटी काटता है।

"मुझे क्या मालूम मैडम, मैं तो इससे आज मिला वर्षों बाद, पता नहीं इस बीच इसने क्या-क्या कर लिया है!" गोपाल बोलकर फिर से समोसा खाने लग जाता है।

"वो छोड़िए मैडम, आइए समोसा-कचौरी कुछ लीजिए न आप।" बकुर ने उस बात से ध्यान हटाने की कोशिश की।

"नहीं-नहीं, मैंने ले लिये हैं, बस अब मैं चलती हूँ!" मैडम वहाँ से निकलकर पीछे की दुकान से कुछ लेने लगती हैं।

"साले, शादी तेरी हुई नहीं और बच्चे तेरे कॉलेज में पढ़ रहे हैं, क्या उलटे-सीधे काम कर रहा है तू?" गोपाल ने मैडम के जाते ही फिर सवाल खड़ा किया।

"अरे मेरे नहीं, सब चिंटू के उलटे कामों की वजह से है, कचौरी खा लूँ, फिर बताता हूँ।" बकुर खाते-खाते बोलता है और पलट के देखता है, मैडम अभी भी पीछे ही हैं।

तभी वहीं से निकल रहे जगत नारायण बकुर को खाते हुए देखते हैं और उसके पास आते हैं।

"ये बाजार की चीजें खा-खाकर ही अपने शरीर का सत्यानास किया है तूने।" जगत नारायण ने बिना आसपास ध्यान दिए बकुर को ऊँची आवाज में बोलना शुरू किया।

बकुर को कुछ समझ नहीं आता, इस स्थिति में क्या करें, इसलिए बस सिर झुकाकर खड़ा हो जाता है।

"जरा भी काबू में नहीं रहता मुँह, बस दिन भर खुला रखो और जो मिल जाए, बस पेट में डालते जाओ। पेट है कि कचरे की पेटी? व्यायाम तो बिल्कुल करते नहीं बनता और खराब कर लो पूरे शरीर को, फिर दे देगा तुम्हें कोई अपनी लड़की, हो जाएगी तुम्हारी शादी।" जगत नारायण अपना गुस्सा निकालकर जाने लगते हैं।

"भाई, इनको 10-20 समोसे और खिला देना!" जाते-जाते फिर से रुकते हैं और दुकानदार को बोलकर जाते हैं।

बकुर गरदन उठाता है, उसे लगता है कि रितु मैडम ने सब सुन लिया, अब उनको बकुर क्या जवाब देगा? वो पीछे पलटकर देखता है तो रितु मैडम जा चुकी होती हैं।

"चल, कोई नहीं, तू तो हरी वाली चटनी से कचौरी खाकर देख, क्या स्वाद है!" गोपाल जगत नारायण की बातों को अनदेखा कर कहता है।

बकुर को थोड़ा गुस्सा आता है और वह अपने गुस्से को शांत करने के लिए 7-8 समोसे और खा जाता है।

□

12

इसके बाद कुछ रविवार और आए तथा हर रविवार पर हमेशा की तरह सब लोग श्यामलाल के मिनी ट्रक में बैठकर लड़की देखने के लिए निकलते, रवि मंगल आकर अपना टोकने का काम करते, मामाजी या गायत्री देवी एक-दो बातें उसे सुनाते और फिर सब लड़कीवालों के यहाँ पहुँचते, वहाँ हर बार की तरह बकुर को अस्वीकार किया जाता और बकुर अधिकतर निराशा में भरा-भरा ही रहता। समाज और लोगों की निरंतर अस्वीकारता ने बड़े-बड़े लोगों को उदासी और गम की दुनिया में भेजा है। बकुर का भी स्वयं से मानसिक और शारीरिक द्वंद्व हमेशा चलता ही रहा, कभी वास्तविकता में तो कभी कल्पनाओं में। लेकिन कुछ समय बाद फिर कोई रविवार आता, फिर से सब लोग जाते, फिर कभी बकुर के साथ कुछ अटपटा हो जाता। किसी एक घर में तो लड़कीवालों ने 7-8 प्रकार के स्वादिष्ट नाश्ते की चीजें रखीं, सबने अच्छे से खाया, बकुर ने भी खाया और खाते-खाते उसकी शर्ट की 3-4 बटन एकदम टूटकर गिरती गईं, बकुर का पेट तब एकदम ऐसे बाहर आया, जैसे किसी बाँध का दरवाजा खुलते ही पानी आता है। घर आकर पिताजी की बहुत डाँट पड़ी। फिर किसी लड़कीवाले के यहाँ तो बकुर बाथरूम इस्तेमाल करने जाता है, बहुत छोटा सा बाथरूम होने की वजह से बकुर उसमें फँस जाता है, फिर सब लोग मिलकर निकालते हैं। इसी तरह की अलग-अलग परिस्थितियों और परेशानियों के साथ अब तक लगभग 24 लड़कीवाले बकुर को अस्वीकार कर चुके थे। लेकिन आज की अस्वीकारता के बाद पहली बार जगत नारायण को व्याकुल और टूटते हुए देखा, जिन्होंने अभी तक हार नहीं मानी, वे आज हारे हुए लोगों की तरह बात कर रहे थे।

रात में बकुर अपने कमरे में सोने की कोशिश कर रहा था और बाहर जगत

नारायण भी नींद न आ पाने के कारण गायत्री देवी के सामने बिखर पड़ते हैं—

"एक लड़की नहीं ला पा रहा हूँ अपने बेटे के लिए मैं, धिक्कार है मेरे बाप होने पे। अरे, शादी नहीं करा पाया उसकी तो लोग जीने नहीं देंगे उसे। अकेले जिंदगी नहीं जी पाएगा वह, बहुत सीधा है बकुर, हर दिन उसे लोग चिढ़ाते हैं, उलटा-सीधा बोलते हैं, भद्दा मजाक बनाते हैं उसका, नहीं सह पाता है वह। अभी तो हम हैं उसके साथ; लेकिन जब हम नहीं होंगे, तब क्या होगा उसका? इसलिए हर दिन, हर सुबह, हर रात इसी प्रयास में लगा रहता हूँ कि बकुर का अकेलापन अब दूर कर पाऊँ, लेकिन इतने प्रयास के बाद भी कुछ हो क्यों नहीं रहा है? तीन वर्षों से हर सोमवार का व्रत भी रख रहा हूँ, आखिर हमसे ऐसी क्या भूल हो गई कि महाकाल हमारी सुन ही नहीं रहा है? मुझसे कुछ भूल हुई हो तो उसकी सजा मेरे बेटे के हिस्से में मत लिखो महाकाल और परिवार में भी किसी से भूल हुई हो तो वह सजा भी मुझे मंजूर है, बस इस प्रयास को सफलता तक पहुँचा दो मेरे महाकाल!"

कुछ देर की बातचीत के बाद गायत्री देवी जगत नारायण को पानी लाकर पिलाती है और दोनों बेचैन मन के साथ सोने की कोशिश करते हैं।

एक बरात निकल रही है, जिसमें कामले बैंड का बैंड बज रहा है, पप्पू कड़वा उर्फ बॉस बैंड की गाड़ी चला रहा है, गोपाल गा रहा है, उसके ठीक पीछे बकुर अपना बाजा बजा रहा है और बाकी बैंडवाले अपने-अपने बाजे तथा बराती नाच रहे हैं।

"छोटे-छोटे भाइयों के बड़े भैया, आज बनेंगे किसी के सैंया।" गोपाल गा रहा है।

"भैया काला कौवा बजा दो।" एक बच्चे ने गोपाल के कान में आकर बोला।

"सूरत निराली, मन की तू काली, ओ नखरेवाली।" गोपाल ने तुरंत गाना बदला।

"भैया, पल्लो लटके बजा दो।" फिर किसी ने आकर फरमाइश की।

किसी भी बरात में सबसे ज्यादा फायदा बैंड सिंगर को होता है, उन 2 घंटों में वह खुद को जस्टिन बीबर से कम नहीं समझता और गोपाल खुद को किशोर कुमार से कम नहीं समझता था। फिर लोग भी मस्ती में इतने मस्त होते हैं कि उस दिन के लिए बैंड सिंगर ही उनका मोहम्मद रफी, लता मंगेशकर, कुमार शानू, सोनू निगम, श्रेया घोसाल, अरिजीत सब वही होता है।

"पल्लो लटके गोरी को पल्लो लटके, जरा सो...जरा सो...जरा सो टेढ़ो हुई

जा बालमा, पल्लो लटके···" गोपाल ने गानों की कतार में अगला गाना गाया।

जैसे ही कोई पैसा लुटाता है तो गोपाल फौरन उसको पकड़कर अपनी तरफ खींचता है और पैसे लूट लेता है तथा जैसे ही गाड़ी चलाते अपने बॉस को देखता है तो वह पैसे माँग लेता है।

"भैया, घूमर बजा दो।" एक मोटी सी लड़की गोपाल को बोल रही थी, लेकिन इतनी तेज बैंड की आवाज में उसे साफ सुनाई नहीं दे रहा था।

उस मोटी सी लड़की को देखते ही अचानक बकुर की धड़कनें तेज हो जाती हैं, वह घबरा के फौरन अपने बाजे से अपना मुँह छिपाने की कोशिश करता है।

"घूमर बजा दो भैया, घूमर।" अबकी बार उस लड़की ने यानी रितु मैडम ने गोपाल के कान के और नजदीक आकर कहा।

"घूमर-घूमर···" गोपाल बैंडवालों को बताते हुए बोला और सबने घूमर म्यूजिक देना शुरू किया। बकुर के मुँह से ठीक से हवा भी नहीं निकल रही थी, और उसे अब डर लग रहा है, कहीं रितु मैडम उसे देख न ले!

□

13

रितु मैडम घूमर गाने पर नाच रही है, वह सजी-धजी आज बहुत सुंदर लग रही है, लेकिन उनकी सुंदरता से भी ज्यादा उनका डर हावी है अभी बकुर पर। घूमर के बाद मैडम ने गोपाल से 3-4 गाने और बजवाए। उनके हर बार गोपाल के पास आने पर बकुर की धड़कनों की रफ्तार तेजी से बढ़ती, फिर उनके डांस और उनकी सुंदरता को देखकर कम भी हो जाती।

बरात शादीवाले गार्डन तक पहुँचती है, सब लोग अंदर जाते हैं। बैंडवाले बजाना बंद कर चुके हैं। बकुर बैंड की गाड़ी के पीछे छिपा खड़ा है, पप्पू सेठ गाड़ी पलटाकर सबको वापस चलने का बोलते हैं।

"अरे, आप सब लोग खाना खाकर जाइए।" लड़की के बाप ने पप्पू सेठ को रोकते हुए बोला।

"जी-जी बिल्कुल।" पप्पू सेठ जवाब देता है।

"वैसे भी सीधे घर ही तो जाना है, तो चलो खाना खा ही लेते हैं!" पप्पू कड़वा सबकी ओर देखते हुए बोला।

"तो घर पे मना कर दीजिए सेठजी, वरना भाभीजी का खाना बेकार जाएगा।" गोपाल ने पप्पू कड़वा को सलाह देते हुए कहा।

"अरे, वह भी खा लेंगे, पहलवानी ऐसे ही थोड़ी करते हैं, खाने में कभी मना नहीं करना, मेरे गुरु उस्ताद हीरा यादवजी की पहली शिक्षा थी।" पप्पू कड़वा, जो बैंड के अलावा, समय निकालकर कुश्तियाँ लड़ा करते हैं, अपने उस क्षेत्र का अनुभव बताने लगे।

"चलो, फिर चलते हैं अंदर!" गोपाल ने सबकी ओर देखते हुए कहा।

बकुर, जो अभी कुछ मिनट पहले खुद को महफूज मानने ही लगा था, यह सुनते ही उसके चेहरे का रंग पूरी तरह उड़ जाता है।

"अरे यार, मैं नहीं जा सकता।" बकुर जाते हुए गोपाल को रोककर कहता है।

"अबे, तुझे तो जरूर चलना चाहिए, तेरी वह मोटी मैडम भी तो आई है, जो हमें समोसा खाते हुए दिखी थी। क्या नाचती है यार वह! और आज तो कमाल की सुंदर लग रही है। चल, डरता क्या है, वह तुझे नहीं देखेगी, तू ही उसे देखना दूर से और फिर भी डर लगे तो गुरुजी का वह गाना याद कर लेना, डर दूर हो जाएगा।"

"कौन सा?"

"जिंदगी एक सफर है सुहाना, यहाँ कल क्या हो, किसने जाना…" गोपाल गाते-गाते बकुर को अंदर खींचकर ले जाता है।

सब घूमते-फिरते खाना खा रहे हैं, बकुर डरते-डरते खा रहा है। उसने अपना पूरा ध्यान रितु मैडम पर रखा हुआ है, जो कि ठीक दूल्हा-दुलहन के स्टेज के सामने बैठी है और तभी उसकी स्टेज के ऊपर नजर जाती है, वह देखता है कि दूल्हा-दुलहन को एक शख्स आशीर्वाद दे रहा है।

"अरे, ये तो तेरे पापा हैं न?" गोपाल भी जो साथ में खड़ा है, देखते हुए बोलता है।

"हाँ।" लड़खड़ाते शब्दों के साथ अचानक बकुर के कान के पास से पसीना बहने लगता है, जैसे पैरों के नीचे से जमीन खिसकने लगती है, हाथों में पकड़ी खाने की थाली नीचे गिर जाती है।

"चल, जल्दी से सेठजी को ढूँढ़ते हैं और चलने को बोलते हैं।" गोपाल ने बोला।

दोनों गार्डन में खाना खा रहे लोगों में सेठजी को ढूँढ़ने लगते हैं, सेठजी मिलते हैं और उनका खाना खत्म होते ही जल्दी से निकलने लगते हैं, तभी बकुर देखता है कि गेट पर दुलहन के माँ-बाप के साथ जगत नारायण भी खड़े हैं और वे दुलहन के पिताजी के साथ बातें कर रहे हैं। बकुर और गोपाल रुक जाते हैं।

"अरे चलो, रुक क्यों गए, अभी तो बोल रहे थे जल्दी जाना है!" पप्पू कड़वा ने गोपाल और बुकर को रुकता देख कहा।

"सेठजी, बस दो मिनट, मैं बाथरूम होकर आ जाऊँ।" गोपाल ने बात को घुमाते हुए कहा और बाथरूम के लिए जाता है।

उधर दुलहन के पिताजी और जगत नारायण बात करते-करते वहीं लगी कुरसी पर बैठ जाते हैं। गोपाल बाथरूम होकर आता है और अब उन्हें कुरसी पर बैठा देख और आश्चर्यचकित होता है।

"चलो, अब चलें।" पप्पू कड़वा गोपाल के आ जाने पर बोलता है।

"सेठजी, मैं भी हो आऊँ, बस दो मिनट में?" अबकी बार बकुर डर के मारे जाता है।

बकुर जब बाथरूम होकर आता है तो देखकर और ज्यादा आश्चर्यचकित हो जाता है, रितु मैडम के साथ उनके पापा की उम्र के एक व्यक्ति, जगत नारायण और दुलहन के पापा सब आपस में बातें कर रहे हैं, जगत नारायण और रितु मैडम के साथवाले व्यक्ति एक-दूसरे को समझाने की कोशिश कर रहे हैं और फिर वे हाथ जोड़कर गार्डन से बाहर जाने लगते हैं। रितु मैडम जगत नारायण के और दुलहन के पिताजी के पैर छूकर चली जाती है और जगत नारायण फिर से कुरसी पर बैठ जाते हैं बातें करने।

"अरे, चल अब।" पप्पू कड़वा ने अबकी बार थोड़े गुस्से में कहा।

"यार हम 7-8 बैंडवाले हैं, एक साथ चलेंगे, सब एक ही कपड़े में हैं। तू थोड़ा छिप के चलना हमारा सहारा लेकर तो तेरे पापा नहीं पहचानेंगे। थोड़ी सी हिम्मत कर ले, वरना पता नहीं तेरे पापा कब उठेंगे वहाँ से!" गोपाल ने धीरे से बकुर को कहा।

"आज मैं नहीं बचनेवाला!" बकुर ने काँपते शरीर से गोपाल से कहा।

"चलो।" इतनी देर में पप्पू कड़वा और साथ के बैंडवालों ने आगे बढ़ना शुरू कर दिया, बकुर भी फौरन साथी समूह में सबसे कोने में और थोड़ा छिपकर चलना शुरू करता है।

गेट पर पहुँचते ही लड़की के पिताजी हाथ जोड़ते हैं।

"खाना खाया आप लोगों ने?" लड़की के पिताजी ने पूछा।

"हाँ।" पप्पू कड़वा ने चलते-चलते हाथ जोड़ते हुए कहा।

और चलते-चलते गेट से थोड़ी दूर आए ही थे कि समूह में चल रहे गोपाल और बकुर ने एक साथ पलटते हुए देखा तो जगत नारायण इन्हीं लोगों की ओर देख रहे थे, दोनों घबरा के फौरन गरदन पलटते हैं।

"अरे रुको!" जगत नारायण ने इन्हें रोकने के लिए आवाज लगाई।

बकुर और गोपाल ने अनदेखा किया और फौरन बाहर आए।

"अरे यार, देख लिया पापा ने।" बकुर के चेहरे की परेशानी अचानक दुगुनी हो गई थी।

पप्पू कड़वा से गोपाल ने फौरन गाड़ी चलाने को कहा, यह बोलकर कि अब उसका बहुत जोर से प्रेशर बन रहा है। पप्पू कड़वा भी जल्दी से गाड़ी चालू करता है और सब निकल जाते हैं।

□

14

घर पर जगत नारायण थोड़े नाराज से बैठे हैं, बकुर अंदर आता है। घर का बड़ा सीरियस माहौल देखता है—बकुर की माँ भी चुपचाप बैठी है, चिंटू अपनी कुछ पढ़ाई कर रहा है।

बकुर जूते उतारता है और सर झुकाकर डरते-डरते अपने कमरे की तरफ जाने लगता है।

"बकुर!" जगत नारायण बकुर को रोकते हुए बोलते हैं।

"जी पापा।" बकुर जैसे-तैसे आवाज निकालता है।

"कामले बैंड को जानते हो?" जगत नारायण सस्पेंस फिल्मों की तरह सवाल करते हैं।

"क्या··· ? क्या पापा?" बकुर डरते-डरते पूछता है।

"जानते हो या नहीं?" जगत नारायण अबकी बार आँखें बड़ी करके पूछते हैं।

"हाँ-हाँ, जानता हूँ पापा।"

"तुमने हमें यह बात बताई क्यों नहीं?" जगत नारायण ने थोड़ा गुर्राते हुए गुस्से में पूछा।

बकुर की गरदन और ज्यादा झुक जाती है।

"ये तो अच्छा हुआ हमने शादी में आज देख लिया कि इनका वो दोस्त गोपाल एक बैंड में काम करता है, वो कामले बैंड ही था न?"

"हाँ पापा!"

"और तुम उसके साथ घूमते हो···तुम्हें हजार बार कहा है कि अपनी संगत अच्छे लोगों के साथ रखो, बस। ये बैंडवाले दारू, सिगरेट और हर तरह के नशे

करते हैं। ब्राह्मण के बच्चे होकर नीची जाति के लोगों के साथ दोस्ती है तुम्हारी!"

बकुर गरदन झुकाए ही खड़ा रहता है।

"उससे अपनी दोस्ती खत्म करो, वरना जैसे के साथ रहोगे, वैसी चीजें सीखोगे। जाओ अब, बातों का ध्यान रखना, जय महाकाल!"

बकुर गरदन झुकाए ही पलट के जाने लगता है और सोचकर आश्चर्य करता है, फिर से पलटता है।

"पापा, आप बस यही कह रहे थे कि मैं गोपाल से दोस्ती न रखूँ?" बकुर मन की शंका को दूर करने के लिए फिर से पूछता है।

"हाँ।"

"और कुछ नहीं बोल रहे थे?" बकुर ने धीरे से फिर पूछा।

"हाँ, और क्या बोलना था! अरे हाँ, कल अपने ऑफिस लेट चले जाना, कल लड़कीवाले आ रहे हैं तुम्हें देखने।" जगत नारायण ने बिस्तर पर लेटते हुए कहा।

बकुर के मन में इस बात की शांति आई ही थी कि जगत नारायण ने उसे नहीं, सिर्फ गोपाल को देखा कि एक नई अशांति भी आ गई कि फिर से कोई लड़कीवाले उसे अस्वीकार करने के लिए आ रहे हैं!

खाना खाने के बाद बकुर और चिंटू दोनों भाई बिस्तर पर लेटे हैं।

"यार भैया, एक बड़ी परेशानी हो गई है।" चिंटू ने थोड़ा परेशान होते हुए कहा।

"क्या हो गया अब, फिर से कॉलेज में कुछ किया क्या तूने?"

"अरे नहीं भैया, आप एक काम करना, कल ऑफिस चले जाना अपने, लड़कीवालों के लिए घर पर मत रुकना।"

"पागल है क्या, तुझे पता है पापा क्या हाल करेंगे मेरा, उनकी बात नहीं मानूँगा तो?"

"हाल तो आपका तब भी बुरा होनेवाला है, अगर मेरी बात नहीं मानोगे तो!" चिंटू के चेहरे की परेशानी और बढ़ गई थी।

"तू मुझे साफ-साफ बता, क्या हुआ है?"

"कल जो लड़कीवाले आ रहे हैं न, वो आपको पता है कौन हैं?"

"कौन है, लड़कीवाले हैं और क्या?"

"रितु मैडम के पापा, वे रितु मैडम के लिए आपको देखने आ रहे हैं।"

"क्याऽऽऽ ?" अपनी जिंदगी में बकुर मोटा होने के कारण पहली बार इतनी जल्दी उठकर बैठा था।

बकुर का सिर से लेकर आँखें तक, सब घूम रहे थे। समझ नहीं आ रहा था कि आखिर उसके साथ एक के बाद एक ये सब क्यों और कैसे हो रहा है! किसी एक उलझन से निकलता नहीं है कि दूसरी पहले उस तक पहुँच जाती है।

"तुझे किसने बताया ?" बकुर ने चिंटू से पूछा।

"पापा ने, किसी जजमान के वहाँ शादी में गए थे, बस वहीं पर रितु मैडम और उनके पापा दोनों उनको मिले और पापा को तो जहाँ पता लगता है कि कोई शादी योग्य लड़की है घर में तो वे फौरन अपना प्रपोजल खोल देते हैं और तुरंत मिलने-मिलाने की तारीख ले लेते हैं।"

"ये सब तेरी वजह से हो रहा है, मरवा दिया तूने मुझे।" बकुर चिंटू को कोसते हुए बोला।

"मैंने क्या किया यार भैया ?" चिंटू ने पूछा।

"तू अपने कॉलेज में ले जाकर मुझे अपना पापा बनाकर न मिलाता तो आज इतनी सारी समस्या खड़ी नहीं होती।" बकुर ने कहा।

चिंटू कुछ नहीं बोला और बकुर भी कुछ सोचने लगता है।

"कल रितु मैडम भी आ रही हैं क्या ?" बकुर ने पूछा।

"नहीं-नहीं, सिर्फ उनके पापा और उनके साथ कोई उनका रिश्तेदार है, वे ही आ रहे हैं बस। रितु मैडम की मम्मी तो हैं नहीं।"

"फिर तो कोई परेशानी ही नहीं है चिंटू, रितु मैडम के पापा हमें थोड़े ही पहचानते हैं और न ही हमसे पहले कभी मिले हैं। आएँगे, मुझे देखेंगे और हर बार जो होता है, वो होगा। कोई समस्या नहीं है, तू तो आराम से सो जा बिल्कुल।"

"सो कैसे जाऊँ भैया, आप पूरी जगह तो घेर लेते हो पलंग पर ? सुबह तक छिपकलियों की तरह दीवार से चिपका मिलता हूँ मैं, इतनी सी भी जगह नहीं बची मुझे।" चिंटू ने अपनी दूसरी परेशानी बताई।

"यार चिंटू, तुझे इतनी दिक्कत है तो तू बाहर मम्मी-पापा के पास सो जाया कर।" बकुर भी चिढ़ाते हुए बोला।

"हाँ भैया, सही कह रहे हो आप, अब इस पलंग पर हम तीन नहीं सो सकते।" चिंटू भी अपना तकिया उठाते हुए बोला।

"तीन कौन ?"

"एक मैं और दो के बराबर आप।" चिंटू ने पलंग से नीचे उतरते हुए कहा।

"भाग यहाँ से।" बकुर गुस्सा करते हुए बोला।

"हाँ, अब मैं बाहर ही सोऊँगा, वह भी फैलकर आराम से। आपके पास दबकर सोने से तो अच्छा ही है।" चिंटू बाहर जगत नारायण और गायत्री देवी के पास जाकर सो जाता है।

□

15

सुबह होती है, बाहर से मामाजी और मामीजी जगत नारायण के घर आ रहे होते हैं, तभी पड़ोसी रवि मंगल भी तैयार होकर कहीं बाहर के लिए निकलता है।

"क्या बात है, आज फिर बकुर के लिए लड़की देखने जाना है लगता है!" रवि मंगल ने मामाजी को देखकर कहा।

"यार, एक बात बोलूँ, मैंने अपने जीवन में बहुत तरह के इनसान देखे, पर तुम्हारी तरह लीचड़ आदमी नहीं देखा कभी।" मामा इतना बोलकर सीधे जगत नारायण के घर में चले जाते हैं।

घर में जगत नारायण पाठ कर रहे हैं, गायत्री देवी घर को व्यवस्थित कर रही है।

"अरे, क्या बात है, अभी तक साफ-सफाई ही चल रही है?" मामा घर में घुसते ही बोला।

"हाँ भैया, लड़कीवाले बस आते ही होंगे और बकुर अभी तक नहाया ही नहीं, तब से बाथरूम में ही है और चिंटू का पता नहीं कहाँ गया!" गायत्री देवी ने कहा।

जगत नारायण अपना पाठ करके उठते हैं, तभी देखते हैं, दरवाजे पर लड़कीवाले आ गए हैं।

"जगत नारायणजी!" लड़की के पिताजी ने दरवाजे से ही आवाज लगाई।

"अरे, आइए-आइए मदनलालजी!" जगत नारायण उनका स्वागत करते हुए बोलते हैं।

"ये हमारे चचेरे भाई हैं।" मदनलालजी ने अपने साथ आए सज्जन का परिचय करवाया।

"नमस्कार जी और ये हमारे साले साहब, वो उनकी पत्नी हैं और ये हमारी धर्मपत्नी हैं।" जगत नारायण सबका परिचय कराते हुए बोले।

मदनलालजी ने भी सबसे मुसकराकर नमस्कार किया और फिर जगत नारायण और मदनलालजी की दूर के रिश्ते, पूर्वज, वंश, अपना गाँव बतानेवाली बातें शुरू हो गईं।

बकुर अभी बाथरूम में ही है और ये लोग तो अब आकर बैठ गए तो उसे तो इनके सामने ही बाहर आना पड़ेगा, हजार बार बोला इन्हें कि बाथरूम के पास दीवार उठवा दो तो अलग हो जाए, पर नहीं, हॉल-किचन-बाथरूम सब एक साथ बनवाए हुए हैं।

मामा बाथरूम के गेट के पास जाकर खड़े होते हैं और धीरे से गेट बजाते हुए बोलते हैं—

"भानजे कितना समय लगेगा तुझे ?" दरवाजे से कान सटाकर बोले।

"मामा, मैं तो तैयार हूँ, पर वे लोग आकर बैठ गए, इसलिए नहीं निकला।" बकुर ने भी दरवाजे से कान लगाकर धीरे-धीरे बोलते हुए कहा।

"ठीक है, तू जल्दी से बाहर आ जा और अपने कमरे में चले जाना सीधे, नहीं देखेंगे वे।"

बकुर फौरन बाथरूम का दरवाजा खोलकर निकलता है और अपना एक हाथ छुपाते हुए जल्दी से अपने कमरे में जाता है और जल्दी-जल्दी तैयार होकर अपने कमरे से बाहर आता है, सबके पैर छूता है, अपने एक हाथ को पीछे ही छुपाकर रखता है।

"भैया, यह कैसे आ गया ?" गायत्री देवी त्रिभुवनदास के कान में चिंता करते हुए बोलती है।

लड़कीवाले, जगत नारायण, मामी, मामा—सब बकुर को अब आश्चर्य से देख रहे हैं, बकुर सबको देखकर मुसकरा रहा है, उसे ध्यान ही नहीं है कि जल्दी-जल्दी में नीचे पैंट पहनना ही भूल गया।

"बकुर, दो मिनट इधर आ।" मामा उसे उसके कमरे की तरफ बुलाते हैं।

बकुर मामा के पीछे-पीछे अपने कमरे में जाता है।

"अरे, ये क्या कर रहा है तू, लड़कीवालों के सामने नंगा बैठ गया," मामाजी ने बकुर को कहा।

बकुर जैसे ही नीचे देखता है तो आश्चर्यचकित होता है और फौरन अपनी

लाल पैंट उठाकर पहनने लगता है, पर एक हाथ में तो मग्गा फँसा है, मामा उसे निकालने की कोशिश करते हैं, लेकिन वह नहीं निकलता। आखिर में वे खुद पैंट पहनाकर भेजते हैं बाहर और हाथ में फँसे मग्गे को एक कपड़े से ढक देते हैं। बकुर फिर से बाहर जाकर बैठता है, जगत नारायण उसे एक गुस्सा वाला लुक देते हैं··· लड़कीवाले कुछ देर बकुर से बात करते हैं और फिर चले जाते हैं।

"तुम्हारे दिमाग में बुद्धि है या भूसा, अर्धनग्न अवस्था में लड़कीवालों के सामने आकर बैठ गए!" उसके जाते ही जगत नारायण अपना गुस्सा निकालते हुए बोले।

"वो जल्दबाजी में भूल गया था। कोई बात नहीं, अब आगे से ध्यान रखना, कभी गुस्से में और जल्दबाजी में काम नहीं करना चाहिए—'सहसा विदधीत न क्रियामविवेकः परमापदां पदम्! वृणते हि विमृष्यकारिणं गुणलुब्धाः स्वयमेव संपदः!!'"

"क्या बात है भैया! इसका अर्थ क्या हुआ?" गायत्री देवी ने तुरंत भाई पर गर्व करते हुए पूछा।

"मतलब, बिना सोचे-समझे आवेश में कोई काम नहीं करना चाहिए, क्योंकि विवेक में न रहना सबसे बड़ा दुर्भाग्य है, वहीं जो व्यक्ति सोच-समझकर कार्य करता है, माँ लक्ष्मी उसका चुनाव खुद करती हैं।" मामाजी ने बकुर के कंधे पर हाथ रखते हुए और जगत नारायण की ओर एक लुक देते हुए श्लोक पूरा किया।

"वाह भैया, वाह! सच कहूँ तो आपको देखकर लगता है कि आप ही ने गहराई से पंडिताई को सीखा है।" गायत्री देवी भी जगत नारायण को सुनाते हुए कहती है।

"तुम ये क्या तब से एक हाथ पीछे बाँधे हुए खड़े हो, क्या हो गया तुम्हारे हाथ में?" जगत नारायण ने उस बात से सबका ध्यान हटाते हुए बकुर से सवाल खड़ा किया।

"वो नहाते हुए मग्गा फँस गया था हाथ में।" बकुर हाथ सामने लाते हुए कहता है।

"हे भगवान्! दुनिया के तमाम उलटे-अटपटे काम तुझसे ही क्यों होते हैं? कभी कुछ तोड़-फोड़ करता है, कभी कुछ गिराता है, आज मग्गा हाथ में फँसा लिया!" गायत्री देवी बकुर को देखकर खुद का सिर पकड़ लेती है।

"अरे लाओ, मैं अभी निकाल देता हूँ।" मामाजी पूरी ताकत से खींचकर देखते हैं, पर वह नहीं निकलता।

"इसे बल्लू लोहार के पास जाकर कटवाना पड़ेगा, क्योंकि ये मग्गा बहुत सख्ती से फँसा हुआ है और लोहे का है। बल्लू काट देगा और दर्द भी नहीं होगा।" मामाजी हाँफते-हाँफते बोलते हैं।

"चलो, मैं चलता हूँ दीदी-जीजाजी!" मामा ने जाने की तैयारी की।

"रविवार को आ जाना, 12 बजे तक लड़की देखने चलना है।" जगत नारायण ने मामा से कहा।

"जीजाजी, मैं कहता हूँ अभी थोड़े समय रहने देते हैं, फिर कुछ समय बाद देखेंगे, लगभग जहाँ भी जाते हैं, मना ही होती है, अभी बकुर का कुंडली योग ठीक नहीं चल रहा है। दो महीने बाद राहु बदलेगा, कुछ अच्छा हो सकता है!" मामाजी ने कहा।

"हाँ, मुझे भी लगता है, राहु बदल जाए, तब देखते हैं।" गायत्री देवी ने भी भाई की बात पर सहमति जताई।

"अरे, मदनलालजी ने बुलाया है अगले रविवार, उन्हें तो बकुर पसंद है।" जगत नारायण चेहरे पर खुशी लिये बताते हैं।

सब लोग ऐसे आश्चर्यचकित होते हैं, जैसे किसी ने रेगिस्तान में पानी देखने की बात कर दी हो! क्योंकि सबने लगभग माना हुआ था कि मदनलालजी भी औरों की तरह, हम फोन पर बताएँगे या अभी हमें दो साल और शादी नहीं करनी है, जैसा कोई बहाना बनाकर चले गए होंगे, लेकिन यह बात सुन के सबके चेहरे पर थोड़ी खुशी थी, बकुर के पैरों के नीचे से एक बार फिर जमीन खिसक चुकी थी और बिना किसी भाव के वह सिर्फ एक पुतले के समान खड़ा रह गया था। □

16

बकुर अपने हाथ में फँसा मग्गा निकलवाकर साइकिल पर जा रहा है, ऐसे जैसे कोई पुतला साइकिल चला रहा हो, न तो चेहरे पर कोई भाव है, न शरीर में कोई हरकत, सिवाय दोनों पैरों के पैडल घुमाने के। रास्ते में चिंटू अपने दोस्तों के साथ आ रहा होता है।

"भैया!" चिंटू ने बकुर को देखते ही आवाज लगाई।

लेकिन बकुर कहाँ सुन पाता अभी, क्योंकि वह तो जैसे बेहोशी में पहुँच चुका है लगभग। थोड़ी आगे जाकर एक बाइक पर दो लोग जा रहे हैं, उनमें से पीछे वाले आदमी ने बड़ा सा आईना पकड़ा हुआ है, बकुर उनके बिल्कुल पीछे आ रहा है। अचानक उसका ध्यान उस आईने में जाता है और उसमें वह खुद को देखता है। उसके मन में खुद को लेकर बहुत से सवाल खड़े होते हैं और वह आईने में खो जाता है। आईने में देखते-देखते, खुद से बातें करते हुए बकुर भी उस बाइकवाले की मंजिल तक पहुँच जाता है। जब वे गाड़ी से आईना उतारते हैं, तब उसे ध्यान आता है कि वह कहाँ आ गया, उसे तो बैंड पर जाना था!

बकुर उतरे हुए चेहरे के साथ बैंड पर पहुँचता है। पप्पू सेठजी एक ग्राहक से, जो कि घोड़ी-बाजे बुक करने आया है, से बात कर रहा है, बाकी सब अपने-अपने इंस्ट्रूमेंट्स साफ कर रहे हैं और गोपाल अपने गले की रियाज कर रहा है।

"घोड़ी-बाजे शादी में सबको मुफ्त में चाहिए, इतना भाव करवाते हैं, अब किसी को भाव करवाने दो!" पप्पू सेठ ने पिछले ग्राहक पर गुस्सा होते हुए बोला।

"शाम को एक शोभायात्रा में जाना है, अपने-अपने इंस्ट्रूमेंट्स अच्छे से बजा के चेक कर लो!" पप्पू सेठ ने कहा।

"भैया, घोड़ी-बाजे बुक करने थे।" एक ग्राहक ने आकर कहा।

पप्पू सेठ काउंटर पर जाते हैं, बकुर जैसे ही पलटकर देखता है, एकदम से डर जाता है और दुकान के कोने में जाकर छिप जाता है, क्योंकि जो ग्राहक आया है, वह रवि मंगल है, बकुर का पड़ोसी।

"सर, बैंड की गाड़ी होगी, साथ में 8 आदमी होंगे, लाइट्स रहेंगी, साथ में जनरेटर की व्यवस्था भी रहेगी, सबका कुल 15000 रुपए हैं।" पप्पू सेठ ने बताया।

"15000 रुपए, बहुत महँगा है, थोड़े कम करो!" रवि मंगल ने कहा।

यह सुनते ही पप्पू सेठ का मूड और खराब हो गया।

"3000 रुपए कम कर देता हूँ, लेकिन घोड़ी की जगह बकरी लाऊँगा, आप अपने बच्चे से पूछ लो उस पर जाएगा?" पप्पू सेठ ने ताने मारते हुए बोलना शुरू किया।

"ये क्या बोल रहे हो?" रवि मंगल ने कहा।

"2000 रु. और कम हो सकते हैं, बरात में हम बजाएँगे कुछ भी नहीं, सिर्फ चुपचाप बरात के साथ-साथ चलेंगे।" पप्पू सेठ ने लगातार बोलना जारी रखा।

सेठजी अपनी इसके पहले वाले ग्राहक की भी भड़ास रवि मंगल पर ही निकाल रहे थे।

"और कम करना है तो सिर्फ 500 रुपए में भी काम हो सकता है आपका, आप बरात लेकर यहाँ हमारी दुकान पर आ जाओ, लड़कीवालों को भी यहीं बुलवा लो, हम यहीं पर बजा देंगे।"

"पागल आदमी है, चलो और कहीं देखते हैं।" रवि मंगल ने अपने साथ आए दोस्त से कहा।

और दोनों बड़बड़ाते हुए चले जाते हैं।

"पैसे कम करवाना है इन्हें! चलो, मैं जरा गाड़ी ठीक करवाकर आता हूँ।" यह बोलते हुए पप्पू सेठ भी निकल जाते हैं।

"क्या हुआ, तेरा चेहरा आज इतना उतरा-उतरा क्यों है?" गोपाल ने बकुर को देखकर पूछा।

बकुर गोपाल को सिर्फ देखता है, लेकिन कोई जवाब नहीं दे पाता।

"चल आ जा चाय पीकर आते हैं।" गोपाल ने कहा।

चाय पीते-पीते बकुर ने गोपाल को अपनी गंभीर स्थिति का पूरा कारण बताया।

"तू चिंटू के स्कूल जा और रितु मैडम को सब सच-सच बता दे, तो शायद

वह समझ जाए, वरना इसके अलावा कोई और विकल्प नहीं है।" गोपाल ने अपनी राय देते हुए कहा।

"यार, नहीं बताऊँ तो रविवार का डर और बताऊँ तो वह उनके पापा को सब न बता दे, इस बात का डर। सच में इतना तो पतंग का माँझा भी नहीं उलझता है, जितना मैं उलझा हूँ।" बकुर ने चाय का घूँट मारते हुए कहा।

थोड़ी देर सोच-विचार करने के बाद दोनों फिर से बैंड पर निकल जाते हैं।

□

शाम का खाना खाने के बाद बकुर अपने पलंग पर लेटा है और चिंटू उसके पास ही बैठा है। दोनों एकदम चुपचाप और चिंतित हैं।

"अब क्या होगा भैया?" चिंटू ने चेहरे पर बिना किसी भाव के पूछा।

"पता नहीं!" बकुर ने भी छत देखते-देखते ही कहा।

"पापा हम दोनों को हवन में स्वाहा कर देंगे। मुझे तो बहुत डर लग रहा है सोच-सोचकर।" चिंटू ने कहा।

"एक काम करते हैं, हम रितु मैडम को कल कॉलेज में सब सच-सच बता देंगे और माफी माँगेंगे।" बकुर ने कहा।

"वह मोटी देखना माफ नहीं करेगी और मुझे कॉलेज से निकलवाएगी।" चिंटू ने कहा।

"लेकिन दूसरा कोई और विकल्प भी तो नहीं है, चिंटू!"

"ठीक है भैया, आप कल आ जाओ, कल गुरुवार है तो मैडम का चौथा लेक्चर होगा हमारी क्लास में।"

चिंटू उठकर बाहर सोने चला जाता है और बकुर करवट बदल-बदलकर रात गुजारने की कोशिश करता है।

□

17

सुबह-सुबह जगत नारायण व्यायाम और स्नान करके महाकाल मंदिर पहुँच चुके हैं, वे आज बहुत खुश हैं और हर किसी के साथ आगे रहकर अपनी खुशी बाँट रहे हैं कि बकुर को लड़कीवालों ने पसंद कर लिया है। इस रविवार को बस लड़का-लड़की देख ले एक-दूसरे को तो बात पक्की। एक पंडित मित्र को जगत नारायण 500 का नोट निकालकर देते हैं, "सुनो रामू, मिठाईवाले से मिठाई ले आओ, महाकाल को चढ़ाने के बाद पूरे मंदिर में बाँटूँगा।"

"अरे, पहले लड़का-लड़की को तो देख लेने दो, रिश्ता तो पक्का हो जाने दो, तब बाँट देना।" पंडित मित्र ने कहा।

"मेरे अंतरमन से आवाज आई है, महाकाल ने बकुर के लिए यही समय निश्चित किया था, इसलिए अब सब शुभ ही शुभ होगा।" जगत नारायण ने महाकाल के सामने हाथ जोड़, सिर झुकाते हुए कहा।

पंडित मित्र जाता है और जगत नारायण महाकाल का श्रृंगार आज और अधिक उत्साह के साथ कर रहे हैं।

"जब सिर पर बाबा महाकाल का हाथ हो तो फिर क्यों चिंता की बात हो, जय महाकाल!" श्रृंगार में डूबे जगत नारायण जोर का नारा लगाते हुए बोले।

☐

बकुर चिंटू के कॉलेज के बाहर आ गया है, लेकिन वह शर्म, झिझक के मारे अंदर नहीं जा पा रहा; क्योंकि बाहर बहुत सारे छात्र हँसी-ठिठोली-मस्ती कर रहे हैं। उसे डर है कि उसके अंदर जाते ही सब उसे देखकर उस पर हँसेंगे। वह बाहर खड़े गार्ड को चिंटू नाम के छात्र को बी.कॉम द्वितीय वर्ष से बुलाने को कहता है।

थोड़ी देर इंतजार करने के बाद चिंटू आता है।

"अरे भैया, कॉलेज में आओ न, बाहर क्यों खड़े हो?" चिंटू आते ही कहता है।

"यार, आज ये इतने सारे बच्चे बाहर क्यों खड़े हैं?" बकुर सबको देखते हुए पूछता है।

"हाँ, आज कुछ कार्यक्रम था कॉलेज में। आप चलो, आओ मैडम से मिलते हैं।" चिंटू बोला।

बकुर की घबराहट और बढ़ जाती है, चिंटू के मुँह से यह बात सुनते ही।

"चिंटू सुन, आज मैं लेट हो जाऊँगा, बैंड पर जल्दी जाना है, एक काम करते हैं, कल शुक्रवार है, कल आकर एकदम पक्का बात कर लेंगे हम।" बकुर ने अपने आज के डर को कल पर टाला।

"मैं तो कहता हूँ कि आए हो तो हिम्मत करके बात कर लेते हैं!" चिंटू ने कहा।

"नहीं-नहीं चिंटू, कल पक्का करेंगे और जब तक तू मैडम के सामने थोड़ा अच्छा बच्चा बनकर रह, ताकि वे जल्दी से माफ कर दें।" यह बोलकर बकुर साइकिल निकालता है और चला जाता है।

'कैसे अपने डर को कम करें, कैसे मैडम से बोलूँगा, शुरुआत किस बात से करूँगा, मैडम को अगर इस बात का बुरा लग गया तो क्या होगा, अगर माफी दे दी, तब क्या वे यह बात पापा को बताएँगी, हम इस बात को छिपाने को बोलेंगे तो क्या वे मानेंगी?' इन सारी बातों को दिमाग में घुमाते-घुमाते कब बकुर का पूरा दिन बीत जाता है, पता ही नहीं लगता।

अगले दिन फिर सुबह हो चुकी है, बकुर कॉलेज में अंदर आ चुका है, क्योंकि आज बाहर कल की तरह इतने सारे बच्चों की भीड़ नहीं थी। चिंटू की क्लास के बाहर पहुँचता है तो चिंटू उसे देखकर बाहर आता है।

"एकदम सही समय पर आए हो भैया, अगला लेक्चर मैडम का ही है, आने को ही हैं वे।" चिंटू ने बकुर से कहा।

"यार चिंटू, शुरू कहाँ से करना है, पहले क्या बोलना है, मैं तेरा पापा नहीं हूँ ये, या आपको रविवार को जिस लड़के को देखना है, वह मैं ही हूँ, और मेरा कोई बेटा नहीं है!" बकुर ने दिमाग में चल रहे असमंजस को बयान किया।

"भैया, मैडम आ गईं।" चिंटू कुछ जवाब दे, उसके पहले रितु मैडम आ जाती हैं।

बकुर सुनते ही हक्का-बक्का रह जाता है।

□

18

बकुर मैडम की तरफ न देखते हुए दूसरी तरफ मुँह करके खड़ा है और चिंटू से कहता है—

"चिंटू, आज मत बोलना, छोड़, कल बात कर लेंगे, आज अंदर से अच्छा नहीं लग रहा, डर लग रहा है।" बकुर धीरे से चिंटू को बोलता है।

"मैडम, पापा आए हैं?" चिंटू ने बकुर की बात न मानते हुए मैडम को क्लास में जाने के पहले ही रोक दिया।

मैडम बकुर को देखकर मुसकराती हैं।

"नमस्ते रितु मैडमजी!" बकुर ने डरते-डरते कहा।

"जी नमस्ते!" रितु मैडम ने मुसकराकर कहा।

"वो पापा को आपसे कुछ बात करनी थी मैडम।" चिंटू ने कहा।

सुनते ही बकुर की धड़कनें फिर से धक-धक करने लग गई थीं।

"हाँ-हाँ बोलिए।" रितु मैडम ने कहा।

"मैडम वो···मैं कह रहा था कि···चिंटू अब परेशान तो नहीं करता न, ठीक से पढ़ाई कर रहा है कि नहीं?" बकुर ने फौरन बात बदलते हुए पूछा।

"नहीं-नहीं, अभी तो नहीं कर रहा, करेगा तो मैं बताऊँगी आपको।" मैडम ने कहा।

"बस, मैडम यही पूछ रहा था, धन्यवाद!" इतना बोलते ही बकुर जल्दी से बाहर निकल जाता है।

मैडम को थोड़ा अजीब लगता है।

"एक बात बताओ चिंटू, तुम्हारे पापा हमेशा लाल कपड़े ही पहनते हैं क्या?" मैडम ने चिंटू से पूछा।

"हाँ मैडम, दादी ने लाल मंदिरवाले बाबा की मन्नत माँगी थी, तब से वे सिर्फ लाल ही कपड़े पहनते हैं, दूसरे रंग के पहनते हैं तो बीमार हो जाते हैं, बस इसलिए।"

□

बकुर साइकिल निकालकर जाने लगता है, तभी चिंटू आता है।

"यार भैया, आप तो बोल ही नहीं पाए, क्या करेंगे फिर हम?" बकुर की साइकिल रोकते हुए कहता है।

"अरे, तू बाहर कैसे आ गया?" बकुर ने कहा।

"मैडम से पूछकर आया 5 मिनट, आप इतना डरोगे तो कैसे बोलोगे मैडम से भैया?"

"अरे, डरता नहीं हूँ, मुझे कैसे शुरुआत करनी है, वह जो सोचा था, उस समय दिमाग में नहीं आया, इसलिए।"

"कितने बहाने बनाओगे भैया...बस, अब यह ध्यान रखना कि कल शनिवार है और परसों रविवार, कल भी न बोल पाओ तो फिर पापा को जवाब देने के लिए तैयार रहना, पापा फिर सिर्फ अपने हाथों से बात करेंगे और जोरों से पीटेंगे।" चिंटू ने कहा।

बकुर साइकिल उठाता है और थका, परेशान चेहरा लेकर बैंड पर पहुँचता है।

"बकुर आ जा, आज गुरुजी के गाने 'खाईके पान बनारसवाला' की धुन पर अभ्यास कर रहा हूँ।" गोपाल बहुत ज्यादा उतावलेपन और खुशी से बोला।

बकुर अपना बाजा उठाकर सबके साथ बजाने लगता है। सेठ पप्पू कड़वा सबको एक धुन पर लाने की कोशिश करता है और इसलिए बार-बार रोककर फिर से बजाते हैं...तभी पड़ोस की दुकानवाला एक पुलिसवाले को लेकर आता है, सब बजाना बंद करते हैं।

"देखिए सर, बस ऐसे ही दिन भर ये सबके कान फोड़ते रहते हैं, आसपास की सारे दुकानवाले, घरवाले सब परेशान हैं इनसे और कोई आकर शिकायत करता है तो इनका ये लड़ाकू बॉस झगड़ा करता है।" पप्पू कड़वा को गुस्से में देखते हुए पुलिसवाले को सब बताता है।

"ऐ, तेल-शैंपू बेचनेवाले, पिछली बार की मार भूल गया, जो पुलिस लाया है साथ में!" पप्पू कड़वा ने बिना पुलिस से डरे अपने रवैए में बात की।

"देखिए, पुलिस का भी डर नहीं है इसे, मैं तो कहता हूँ इनके सारे बाजे

तोड़कर फेंक दो, न रहेगा बाँस, न बजेगी बाँसुरी।" दुकानवाला और ऊँची आवाज करके बोलता है।

पप्पू आकर उसका कॉलर पकड़ लेता है।

"बाजे का बाद में सोचना, पहले मैं तुझे तोड़ता हूँ।" पप्पू जोर से कॉलर खींचते हुए बोला।

"ऐं, पुलिसवाले के सामने हाथ उठाने की बात कर रहा है, थाने में बंद करूँ क्या?" पुलिसवाला कॉलर से उसका हाथ हटाते हुए बोलता है।

"सुनो साहब, एस.पी. साहब से जान-पहचान है मेरी, जाओ आप। क्यों पहलवान पप्पू कड़वा से उलझते हो?" पप्पू ने अपनी रंगदारी दिखाते हुए कहा।

"अच्छा, चल तेरी फिर थोड़ी थाने से भी पहचान कराऊँ, ऐसे अक्ल पर रखा पहलवानी का पत्थर हटेगा नहीं तेरा।" पुलिसवाला उसका कॉलर पकड़कर ले जाने लगता है।

"सर, ये क्या रह रहे हैं आप, संगीत की आराधना करना कोई गलत बात नहीं है, आप हमारे सेठजी को बिना किसी जुर्म के नहीं ले जा सकते?" गोपाल खड़ा होकर अपना विरोध जताता है।

"तू भी चल, आज थाने में करवाता हूँ संगीत की आराधना।" पुलिसवाले ने पलटकर कहा।

"नहीं-नहीं, आप सेठजी को ही ले जाइए, लेकिन ध्यान रखिए, हम इसका विरोध करेंगे।" गोपाल फौरन पीछे हटते हुए बोलता है।

पुलिसवाला सेठ पप्पू को गाड़ी में बिठाकर ले जाता है और किरानेवाला बाकी बैंडवालों को हँस के लुक देता है।

"बजाओ।" गोपाल फिर से बोलता है और सब बजाने लगते हैं, पर जैसे ही आगे रोड पर पुलिस की गाड़ी नजर आती है, जो यकायक रुकती है।

"बंद करो, बंद करो।" गोपाल फौरन बंद करवाता है···और चुपचाप वहाँ से निकल जाता है।

□

19

शाम को घर में सब साथ में खाना खा रहे हैं। जगत नारायण रविवार को बकुर के लिए लड़की देखने जाने के लिए बहुत उत्साहित हैं।

"तुम एक साड़ी रख लेना लड़की के लिए, अगर सबकुछ ठीक रहा तो हाथोहाथ साड़ी और हाथ में 101 रुपए भी दे आएँगे।" जगत नारायण ने गायत्री देवी से कहा।

चिंटू और बकुर दोनों खाना खाते-खाते सुन रहे हैं और बीच-बीच में एक-दूसरे को देखने लगते हैं।

"अरे, पहले लड़की तो देख लो।" गायत्री देवी ने कहा।

"अरे, हमने तो देख ली है लड़की उस दिन शादी में, वो भी मदनलालजी के साथ मिली थी, बहुत सुशील और सुंदर लगी हमें तो, और बकुर की तरह ही थोड़ी हृष्ट-पुष्ट है।"

"अच्छा है, फिर तो पति-पत्नी जिंदगी की गाड़ी के दो पहिए होते हैं और दोनों बराबर होते हैं तो ही जिंदगी अच्छी चलती है।" गायत्री देवी ने कहा।

"कल दाढ़ी बनवा के चेहरा जरा अच्छे से साफ कर लेना। कल तो शनिवार है न! फिर परसों सुबह कर लेना।" जगत नारायण ने बकुर से कहा।

इसी तरह परसों की तैयारियाँ, उत्साह, चीजों का ध्यान और कैसे जाना है, कैसे बरताव करना है, उसके बाद क्या करेंगे, इन्हीं बातों पर बातें चलती रहीं। बकुर और चिंटू के दिमाग में बस यही चल रहा था कि रितु मैडम हमारा सच जानने के बाद क्या कहेगी ? फिर जगत नारायण को यही कारण पता चला तो पता नहीं वे क्या हाल करेंगे हमारा, क्योंकि न जाने कितने वर्षों बाद किसी लड़की के बाप ने बकुर को पसंद किया था।

आज चिंटू के साथ-साथ बकुर भी खाने के बाद बाहर आ गया, घूमते-घूमते दोनों क्षिप्रा घाट पर आ गए और अपनी गंभीर स्थिति को नियंत्रण में लाने के बारे में सोचने लगे।

"कल शनिवार है भैया, अगर आप कल भी मैडम से नहीं बोल पाए तो बस इतना समझ लीजिए कि परसों रविवार को कुछ भी हो सकता है। अगर मैडम ने वहाँ कुछ उलटा-सीधा बोल दिया तो पापा की बहुत बेइज्जती हो जाएगी और फिर बहुत बुरा होगा।" चिंटू ने गंभीरता से कहा।

"हाँ चिंटू, कल तो न चाहते हुए भी बताना ही पड़ेगा।"

"आप आज ही सुबह बोल देते यार भैया तो यह टेंशन तो नहीं रहता कि मैडम क्या बोलेंगी?"

"जिस दिन से तेरा पापा बना, बस उसी दिन से कुंडली में शनि, राहु, केतु पूरा डैंजर परिवार आकर बैठ गया।"

□

अगले दिन फिर सुबह होती है, शनिवार की सुबह चिंटू जाने लगता है तो बकुर बाहर आकर उसे रोकते हुए कहता है—

"मुझे अभी बैंड पर जल्दी जाना है सुबह, तो मैं छुट्टी के समय तेरे कॉलेज आ जाऊँगा।" बकुर ने कहा।

"ठीक है भैया, तो देख लेना, दो बजे के पहले आ जाना; क्योंकि दो बजे सर-मैडम भी चले जाते हैं।" चिंटू ने जाते हुए कहा।

"ठीक है, मैं आ जाऊँगा···और तू मैडम के सामने अच्छा बच्चा बनकर रहना।" बकुर बोलते हुए अंदर आ जाता है और आज जल्दी तैयार होकर बैंड पर जाता है।

बैंड पर पहुँचता है, देखता है, बाकी बैंड वाले झुंड बनाकर बात कर रहे हैं।

"उस पुलिसवाले ने अभी तक सेठजी को नहीं छोड़ा है, इसलिए अब हमें उनका विरोध करना है।" गोपाल बकुर को बताते हुए बोलता है।

पप्पू कड़वा थाने में बंद है, पुलिसवालों का रोज की तरह काम चल रहा है, तभी अचानक से थाने के अंदर बैंड बजाने की आवाज आनी शुरू होती है, वह पुलिसवाला बाहर आकर देखता है तो गोपाल अपने सारे बैंडवालों के साथ थाने में आ गया है।

तभी थाने में बैंड का म्यूजिक सुन, बहुत से लोग रुककर देखने लगते हैं।

"ऐं! यहाँ बैंड क्यों बजा रहे हो?" पुलिसवाला गोपाल से पूछता है।

"हम अपना विरोध प्रकट कर रहे हैं सर, हमारे सेठजी को बिना किसी जुर्म के गिरफ्तार किया है आपने।" गोपाल बोलता है।

"चुपचाप बंद करो, वरना अंदर बंद कर दूँगा।" पुलिसवाला धमकी देता है।

"वाह! क्या बात बोली है आपने, आपकी इसी बात पर कुछ पेश है।" फिर सब एक साथ बैंड बजाना शुरू करते हैं पुलिसवाले को घूरते हुए—'काला कउवा काट खाएगा...'

पुलिसवाले के मना करने पर भी गोपाल रुकने से मना कर देता है, पुलिसवाला गुस्सा होता है और सबको जेल में डाल देता है।

"रहो अब तुम भी बंद अपने सेठजी के साथ। दो-तीन दिन बंद रहोगे तो सब ठीक हो जाएगा।" पुलिसवाले ने कहा।

यह बात सुनते ही बकुर के होश उड़ जाते हैं।

□

20

"यार, मुझे तो आज किसी भी हालत में रितु मैडम से बात करने कॉलेज जाना है, वरना कल रविवार है, ये कहाँ फँसा दिया मुझे यार?" बकुर गोपाल से धीरे से चिंता से भरी आवाज में बोला।

"सिर्फ मन में 'ॐ किशोराय नमः' बोल, सब ठीक हो जाएगा।" गोपाल ने कहा।

"यार, मेरे पापा मुझे जान से मार देंगे, अगर उन्हें पता भी लगा कि मैं जेल में बंद हूँ।" बकुर के बहुत छिपाने की कोशिश के बाद भी डर आँसू के रूप में निकलकर बाहर आ ही जाते हैं।

"अरे, कुछ नहीं होगा बकुर, सब ठीक हो जाएगा। पागल है क्या? गुरुजी क्या कहकर गए हैं ऐसी स्थिति के लिए, 'रोते-रोते हँसना सीखो, हँसते-हँसते रोना, कितनी चाबी भरी राम ने, उतना चले खिलौना…'" गोपाल उसके आँसू पोंछकर गाना गाकर सुनाता है।

गोपाल की आवाज सभी के कानों में चुभती है।

"ओ तानसेन के ताऊ, गाना बंद करेगा या मैं अंदर आऊँ!" एक हवलदार ने डंडा दिखाते हुए गोपाल से कहा।

सब लोग बैठ जाते हैं, धीरे-धीरे समय गुजरता जाता है। बकुर का ध्यान बीतने वाले हर 1-1 मिनट पर है, आँखों से आँसू रुक नहीं रहे, घड़ी में 1.30 बज चुके थे, सोच-सोचकर चिंता में दिमाग की नसें भी थम चुकी थीं, अभी मन में खुद को गुनाहगार मानने के भाव चरम पर हैं।

"बैठे रहने से कुछ नहीं होगा, विरोध करना पड़ेगा, तो ही सुनेगा यह।" गोपाल ने कहा।

सेठ पप्पू कड़वा ने गोपाल की बात से सहमति जताकर सबको बजाने का आदेश दे दिया, बकुर को छोड़कर बाकी सब अपने इंस्ट्रूमेंट्स बजाते हैं, अचानक से बैंड की आवाज सुनकर एक पल के लिए सब डर जाते हैं, सारे दूसरे लॉकअप के कैदी भी खड़े हो जाते हैं, गाना बजता है—'ऊ ला ला, ऊ ला ला, ऊ ला ला, ऊ ला ला, तू है मेरी फैंटेसी।' पुलिसवाले बंद करने को कहते हैं, लेकिन पप्पू कड़वा उनकी नहीं सुनता और लॉकअप के सारे कैदी नाचने लगते हैं। फिर पप्पू कड़वा का बैंड एक के बाद एक बरातों में बजनेवाले गानों की धुनें बजा रहे हैं··· 'मुंगड़ा-मुंगडा मैं गुड़ की डली, मँगता है तो आजा रसिया, नाही तो मैं ये चली।'

गुस्से में आकर पुलिसवाले लॉकअप खोल के अंदर आते हैं और एक-एक करके सबके इंस्ट्रूमेंट्स छीन लेते हैं और गोपाल जो गाना गा रहा था, जोर-जोर से पुलिसवाला उसके मुँह में अपना रूमाल ठूँस देता है, सब फिर से मायूस हो जाते हैं। तभी थाना प्रभारी के पास एक पुलिसवाला आता है।

"सर, अभी एस.पी. साहब आ रहे हैं थाने का मुआयना करने।"

"लेकिन बिना किसी खबर के, एकदम क्यों?"

"जाँच करने कि थाने में ठीक से काम चल रहा है या नहीं!"

"बोलो सबको जल्दी से थाना अच्छे से व्यवस्थित कर दें, किसी तरह की शिकायतवाला कोई काम नहीं होना चाहिए।"

"जी सर।"

वह सारे पुलिसवालों को एस.पी. साहब के आने की बात बताता है और सब थाने को व्यवस्थित करने में लग जाते हैं।

"और इन बैंडवालों को छोड़ दो, समझाकर कि आइंदा परेशान न करें किसी को।" पुलिसवाले ने कहा।

सबको समझाइश देकर छोड़ दिया जाता है। बाहर निकलकर बकुर के आँसू रुकते हैं, वह चैन की साँस लेता है, तभी अचानक फिर से याद आता है कि चिंटू के कॉलेज जाना है। घड़ी देखता है 2 बजने में 5 मिनट बाकी हैं, वह फौरन साइकिल उठाकर चिंटू के कॉलेज जाता है।

चिंटू बहुत दूर से कॉलेज के बाहर बकुर का इंतजार कर रहा है।

"बोला था भैया को कि 2 बजे के पहले आ जाना, इनके भरोसे जिंदगी में कोई काम नहीं करूँगा अब, पता नहीं अब कल क्या होगा!" इंतजार करते-करते परेशान हो चुके चिंटू ने खुद से कहा।

तभी बकुर तेज साइकिल चलाता हुआ आता है।

"अरे, आप जल्दी आ गए भैया, अभी तो बहुत समय है छुट्टी होने में।" चिंटू ताना मारते हुए बोला।

"क्यों लेट हुआ बाद में बताऊँगा, पहले यह बता कि रितु मैडम गईं क्या?" बकुर हाँफते-हाँफते बोलता है।

"अभी 10 मिनट पहले ही गईं और अब तो वे बस में बैठ भी चुकी होंगी।"

"मेरी कुंडली ही खराब है, हर गलत काम मेरे साथ ही होते हैं, पता नहीं क्यों?"

"चलो, अभी छोड़ो सब, अब जो होगा कल ही होगा, अभी घर चलते हैं।" चिंटू ने कहा।

चिंटू बकुर की साइकिल पर पीछे बैठा है, दोनों घर जाते हैं। चुपचाप गुमसुम बैठे हैं दोनों, थोड़ी आगे जाकर देखते हैं तो लंबा ट्रैफिक जाम लगा है, जैसे-तैसे साइकिल पतली गलियों से निकालते हुए आगे आते हैं, तभी एकदम से चिंटू की तेज आवाज निकलती है।

"भैया, रितु मैडम!" जाम के कारण धीरे-धीरे चल रही बस की खिड़की पर चिंटू देखते ही बोला।

"कहाँ है, कहाँ है?" बकुर ने अति उत्साह से अचानक साइकिल रोकते हुए पूछा।

"वो वाली बस में, उस खिड़की के पास बैठी हैं।" चिंटू ने उँगली से इशारा करके दिखाया।

धीरे-धीरे ट्रैफिक खुल जाता है, बकुर फौरन बस के पीछे साइकिल लगा देता है और पूरी ताकत से जल्दी-जल्दी पैडल मारने लगता है।

"भैया, बस की स्पीड से साइकिल नहीं चला पाओगे, रहने दो।" चिंटू बकुर को बस की बराबरी न कर पाने पर बोलता है।

बकुर बिना सुने पूरी ताकत झोंककर पैडल मार रहा है, उसके पैर मानो मशीन बन गए हों, लेकिन फिर भी बस बहुत आगे निकल जाती है, परंतु बकुर हार नहीं मानता है।

"पता नहीं, बस किधर गई! अब तो दिख भी नहीं रही।" चिंटू आगे की सड़क दूर तक देखते हुए बोलता है।

बकुर बिना कुछ बोले-सुने, बस लगातार उसी स्पीड में पैडल मार रहा है

और बहुत जोर से हाँफ रहा है। वे जैसे ही थोड़ा आगे पहुँचते हैं, एक बस स्टॉप के पास वाली गली के अंदर मैडम जाती हुई नजर आती हैं।

"भैया, वह जा रही मैडम अंदर मोहल्ले में।" मैडम पर नजर पड़ते ही चिंटू बोलता है।

बकुर साइकिल साइड में लगाता है, वह बहुत तेज हाँफ रहा है, थोड़ी चैन की साँस लेता है।

"चिंटू, अब तू चला, मैं बैठूँगा।" बकुर तेजी से हाँफते-हाँफते बोलता है।

"ठीक है भैया, बैठो।"

जैसे ही बकुर साइकिल पर बैठता है···चिंटू पैडल मारता है···लेकिन उससे पैडल घूमते ही नहीं, वह पैडल पर खड़ा होकर अपने शरीर की पूरी ताकत लगा देता है, तब जाकर पैडल घूमता है। बकुर का वजन इतना है कि चिंटू से उसे बैठाकर एक पूरा पैडल भी नहीं मारा जा रहा।

दोनों एक-दूसरे को देखते हैं···

"आ जा, पीछे बैठ जा, मैं ही चलाता हूँ।" बकुर सिर से टपक रहे पसीने को पोछते हुए बोला।

"लेकिन भैया, मैडम से बात कब करना है? अभी सड़क पर करेंगे तो ठीक लगेगा?" चिंटू ने बकुर से पूछा।

"हाँ, यह तो हमने सोचा ही नहीं, क्या करें फिर?"

थोड़ी आगे आकर देखते हैं तो मैडम एक और छोटी सी गली में पलटती हैं और अपने घर आ जाती हैं।

"मैडम तो घर आ गई।" चिंटू ने कहा।

"अरे यार, अब क्या करें?" बकुर ने कहा।

□

21

"मैडम तो घर के दरवाजे का ताला खोल रही हैं, मतलब घर में कोई नहीं है।" चिंटू ने कहा।

"हम घर में जाएँगे तो ठीक नहीं लगेगा!" कहीं उसी वक्त उनके पापा आ गए तो?" बकुर घबराते हुए बोला।

"अब दूसरा कोई ऑप्शन नहीं है भैया, सिर्फ मैडम को अभी सच बताना जरूरी है, ताकि कल कुछ गलत न हो। चलो मैडम के घर में।"

साइकिल वहीं खड़ी करके, ताला लगाकर दोनों जाते हैं, चिंटू आगे और बकुर उसके पीछे डरते-डरते।

"मैम···मैम··· !" चिंटू घर के दरवाजे पर खड़े होकर पहले आवाज लगाता है।

"रितु मैम···रितु मैम!" चिंटू थोड़ी आवाज और ऊँची करता है, क्योंकि अंदर से तेज आवाज में रेडियो चलने की आवाज आती है।

वह थोड़ा सा दरवाजे को धक्का देता है तो दरवाजा खुल जाता है···और वह धीरे से अंदर आता है—'मेरी उम्र के नौजवानो, दिल न लगाना ओ दीवानो,' रेडियो पर तेज आवाज में गाना बज रहा है।

"मैम··· !"

"शायद सबसे पीछे वाले कमरे में होंगी, इसलिए आवाज नहीं आ रही है उन्हें।" चिंटू आगे के कमरे को देखकर अनुमान लगाता है।

चिंटू जाने लगता है···

"कहाँ जा रहा है?" बकुर ने पूछा।

"सबसे पीछे वाले कमरे में देख लेता हूँ।"

"अरे, यहीं इंतजार कर लेते हैं चिंटू!"

"भैया, उनके पापा आ गए तो? इसलिए जल्दी से बात करते हैं और फिर चल देंगे।"

दोनों सबसे पीछे वाले कमरे तक आवाज लगाते हुए जाते हैं, इधर रितु मैडम पहले वाले कमरे से निकलती हैं, वे बहुत जल्दबाजी में हैं और फोन पर बात कर रही हैं।

"हाँ पापा, मैं सिर्फ 10 मिनट में पहुँच जाऊँगी।" वे घर से बाहर निकलती हैं और बाहर फिर से ताला लगा देती हैं। जैसे ही बकुर और चिंटू पलटकर देखते हैं, वे दौड़ते हुए जाते हैं, तब तक मैडम भी जल्दबाजी में निकल चुकी होती हैं।

"मैडम, रितु मैडम!" दोनों आवाज लगाते हैं, पर मैडम फोन पर और जल्दी में होने के कारण कुछ नहीं सुन पाती हैं।

"कैसा लगा आपको?" रेडियो से आरजे की आवाज आती है।

चिंटू गुस्से में रेडियो को जोर से बंद करता है और एक मिनट तक दोनों एकदम चुप, एक-दूसरे को देखते रहते हैं।

"मेरी किस्मत सच में बहुत खराब है।" बकुर खुद को कोसना शुरू करता है।

"हाँ भैया, सच में फिर से डर लग रहा है। एक तो यह डर ऐसे चिपका है न हमसे कि हफ्ते भर से पीछा ही नहीं छोड़ रहा।" चिंटू भी अपने चल रहे बुरे समय को कोसते हुए बोलता है।

"पता नहीं मैडम कब तक आएँगी! कहीं उनके पहले उनके पापा न आ जाएँ या उनके साथ न आ जाए।" बकुर ने बेचैनी में घूमते हुए बोला।

"अब तो जब तक घर का ताला न खुले, हम कुछ नहीं कर सकते भैया।" चिंटू ने एक बार और दरवाजे को खींचकर देखा।

बकुर परेशान सा होकर वहीं जमीन पर बैठ जाता है, दोनों चुपचाप बैठे रहते हैं, कोई किसी से बात नहीं करता।

कुछ देर बीतने के बाद चिंटू घर में घूमने लगता है और देखता है कि जो पहला वाला कमरा था, जिसका दरवाजा लगा था, मैडम उस कमरे में थीं और वहीं पर मैडम के सारे कपड़े रखे हैं।

"भैया, लगता है यह मैडम का कमरा है, हमें आगे जाने की बजाय इस दरवाजे को खटखटाना चाहिए था!" चिंटू कमरे के अंदर देखते हुए कहता है।

कमरे में अंदर जाते हैं, मैडम का एक अंतर्वस्त्र अकेला नीचे गिरा पड़ा है,

बकुर और चिंटू दोनों की एक साथ नजर पड़ती है और दोनों उस परिस्थिति में अटपटा महसूस करते हैं और तुरंत उसे अनदेखा करने की कोशिश करते हैं। वे दोनों घूमते-घूमते किचन में पहुँच जाते हैं।

"यार भैया, भूख लगने लग गई और खाने में तो यहाँ कुछ दिख नहीं रहा।" फ्रिज और बाकी ढके बरतनों को देखकर बोलता है।

"चल, चुपचाप उधर चलकर बैठ, वे अभी भी आ गए तो?" बकुर ने कहा।

फिर से एक जगह पर आकर बैठ जाते हैं। बकुर सोचता है कि ये एकदम से कितने उतार-चढ़ाव उसकी जिंदगी में आ गए और उसे डर भी बहुत लग रहा है कि अब क्या होगा? तभी चिंटू फिर से उठकर किचन की तरफ जाता है। बकुर उसे गुस्से में देखता है।

"भैया, फ्रिज में दूध रखा है, थोड़ी सी चाय बना लेने दो, मैं बरतन धो दूँगा, उन्हें पता भी नहीं लगेगा!" चिंटू विनती करते हुए बोलता है।

चिंटू किचन में आता है, पतीली में पानी रखता है, चीनी-चायपत्ती डालता है, गैस चालू करता है; लेकिन जैसे ही जलाने वाला होता है कि बाहर से दरवाजे पर आवाज आती है—

"अरे मदनलालजी, ओ मदनलालजी··· ! लगता है कहीं गए हैं, ताला लगा है, रुको, फोन करके पूछता हूँ।" बाहर आए आदमी ने दरवाजे पर ताला देखते हुए कहा।

चिंटू और बकुर दोनों छुप गए और बिल्कुल चुपचाप बाहरवाले इनसान की आवाज सुन रहे हैं।

"हाँ, मदनलालजी कब तक आएँगे आप अपने घर? 8-9 बजे तक? और रितु? वह भी आपके साथ ही है। कुछ नहीं, शादी की पत्रिका देनी थी, कोई बात नहीं, कल आ जाऊँगा।" आदमी फोन पर बात करके चला जाता है।

"चिंटू, ये तो रात में आएँगे, तब तक हम क्या करेंगे यार? यह सब क्या हो रहा है?" बकुर अचानक संयम खो देता है और बहुत ज्यादा परेशान हो जाता है।

"भैया, परेशान मत हो, अभी हम कुछ नहीं कर सकते इंतजार करने के अलावा।" चिंटू बकुर को समझाने की कोशिश करता है, लेकिन उसे यह बिल्कुल ध्यान नहीं है कि अंदर वह गैस चालू छोड़ आया है।

□

22

चिंताएँ और परेशानियों से लड़ी-पड़ी जिंदगी की बातें करने लगते हैं दोनों, तो पुरानी बातें भी कुरेदने में आती हैं, इस बीच चिंटू की गलतियों के कारण क्या-क्या हो रहा है, से लेकर बकुर अपनी गलतियों तक की सारी बातें बाँटते हैं, बातें करते-करते चिंटू को नींद लग जाती है और बकुर को खुली आँखों की नींद···

रात के 8.30 बज जाते हैं, कोई नहीं आता है···बकुर चिंटू को उठाता है···

"चिंटू, तू सुबह से घर नहीं पहुँचा है, मैं भी अभी तक पहुँच जाता हूँ, मम्मी-पापा बहुत परेशान हो रहे होंगे हमारे बारे में सोचकर!" बकुर को मम्मी-पापा का खयाल आता है।

"तो भैया, अपने मोबाइल से फोन लगाकर बोल दो न कि मैं भी आपके साथ हूँ, थोड़ी देर में आ जाएँगे।" चिंटू आँखें मसलते हुए बोलता है।

"मोबाइल तो बंद पड़ा है यार, बैटरी हर दो घंटे में चार्ज करो तो ही चलता है। पापा को क्या जवाब देंगे?" बकुर मोबाइल को निकालकर चेक करते हुए बोला।

"मुझे तो बहुत जोर से भूख लग रही है यार, हाँ मैं तो भूल ही गया, चाय बना रहा था, अभी बनाकर लाता हूँ।" चिंटू उस बात पर ध्यान न देते हुए अपनी बात रखता है।

"अरे रहने दे, उनका आने का समय हो गया है।"

"अरे भैया, दो मिनट में बना दूँगा मैं।" चिंटू किचन की तरफ जाते हुए बोलता है।

चिंटू अंदर किचन में जाता है, पतीली चाय की गैस पे चढ़ी हुई ही है, उसे अब भी ध्यान नहीं आता है कि वह गैस चालू छोड़ गया था, गैस अब तक पूरे किचन में फैल चुकी होगी।

इधर बकुर एक बार फिर से खिड़की से झाँककर देखता है…

चिंटू माचिस उठाता है, तीली निकालता है और जैसे ही जलाने लगता है अचानक बकुर की आवाज आती है।

"चिंटू, मैडम और उनके पापा दोनों आ गए।" बकुर घबराते हुए बोलता है।

"भैया, जल्दी से इस कमरे में पलंग के नीचे छिप जाओ, जल्दी जाओ।" बकुर जल्दी-जल्दी में मैडम के ही कमरे में उनके पलंग के नीचे जैसे-तैसे घुसता है और फँस जाता है वहीं।

और चिंटू बाहर लगे सोफे के नीचे छिप जाता है और उस पर लटके कवर को थोड़ा और नीचे खिसका लेता है, ताकि वह अच्छे से छिप जाए।

रितु मैडम ताला खोलती है और अपने पापा के साथ अंदर आती है, उनके पापा वहीं सोफे पर बैठ जाते हैं, जिसके नीचे चिंटू छिपा है।

"एक गिलास पानी ले आ बेटी!" रितु मैडम के पिताजी ने कहा।

"हाँ लाई, अच्छा हुआ आपने चलने को बोल दिया, वरना चाचा तो आने ही नहीं दे रहे थे। कहते थे आज यहीं रुक जा।" रितु मैडम पानी लाते-लाते अपने पिताजी से बोली।

"हाँ, बोल तो मुझे भी रहा था, पर मैंने कहा, नहीं…घर पर ही नींद अच्छी आती है।" पिताजी ने रितु मैडम से पानी लेते हुए कहा।

पानी पीने के बाद पिताजी ने कुरता खोलकर रितु मैडम को खूँटे पर टाँगने को दिया।

"अच्छा, तेरा चाय पीने का मन है क्या?" पिताजी ने रितु मैडम से पूछा।

"मेरा तो नहीं है, लेकिन मुझे पता है किसका मन है, कपड़े बदल लूँ, फिर बनाकर देती हूँ आपको।" मैडम अपने कमरे में कपड़े बदलने आती हैं।

बकुर पलंग के नीचे फँसा हुआ है…जरा भी हिले तो पलंग हिलने लगता है, इसलिए वह एकदम चुपचाप लेटा हुआ है, नीचे से उसे मैडम के घुटनों तक मोटे-मोटे पैर नजर आ रहे हैं, वह जैसे ही अपने कपड़े खोलती हैं, बकुर फौरन अपनी आँखों पर हाथ रख लेता है। मैडम पाँच मिनट अपने बिस्तर पर आराम करती हैं और कपड़े बदलकर जब तक बाहर नहीं चली गईं, वह अपनी आँखों से हाथ नहीं हटाता है।

मैडम किचन में जाती हैं, देखती हैं कि चाय की पतीली, उसमें चायपत्ती और चीनी पहले से गैस पर रखी हुई है, उसे कुछ अजीब लगता है देखकर। उसे समझ

नहीं आता कि पतीली किसने चढ़ाई चाय के लिए?

"पापा ने चढ़ाई क्या, पूछती हूँ उनसे!" पूछने के लिए बाहर जाती हैं और देखती हैं कि पापा को तो सोफे पर लेटे-लेटे नींद आ गई है।

"ये तो सो गए, चलो फिर चाय भी सुबह ही बनाऊँगी, सोती हूँ मैं अभी।" रितु मैडम बोलती हुई अपने कमरे में चली जाती हैं।

समय बीतता है और रात के 12 बज जाते हैं। चिंटू धीरे से सोफे के नीचे से निकलता है और थोड़ी देर तक भैया के भी निकल के आने का इंतजार करता है, लेकिन बकुर नहीं आता, चिंटू को पता नहीं है कि वह पलंग के नीचे फँस गया है, जब बकुर निकलकर नहीं आता तो चिंटू फिर से सोफे के नीचे जाकर सो जाता है।

सुबह हो जाती है, मैडम और उनके पिताजी उठ चुके हैं।

"पापा, दूध ले आइए आप, तब तक मैं नहा लेती हूँ और फिर चाय बनाती हूँ।"

मैडम नहाने चली जाती हैं और उनके पिताजी बाजार दूध लेने। यह देखकर चिंटू फौरन नीचे से बाहर निकलता है और मैडम वाले रूम में जाता है। देखता है, बकुर सो रहा है पलंग के नीचे फँसा हुआ।

"भैया, उठो जल्दी···भैया!" उसे जोर-जोर से हिला के उठाता है।

"अरे चिंटू, गए क्या मैडम और उनके पापा?" बकुर थोड़ी-थोड़ी आँख खोलते हुए पूछता है।

"उनके पापा दूध लेने गए हैं और मैडम नहाने गई हैं, जल्दी से बाहर निकलो, 2 मिनट में बाहर निकलना है हमें।" चिंटू बहुत जल्दबाजी में बोलता है।

बकुर निकलने की कोशिश करता है, लेकिन निकल नहीं पाता है, चिंटू उसका हाथ पकड़कर खींचता है, जैसे-तैसे बाहर निकलने में बकुर के पीछे कॉलर पर रितु मैडम का सफेद कलर का अंतर्वस्त्र अटक जाता है, दोनों जल्दी-जल्दी घर से बाहर निकलते हैं और रात भर घर न जाने का डर इतना हावी हो चुका था कि रितु मैडम से बात भी करना है, यह विचार तो अभी उड़ ही चुका था दिमाग से।

बाहर आकर साइकिल के पास पहुँचते हैं।

"भैया, जल्दी से घर पहुँचना पड़ेगा, पता नहीं मम्मी-पापा क्या सोच रहे होंगे, बहुत परेशान होंगे वे, पापा तो हमारी जान ही निकाल देंगे।" चिंटू ने कहा।

"हाँ, चिंटू!"

"और दिन में फिर से मैडम के घर भी आना है उन्हें देखने, आज रविवार है।

अब महाकाल जाने, क्या होगा?" चिंटू याद दिलाते हुए बोलता है।

"हे भगवान्, ये सब आखिर हो क्या रहा है!" बकुर आज रितु मैडम को देखने आना है वाली बात पर, ऊपर भगवान् को देखकर प्रतिक्रिया देता है।

बकुर जेब में साइकिल की चाबी तलाशता है, पर नहीं मिलती है। जेब में हाथ डालते ही उसे कुछ समझ आता है और वह अपना सिर पकड़कर बैठ जाता है।

"क्या हो गया भैया?"

"लगता है साइकिल की चाबी गिर गई पलंग के नीचे और पर्स भी।"

"क्या?"

"हाँ चिंटू, उसमें तो वोटर कार्ड भी है हमारा।" सुनते ही चिंटू भी सिर पकड़ के बैठ जाता है।

इधर रितु मैडम नहाकर किचन में चाय बनाने आती है और उन्होंने भी गैस पर अभी तक ध्यान नहीं दिया, जो रात भर खुला पड़ा है··· पापा बाहर बैठकर टी.वी. पर तेज आवाज में समाचार देख रहे हैं ···'आतंकवादियों ने अमेरिका के एक सिनेमा हॉल पर किया हमला, 2 बम फेंके गए।'

रितु मैडम नई पतीली में पानी लेती हैं, गैस पर चढ़ाती हैं, माचिस उठाती हैं, उसमें से तीली निकालती हैं और जैसे ही जलाती हैं, अचानक जोर से विस्फोट की आवाज आती है।

□

23

इतनी तेज आवाज सुनकर रितु मैडम एकदम से डर जाती हैं, वे बाहर हॉल में आकर देखती हैं, टी.वी. में अमेरिका बम धमाके का वीडियो बार-बार दिखाया जा रहा है।

"पापा टी.वी. की आवाज कम करो न।" रितु मैडम रिमोट उठाकर खुद ही कम कर देती हैं।

"हाँ, क्या हुआ बेटी?" आवाज कम होने पर पिताजी का ध्यान टी.वी. से हटकर रितु मैडम पर गया।

"मैं आपको बताना भूल गई थी कि कल ही गैस की टंकी खत्म हो गई, तो जल्दी से नई टंकी के लिए रमेश अंकल को फोन लगा दो न।" रितु मैडम बोली।

"तू भी अब बता रही है, थोड़ी देर बाद लड़केवाले आनेवाले हैं। बोलता हूँ उसे जल्दी से देकर जाने को अब।" रितु मैडम के पापा उठकर फौरन फोन लगाते हैं।

□

बकुर और चिंटू घर पहुँचते हैं, दोनों जगत नारायण के सामने सर झुकाकर खड़े हैं और जगत नारायण और माँ गायत्री देवी बहुत गुस्से में नजर आ रहे हैं, साथ में मामाजी और मामीजी भी हैं।

"उम्र क्या है आपकी?" जगत नारायण ने बकुर से पूछा।

"30…31…" बकुर सिर झुकाए हुए ही डरते-डरते बोला।

"30 या 31?" जगत नारायण ने अबकी बार गुस्से में जोर से चिल्लाते हुए पूछा।

"31।" बकुर ने घबराते हुए कहा।

"इस उम्र में भी समझदारी नहीं आएगी तो क्या बूढ़ा हो जाएगा तब आएगी? भूसा भरा है दिमाग में और तू भी कॉलेज पढ़ने जाता है न, इतनी बुद्धि नहीं है˙˙कि सिर्फ एक बार कैसे भी घर पर सूचित कर दें।" जगत नारायण की रात भर की चिंता में काटे समय का गुस्सा अब फूट रहा था

"पापा, वह भैया को अचानक पता लगा कि थोड़ा दूर अर्जेंट कूरियर देने जाना है तो हमने सोचा जल्दी जाते हैं, जल्दी वापस आ जाएँगे, लेकिन वहाँ जाकर इनका मोबाइल बंद हो गया और देर भी हो गई थी तो फिर हमने सोचा रात को यहीं रुक जाते हैं, सुबह निकल जाएँगे।" चिंटू झूठ को बड़ा जमा के बोला।

"अरे, तो आसपास भी एस.टी.डी., पी.सी.ओ. ढूँढ़ना चाहिए था न, रात वहीं रुक गए, यह तो ठीक किया, पर सूचित भी तो करना चाहिए!" जगत नारायण का गुस्सा थमने का नाम नहीं ले रहा था।

"तुम्हारे समय तो फिर भी फोन, मोबाइल जैसी इतनी सुविधा हैं, हमने तो ऐसे-ऐसे दिन देखे हैं कि कोई भी सूचना कहीं भेजना हो तो 15 दिन पहले चिट्ठी भेजनी पड़ती थी।" गायत्री देवी ने अपनी शिकायत अपने पुराने दिनों को याद करते हुए की।

"माफ कर दीजिए मम्मी-पापा, अब ऐसा नहीं होगा।" चिंटू ने माफी माँगकर बात को खत्म करने की कोशिश की।

"हाँ, गलती हो गई पापा, आइंदा कभी ऐसा नहीं होगा।" बकुर ने भी चिंटू के साथ सुर मिलाया।

"भानजो, रात भर हममें से कोई नहीं सोया, इधर-से-उधर पागलों की तरह हर जगह ढूँढ़ते रहे। अरे, घर के बच्चे पूरे घर की जान होते हैं˙˙'प्रदोषे दीपकः चन्द्रः, प्रभाते दीपकः रवीह, त्रिलोके दीपकः धर्मः, सुपुत्रः कुलदीपकः।'" मामाजी ने भी चुप्पी तोड़ते हुए कहा।

"इसका क्या मतलब हुआ भैया?" गायत्री देवी ने तुरंत विद्वान् भाई से पूछा।

"मतलब, 'संध्याकाल में चंद्रमा दीपक है, प्रातःकाल में सूर्य दीपक है, तीनों लोकों में धर्म दीपक है और सुपुत्र कुल का दीपक है', तुम इस कुल के दीपक हो, इसलिए ध्यान रखो!" मामाजी अनुवाद करके समझाते हुए बोले।

"जी मामाजी।" चिंटू और बकुर दोनों ने एक साथ कहा।

"भैया, कब से बोल रही हूँ, कुछ ऐसे श्लोक इन्हें भी सिखा दो तो ये भी आपकी तरह विद्वान्, ज्ञानी लगने लगें।" गायत्री देवी ने अपने भाई से जगत नारायण

को सिखाने को कहा, जिसे सुनते ही जगत नारायण के चेहरे पर गुस्सा और चिढ़ फिर उभर आती है।

"वह तो सब सिखा दूँगा, लेकिन अभी हमें चलना है न मदनलालजी के यहाँ, महाकाल के आशीर्वाद से मैं नहा-धोकर तैयार होकर आता हूँ, आप लोग भी तैयार हो जाओ जल्दी।" बोलते हुए मामाजी और मामीजी चले जाते हैं।

सुनते ही बकुर और चिंटू फिर से चुपचाप एक-दूसरे को देखने लगते हैं और दोनों अवाक् ही रह जाते हैं।

सब जाने के लिए तैयार हो चुके हैं, बाहर श्यामलाल ने मिनी ट्रक लाकर लगा दिया है, जगत नारायण परिवार सहित उसमें बैठते हैं, तभी पड़ोसी रवि मंगल हमेशा की तरह बाहर आकर अपनी टोकने की प्रथा को फिर से आगे बढ़ाता है।

"हाँ, बकुर के लिए लड़की देखने जा रहे हैं?" रवि मंगल के सवाल पूछने से पहले ही गायत्री देवी उसे देखकर बोल देती है।

"बड़ी अच्छी बात है, हमारे दूसरे बेटे की शादी के कार्ड छप गए हैं, आइए उधर से, फिर देते हैं। वैसे सच में बेटे की शादी का कार्ड देखने का सुख एक तरफ, बाकी सुख एक तरफ। आप नहीं समझेंगे!" जगत नारायण को चिढ़ाते हुए वह बोलता है।

जगत नारायण गुस्से में उसकी तरफ बढ़ने लगते हैं, लेकिन मामाजी उनका हाथ पकड़कर रोक लेते हैं।

"भाई, ठीक है, तेरी घोड़ी आगे, हमारा घोड़ा पीछे बस।" मामा ने गली-मोहल्ले की बनाई हुई कहावत से बात को खत्म किया।

□

मदनलालजी के घर के बाहर पहुँच चुके थे, जो कि क्षिप्रा घाट के कुछ नजदीक ही था, अधिकतर मेले जैसा माहौल रहता है वहाँ। सब लोग रिक्शे से उतरकर एक-एक करके मदनलालजी के घर के अंदर जाते हैं। बकुर और चिंटू का बहुत बुरा हाल था। दोनों के चेहरे से रंग ऐसे उड़े हुए थे, जैसे किसी गंजे के सिर से बाल।

"मामाजी, आप भी चलिए अंदर, हम बस दो मिनट में आते हैं।" चिंटू ने मामाजी से कहा।

"ठीक है, लेकिन जल्दी आना।" मामाजी बोलते हुए अंदर चले गए।

बकुर और चिंटू अपने अंदर हिम्मत लाने की कोशिश कर रहे थे रितु मैडम

का सामना करने के लिए, तभी चिंटू वहाँ एक छोटा सा हेयर कटिंग सैलून देखता है, जिसमें एक आदमी के चेहरे पर क्रीम लगा है, उसकी दाढ़ी बनाई जा रही है। अचानक चिंटू के दिमाग में विचार आता है।

"भैया, चलो हेयर कटिंगवाले के यहाँ जल्दी से।" चिंटू बकुर का हाथ पकड़कर कहता है।

"लेकिन क्यों?" बकुर को समझ नहीं आता कुछ।

"आप चलो तो सही, पापा ने आपसे दाढ़ी बनाने का कहा था न!" अबकी बार चिंटू उस तरफ ले जाते हुए बोलता है।

मदनलालजी के घर में आकर सब बैठ चुके हैं, 1-2 बातें मामाजी तो 1-2 बातें मदनलालजी भी हास्य पैदा करनेवाली छोड़ चुके थे, सब हँसते-हँसते बात कर रहे थे।

"अरे, बताइए साहब! क्या लेंगे नाश्ते में?" मदनलालजी ने मामाजी और जगत नारायण से हाथ जोड़कर पूछा।

"नहीं, कुछ नहीं, घर से खा-पीकर ही निकले हैं।" जगत नारायण ने भी हाथ जोड़कर जवाब दिया।

"बकुर और चिंटू कहाँ रह गए?" जगत नारायण ने धीरे से त्रिभुवन के कान में पूछा।

तभी बकुर और चिंटू दोनों आते हैं, दोनों को देखकर सब एक पल के लिए आश्चर्यचकित हो जाते हैं, क्योंकि दोनों के चेहरों पर शेविंग क्रीम लगा है।

□

24

"ये क्या है ?" जगत नारायण ने आश्चर्य से पूछा।

"पापा हमने सोचा 5 मिनट में दाढ़ी बनवा लेते हैं, परसों आपने कहा भी था, तो दाढ़ी बनानेवाले ने चेहरे पर क्रीम लगाया और उसे तुरंत अपनी पत्नी की दवाई लेने हॉस्पिटल जाना पड़ा, बोला, आधे घंटे में आकर करता हूँ।" चिंटू ने झूठ बोलने में अपनी माहिरता एक बार फिर से दिखाई।

"तो जाओ, अंदर बाथरूम में जाकर साफ कर लो।" मामाजी ने कहा।

"रहने देते हैं, वह अभी आधे घंटे में आएगा ही तो जल्दी से बना देगा, वरना उसके यहाँ भीड़ बहुत लगी है रविवार के कारण।" चिंटू ने फिर कहा।

"तुम भले ही रहने दो, लेकिन बकुर तुम जाकर साफ करके आओ।" जगत नारायण ने कहा।

"अरे रहने दीजिए, आधे घंटे की तो बात है, यों बीत जाएगा, फिर ये जाकर 5 मिनट में दाढ़ी बनवाकर आ जाएँगे, बच्चे हैं ये तो, आइए बैठिए।" मदनलालजी ने समर्थन करते हुए कहा।

चिंटू के चेहरे पर खुशी उभर पड़ती है, जैसे उसने कुछ जीत लिया हो, दोनों चेहरे पर क्रीम लगाए शांति से बैठे हुए हैं।

"आधे घंटे के पहले ही हम लोग घर के लिए निकल जाएँगे, एक बार बस रितु मैडम आपको देख लें, देखते ही मना करेगी और हम घर के लिए रवाना।" चिंटू बकुर के कान में बोलता है।

"चिंटू, वह मेरा पर्स मैडम के पलंग के नीचे से अगर निकल गया, तो हम सच में पूरी तरह बच जाएँगे, अभी तक उन्होंने देखा तो नहीं होगा न वो ?" बकुर चिंटू से धीरे से कल छूट गए पर्स को याद करते हुए बोला।

"हाँ, लेकिन उस कमरे में जाएँ कैसे?" चिंटू उस कमरे की तरफ देखते हुए बोला।

दोनों की खुसुर-फुसुर के बीच रितु मैडम सफेद रंग की सलवार सूट में चाय लेकर आती है।

"ये है साहब हमारी बच्ची, कॉलेज में पढ़ाती भी है और पूरा घर भी सँभालती है।" मदनलालजी ने रितु मैडम के बारे में बताया।

"मैं तो उस दिन शादी में मिला ही था, मुझे तो बड़ी सुशील बच्ची लगी, मदनलालजी आपकी।" जगत नारायण ने रितु मैडम को देखकर उनकी तारीफ करते हुए कहा।

"क्या नाम है बेटा आपका?" मामाजी ने पूछा।

"जी रितु···" रितु मैडम ने झुके हुए सिर के साथ जवाब दिया।

"वाह भाई, क्या जोड़ी जमेगी ये तो···'बकुर-रितु' वैसे अभी तक सिर्फ तीन ही ऋतु के बारे में सुना था, ग्रीष्म ऋतु, वर्षा ऋतु, शीत ऋतु; लेकिन देखना एक नया मौसम बनेगा, जब एक हो जाएँगे 'बकुर-रितु'।" मामाजी ने हँसाने की कोशिश की और सब हँसने लगे।

"हमें तो लड़की पसंद है, बस लड़का-लड़की एक-दूसरे को देख लें, बातें कर लें।" गायत्री देवी ने कहा।

"हाँ-हाँ बिल्कुल, हम तो आज के जमाने के विचार लेकर चलते हैं, जाओ बेटा, पीछे चले जाओ, वहाँ कर लो बात।" मदनलालजी ने कहा।

"जा चिंटू, तू भी चला जा साथ में।" गायत्री देवी ने कहा।

"और जाओ बाथरूम, जल्दी से यह चेहरा साफ करो पहले।" जगत नारायण ने अबकी बार थोड़ा सख्ती से कहा।

"पापा वो अभी···" चिंटू बोल ही रहा था कि जगत नारायण ने अपनी आँखों में गुस्सा दिखाया तो वह उसके आगे न बोल सका।

रितु मैडम पीछे कमरे में जा चुकी हैं, बकुर और चिंटू बाथरूम में अपना चेहरा धो रहे हैं।

"चिंटू, अब···क्या करें?" बकुर ने चिंटू से हमेशा की तरह चिंता की स्थिति में पूछा।

"भैया, अब रितु मैडम का सामना करना ही पड़ेगा, अब नहीं बच सकते।" चिंटू ने कहा।

दोनों बाहर आते हैं और बहुत धीरे-धीरे पीछे कमरे तक जाने लगते हैं। दोनों दरवाजे के कोने पर आकर खड़े हो जाते हैं, अंदर जाने की हिम्मत नहीं हो पा रही है।

"अरे क्या हुआ, जाओ अंदर।" पीछे से देख रहे मामा ने कहा।

चिंटू फौरन अंदर घुसता है और मैडम के पैरों में जाकर गिर जाता है, बकुर भी सिर झुकाकर अंदर आकर खड़ा हो जाता है।

"मैडम, प्लीज सिर्फ 5 मिनट के लिए हमारी बात सुन लीजिए, किसी को कुछ मत बोलना मैडम प्लीज, हमारे पापा जो बाहर बैठे हैं, वे बहुत सख्त हैं, उनसे हमें बहुत डर लगता है, इसलिए आपने उस दिन पापा को लेकर आने को कहा था तो मैं भैया को पापा बनाकर ले आया, भैया ने तो बहुत मना किया था, पर मैंने बहुत जिद की तो उन्होंने मेरी मदद के लिए ऐसा किया था।" चिंटू एक साँस में बोलता जा रहा था।

"मैडम, हमने पिछले दिनों बहुत कोशिश की आपको सच बताने की, लेकिन बता ही नहीं पाए, इसलिए आज ऐसे हालत में बताना पड़ रहा है, हमें बहुत पछतावा है कि हमने आपको उल्लू बनाने की कोशिश की, इस बेवकूफी, इस गलती के लिए क्या आप हमें माफ कर सकती हैं, मैडम?" बकुर ने कहा।

मैडम दोनों को गुस्से वाला लुक देती है...

"नहीं, आप माफ मत कीजिए, सजा दीजिए हमें, जो सजा देंगी, हमें सब मंजूर है। बस, हमारे पापा को यह बात पता न लगने दीजिए!" बकुर फिर से विनती करता है।

"हाँ मैडम, प्लीज माफ कर दीजिए, पापा को अगर थोड़ी सी भी भनक लगी तो वे जब मारते हैं तो फिर कुछ नहीं देखते, जो हाथ में आता है, वही उठाकर मार देते हैं। उनको कॉलेज में लाने या बताने से डर नहीं लगता, बल्कि उनकी मार से बहुत डर लगता है। मैडम, कृपया माफ कर दीजिए।" चिंटू फिर से बोला।

"वो पापा को कैसे शादी में आपके पापा मिल गए, पता नहीं और उन्होंने इस रिश्ते की बात छेड़ दी। वैसे मैं तो जानता था कि आप मुझसे कई गुना ज्यादा पढ़ी-लिखी और समझदार हैं, हमारा कोई मेल नहीं है, लेकिन फिर भी घरवालों की वजह से आना पड़ा।" बकुर के चेहरे की मासूमियत धीरे-धीरे बढ़ती जा रही थी।

"हाँ, वो तो कोई चिंता नहीं है, आप अपने पापा को मना करेंगी, फिर वो बोलेंगे, हम आपको फोन करके बताएँगे, फिर कभी फोन नहीं आएगा, इसकी तो

आदत है अब पांडे परिवार को। आप बस हमें माफ कर दीजिए मैडम, प्लीज! आज के बाद कभी ऐसा नहीं करूँगा।" चिंटू ने कहा।

रितु अचानक गुस्से में उठकर खड़ी होती है और बाहर चली जाती है।

"मैडम, पापा के सामने मत बोलना, प्लीज मैडम···मैडम!" जाती हुई रितु को आखिर तक समझाने की कोशिश करता रहा चिंटू, लेकिन मैडम नहीं सुनीं।

दोनों उदास होकर बैठ जाते हैं, थोड़ी देर तक चुपचाप बैठे रहते हैं, कमरे से बाहर निकलने में भी डर लग रहा है, तभी मामा आते हैं।

"तुम दोनों अभी तक यहाँ क्यों बैठे हो? चलो बाहर बैठो।" मामा ने बकुर और चिंटू से कहा।

"वो रितु मैडम कहाँ हैं?" चिंटू ने पूछा।

"रितु मैडम नहीं, रितु भाभी बोल, वो तो बहुत देर से अपने पापा से पता नहीं क्या बात कर रही हैं! हम लोग भी कब से इंतजार कर रहे हैं।" मामाजी ने बताया।

मामा की यह बात सुनकर बकुर और चिंटू के उड़े हुए होश और उड़ जाते हैं, लेकिन मामाजी के कहने पर दोनों बाहर जाकर सबके साथ बैठते हैं और पास में बैठे जगत नारायण को देखकर दोनों के अंदर डर बढ़ता चला जाता है।

"चिंटू, कुछ बहाना करके हम यहाँ से निकल चलते हैं, क्योंकि रितु मैडम के पापा अब आकर सबकुछ बताएँगे और ऐसे में हम पापा के सामने रह नहीं पाएँगे।"

"हाँ, मैं भी यही सोच रहा हूँ, रितु मैडम के पापा के बाहर आने से पहले हम निकल जाते हैं, लेकिन बोलेंगे क्या?"

तभी मदनलालजी बाहर आ जाते हैं।

"पापा, वो भैया को तुरंत 2–3 जगह डाक देने जाना है आज भी, तो हम दोनों जाएँ?" चिंटू ने मदनलालजी को देखते ही फौरन जगत नारायण से पूछ लिया।

"रुको अभी, कहीं नहीं जाना है।" जगत नारायण ने सख्ती से मना किया।

"पापा, बहुत जरूरी है वो।" चिंटू पूरा प्रयास करता है।

जगत नारायण फिर से अपनी आँखों में गुस्सा भरकर चिंटू को दिखाते हैं, तब वह बैठता है। सबकी नजरें मदनलालजी पर टिकी हैं, बकुर और चिंटू की धड़कनें राजधानी एक्सप्रेस से भी तेज धड़क रही थीं।

□

25

मदनलालजी आकर फिर से अपनी कुरसी पर बैठते हैं। बकुर बेचैनी में टेबल पर रखे पानी के गिलास एक के बाद एक पीता जा रहा है, चिंटू और बकुर दोनों नजर उठाकर भी नहीं देख रहे हैं।

"जी मेरी बेटी का कहना है कि···उसे बकुर पसंद है।" मदनलालजी ने कहा।

चेहरे पर इतनी खुशी भी आ सकती है, बकुर के मामले में पांडे परिवार पहली बार यह महसूस कर रहा था। आज अगर दोनों होंठों के कोने खुशी में आँखों के किनारों तक भी पहुँच जाते तो कोई आश्चर्य वाली बात नहीं होती। उत्साही जगत नारायण फौरन खड़े होकर मदनलालजी से कसकर गले मिलते हैं।

बकुर गिलास टेबल पर रखनेवाला था, लेकिन मदनलालजी के बोलते ही वह गिलास हवा में ही रुक जाता है, टेबल से बस थोड़ी सी दूरी पर ही। बकुर की पलकें अब तक नहीं झपकी थीं और आँखें थोड़ी और बड़ी हो गई थीं, मुँह जो थोड़ा सा खुला था, वह अब तक उतना ही खुला हुआ था। आज पहली बार बकुर के अंदर दिल, दिमाग, धड़कन, एक पल के लिए सब अचानक से रुके थे और मन में अस्पष्टता का भूचाल आया हुआ था कि अचानक ये सब क्या हुआ है! वो सजीव से जैसे निर्जीव हो गया था, उसका शरीर जिंदा था, पर उस शरीर में कोई हरकत नहीं थी, चेहरा शून्य पर जा चुका था और भावों का अब पतझड़ आ चुका था।

चिंटू का भी लगभग यही हाल था, वह सोच रहा था—

'मदनलालजी के कान तो ठीक हैं न, कहीं ऐसा तो नहीं कि रितु मैडम ने कुछ और बोला हो, इन्होंने कुछ और सुन लिया हो!' मदनलालजी की बात पर बिल्कुल भी विश्वास न कर पाने की वजह से चिंटू के मन में एक से एक अनाप-शनाप विचार दौड़ रहे थे।

'ऐसा तो नहीं कि मैडम शादी इसलिए कर रही हैं, ताकि भैया को और मुझे इस गलती का सबक घर में रहकर सिखा पाएँ!' चिंटू के दिमाग का यह एक और अजीब विचार था।

कोई इनसान बिजली का झटका खाने के बाद भी इस कदर सुन्न नहीं पड़ता होगा, जितना ये दोनों यह खबर सुनकर थे।

"बकुर, पैर छू मदनलालजी के।" जगत नारायण ने कहा।

बकुर नहीं सुन पाता, क्योंकि वह तो सुन्न पड़ चुका है।

"बकुर···!" अबकी बार जगत नारायण थोड़ा और ऊँची आवाज में बोलते हैं और बकुर उसी सुन्न हालत में खड़ा होता है और मदनलालजी के पैर छूता है।

"लगे हाथ रितु को साड़ी और नारियल दे करके दस्तूर भी कर लेते हैं!" गायत्री देवी ने कहा।

"हाँ-हाँ, क्यों नहीं, जैसा आप चाहें, अब तो आपकी ही बेटी मानिए!" मदनलालजी ने हाथ जोड़ते हुए कहा।

रितु मैडम बाहर आती हैं, उन्हें गायत्री देवी कुमकुम की एक छोटी सी बिंदी लगाकर हाथों में साड़ी, कुछ पैसे और नारियल देकर दस्तूर (रिश्ता पक्का) की रस्म को पूरा करती हैं।

सब लोग बहुत खुश थे।

"जगत नारायणजी 4 तो बज ही गए हैं, अब मेरी एक विनती स्वीकारिए, आप सब लोग शाम का भोजन करके ही जाएँगे।" मदनलालजी ने फिर से हाथ जोड़कर निवेदन किया।

"अरे, नहीं-नहीं साहब, क्यों तकलीफ करते हैं?" जगत नारायण ने कहा।

"तकलीफ की कोई बात नहीं है, अच्छा लगेगा हमें अगर हमारी बातें मान लेंगे तो।" मदनलालजी ने कहा।

"मान जाइए जीजाजी, इतना निवेदन कर रहे हैं तो, इसी बहाने कुछ गप-शप और हो जाएगी।" मामाजी ने बीच में बोलते हुए कहा।

"ठीक है समधीजी।" जगत नारायण मान जाते हैं।

बातें करते-करते, हँसी-मजाक करते-करते कुछ समय बीता ही था कि

"चलिए, थोड़ी देर घाट तक घूमकर आते हैं।" मदनलालजी ने कहा।

मदनलालजी के घर के करीब ही रामघाट पड़ता है, सब लोग वहाँ थोड़ा टहलने के लिए आ गए। सब अपने-अपने छोटे समूह में बँटकर चल रहे थे, जगत

नारायण और मदनलालजी अपनी बातों में खोए चले जा रहे थे, रितु मैडम गायत्री देवी और मामीजी के साथ आ रही थीं, इसलिए उनकी बहुत सी बातों के जवाब भी दे रही थीं और मामाजी बकुर और चिंटू के साथ में थे तो बस बकुर के साथ थोड़ी मस्ती कर रहे थे, थोड़ा चिढ़ा रहे थे रितु मैडम की ओर इशारा करके तो कभी रितु मैडम की बात करके।

"आज ग्यारस का दिन भी है, इतना अच्छा शुभ काम भी हुआ है, आओ क्षिप्रा माता की एक-एक डुबकी लगा लेते हैं।" जगत नारायण ने सबसे कहा।

"अरे, गीले हो जाएँगे, कपड़े थोड़ी लाए हैं, जो साथ में डुबकी लगाने का बोल रहे हो।" गायत्री देवी ने एतराज जताते हुए कहा।

"अरे, तो क्या हुआ दीदी, 10 मिनट बाहर खड़े रह लेंगे तो यहीं सूख जाएँगे, घर में कुछ शुभ काम हुआ है और ग्यारस के दिन तो डुबकी लगाने का मौका मिलना पुण्य की बात है।" मामाजी ने चप्पल और कुरता उतारते हुए कहा।

सब लोग एक-एक डुबकी लगाने को तैयार हो जाते हैं, चिंटू यह देखकर थोड़ी दूर चला जाता है, ताकि उसे भी जबरदस्ती न लगवाएँ डुबकी, जगत नारायण और मदनलालजी पानी में आधे ही उतरे थे।

"यहाँ आसपास कहीं बाथरूम नहीं है?" बकुर ने कहा।

"है न, रुको मैं आता हूँ दिखाने।" मदनलालजी बोले।

"अरे, आप तो डुबकी लगाइए, रितु बता देगी कहाँ है।" मामाजी ने जानबूझकर कहा।

"बेटा जाओ, इन्हें वो पीपल के नजदीक वाला बाथरूम दिखा दो।" मदनलालजी ने रितु से कहा।

"जी पापा।" रितु मैडम ने बड़ी शालीन और धीमी आवाज में जवाब दिया।

□

26

बकुर और रितु साथ-साथ जा रहे हैं। दोनों बिना कुछ बोले बस चलते रहते हैं। बकुर बहुत कुछ बोलना चाहता है, बहुत कुछ पूछना चाहता है; लेकिन हिम्मत नहीं कर पाता है। वे थोड़ी सी दूरी पर पहुँचते हैं।

"जी वहाँ है बाथरूम।" रितु मैडम ने थोड़ी दूर से इशारे से बताया।

बकुर, बहुत से सवाल दिमाग में लिये बाथरूम जाता है और जब वापस आता है तो उन्हें जुबान तक लाने की कोशिश करता है।

"आपसे एक बात पूछ लूँ, मैडम?" बकुर बड़ी हिचकिचाहट के साथ लड़खड़ाती जुबान से बोला।

"हाँ पूछिए।" रितु ने साधारण भाव से कहा।

"आपने मुझसे शादी के लिए हाँ, मतलब क्या और कैसे? बस वो मन में बार-बार आ रहा था।" बकुर ने आधी-आधी लाइनों में सवाल किए।

"बकुरजी, आप सीधे, सच्चे और साधारण हैं, मेरे लिए आपके ये गुण और आपका स्वभाव, 'हाँ' करने के लिए काफी है।" रितु मैडम ने अपनी चुन्नी के कोने को हाथों से मरोड़ते-मरोड़ते कहा।

"लेकिन मैडम, हमने वो आपसे झूठ बोला था, जो मैं चिंटू का पापा बनकर आया था, वह बात आपने अपने पापा को भी बताई? उस बात के लिए आपने हमें माफ किया कि नहीं?" बकुर ने पूछा।

रितु बकुर को उसका पर्स, जो रितु मैडम के घर छूट गया था, वह निकाल करके देती है…

"ये बात तो मुझे आप घर नहीं आए थे, उसके पहले से ही पता लग गई थी। आपका ये पर्स, जो मुझे मेरे पलंग के नीचे दिखा और उसमें रखा आपका वोटर

आई.डी. और पापा को ये मैंने बिल्कुल नहीं बताया कि रात में आप घर में ही छिपे थे, चाय पीने की कोशिश की थी; लेकिन नहीं बना पाए। ये सब सिर्फ इसलिए कर रहे थे आप, क्योंकि मुझे सच बताना था, कॉलेज में जो एक दिन पहले डर के मारे नहीं बोल पाए।" रितु मैडम ने बकुर के द्वारा किए गए पिछले 2-3 दिन के प्रयास ऐसे समझ लिये, जैसे वह भी उसका हिस्सा रही हो।

बकुर यह सब सुनकर फिर से आश्चर्यचकित था कि उनके घर आने के पहले ही रितु मैडम सबकुछ जान चुकी थीं, वो बेवजह शेविंग क्रीम लगाकर बैठने जैसी परिस्थितियों में फँसे और रितु मैडम कितनी समझदार हैं कि सिर्फ एक पर्स मिलने मात्र से उन्होंने सारी चीजों के एकदम सटीक अनुमान लगाए! बकुर का दिल, दिमाग, आत्मा हर तरफ से वह रितु मैडम से बहुत ज्यादा प्रभावित हो चुका था। उसके मन के द्वंद्व अब प्रसन्नता और आनंद के सफर पर निकल चुके थे। बातें करते-करते दोनों घाट के नजदीक तक पहुँच गए थे।

"वैसे आपके लिए 'हाँ' करने का एक और कारण है···आप भी मेरे जैसे हैं।" रितु मैडम ने बिना बोले दोनों के मोटे शरीर की ओर शरमाते हुए इशारा किया।

यह बोलते-बोलते दोनों घाट की सीढ़ियों पर पहुँच चुके हैं और डुबकी लगा रहे बाकी परिवार के लोग बकुर और रितु को भी डुबकी लगाने के लिए बुलाते हैं, दोनों सीढ़ियाँ उतरते हुए पानी की ओर बढ़ते हैं। रितु मैडम एक बेहद प्यारी हँसी के साथ बकुर को देखती हैं और इस हँसी ने मानो बकुर को खुद से छीन लिया था। उसके पूरे जिस्म में अब खून की जगह सिर्फ रितु मैडम दौड़ रही थीं···31 साल की उम्र में पहली बार बकुर के शरीर के दिल, दिमाग, किडनी, फेफड़े, लीवर, रगें, हड्डियाँ और एक-एक अंग खुशी के एहसास को एक साथ इतनी जोरों से महसूस कर रहे थे। बकुर के मन में खुशियों की लहरें आज समुद्र की लहरों से भी कई गुना ऊँची उठ रही हैं, इतनी ऊँची कि चाँद अगर अभी निकल चुका होता तो उसके पैर भी इन ऊँची लहरों में धोए जा सकते थे।

बकुर रितु मैडम में इतना खो चुका था कि जैसे ही डुबकी लगाई, उसे पानी के अंदर उसके आसपास चारों तरफ रितु मैडम-ही-रितु मैडम नजर आईं···पानी के बाहर आकर देखा तो रितु मैडम तो मामीजी और गायत्री देवी के साथ डुबकी लगा रही थी, न जाने कितने किलोमीटर में फैले रामघाट, नरसिंहघाट में घाट की हर सीढ़ी पर उसे रितु मैडम बैठी हुई दिखने लगी, ऊपर आसमान में देखा तो बारिश की तरह मानो बहुत सारी रितु मैडम उस पर बरस रही थी, बकुर को रितुमेनिया हो चुका था।

किसी भी इनसान को जब ज्यादातर दुनिया अस्वीकार कर रही हो और इसी समय में जब कोई उसे स्वीकारता है तो वो उसे सिर्फ स्वीकार नहीं करता, बल्कि उसके अंदर के मर चुके इनसान को एक बार फिर से जिंदा करता है, जो रितु मैडम ने किया है और फिर वो इनसान उसकी जिंदगी में, उसकी स्मरणशक्ति में हमेशा-हमेशा के लिए विशेष महत्त्व रखता है।

नहाकर सब लोग बाहर आ चुके थे, धूप में खड़े होकर खुद को सुखाने की कोशिश कर रहे थे, रितु मैडम अपने हाथों से धीरे-धीरे बालों को सहला रही थी, बकुर सबसे नजरें चुराकर जैसे-तैसे बार-बार रितु मैडम को देखने के लिए आतुर हो रहा था, उसे जैसे ही मौका मिलता, वह फौरन अपनी नजरें रितु मैडम पर गड़ाने में देर नहीं करता और रितु मैडम से आँख मिल जाने पर फौरन आँखें चुराने लगता। बकुर के दिमाग को देखकर आसानी से समझा जा सकता था कि बकुर अब उज्जैन नगरी से निकलकर रितु नगरी में प्रवेश कर चुका है और वो इस नगरी के भरपूर आनंद में पूरी तरह डूब चुका है।

सब लोग फिर से घर आ चुके होते हैं और हर मध्यम वर्गीय परिवार की तरह आदमी बाहर बैठकर बातें करने में व्यस्त हो गए और स्त्री अंदर खाने की तैयारियों में, और इस बीच बकुर ने कई बार अलग-अलग बहानों से किचन के सामने से गुजरकर चोरी-चुपके रितु मैडम को एक बार देख लेने की बहुत कोशिश की, कई बार सफल हुआ, कई बार असफल भी। उसने चिंटू को भी मैडम से हुई बात वाला सारा किस्सा बताया तो वह भी बहुत ज्यादा खुश था। एक पल ऐसा भी आया, जब बकुर और चिंटू पीछे वाले कमरे में ही बैठे बातें कर रहे थे और तभी रितु मैडम को भी उस कमरे में इलायची लेने के लिए आना पड़ा, चिंटू यह देखते ही बहाने से बाहर चला जाता है।

बकुर थोड़ा शरमाता है, थोड़ा मैडम को देखता है, मैडम स्टूल पर खड़ी होकर अलमारी पर रखा इलायची का पैकेट उतारने की कोशिश करती हैं, लेकिन उन्हें स्टूल से गिरने का डर लगता है, यह देख बकुर जाकर स्टूल मजबूती से पकड़ता है। रितु मैडम थोड़ी और ऊँची होकर इलायची का पैकेट उठा लेती हैं, लेकिन इस बीच उनका पैर बकुर की उँगलियों पर जोर से रखा जाता है। बकुर दर्द के मारे झटके से हाथ हटाता है, रितु मैडम फौरन स्टूल से नीचे उतरती हैं, बकुर का हाथ अपने हाथों में लेती हैं और सॉरी बोल के उसकी उँगलियों पर फूँक मारने लगती हैं।

माँ और दादी के अलावा बकुर का हाथ 31 साल में पहली बार किसी नारी के हाथ में गया होगा। एक औरत का, एक लड़की का स्पर्श किस भाव को, किस एहसास को जन्म देता है, शायद बकुर यह आज महसूस कर पाया है और वह एहसास पैर के नाखूनों से लेकर सिर के बाल तक पूरे शरीर में फैल रहा था, अपना अधिकार जमा रहा था। बकुर रितु मैडम को इतनी नजदीक से पहली बार निहार रहा था। उसकी उँगलियों पर फूँक मारते रितु मैडम के होंठ, उसकी उँगलियों को देखती उनकी आँखें, उनकी पलकें, उनके बाल और उनकी उँगलियों से कुछ ही दूरी पर वो भरे-भरे गाल। बकुर अनजाने में ही मैडम के नजदीक खिंचता जा रहा था, बीच की दूरी धीरे-धीरे कम होती जा रही थी।

□

27

तभी अचानक चिंटू आ जाता है और रितु मैडम शरमा के फौरन वहाँ से इलायची लेकर निकल जाती हैं। बकुर का इस समय हाल देखकर अंदाजा लगाया जा सकता था, पहली बार वह होश में होते हुए बेहोश हुआ है, लेकिन फिर भी चिंटू के पूछने पर वह उसे सारी घटना बताता है। कुछ देर बाद सब लोग बाहर बैठकर साथ में खाना खाते हैं और गायत्री देवी बताती हैं कि सबकुछ रितु ने ही बनाया है और सभी रितु की बहुत तारीफ करते हैं। बकुर का पेट खाने से ज्यादा रितु मैडम को देखने से भर रहा था। खाने के बाद सबको सौंफ और मिश्री खिलाई जाती है।

"अच्छा, अब हम चलते हैं मदनलालजी!" जगत नारायण ने हाथ जोड़ते हुए इजाजत माँगी।

"जी ठीक है, जगत नारायणजी, बस एक मिनट रुक जाइए, बकुर को तिलक लगा दूँ।" मदनलालजी ने कुमकुम चावल की रखी थाली उठाते हुए कहा।

बकुर को तिलक लगाकर, हाथ में 101 रुपए देते हैं।

"पापा!" रितु इशारे में पापा को किचन में बुलाती है।

वह मदनलालजी से अचानक याद आई कोई बात पूछती है और मदनलालजी का जवाब पाकर वह गुस्सा होती है। मदनलालजी बाहर आते हैं।

"माफ कीजिए जगत नारायणजी, मुझसे यह भूल कैसे हो गई, मुझे समझ नहीं आ रहा है कि मैंने आपको अभी तक बताया क्यों नहीं!" मदनलालजी ने कहा।

"क्या नहीं बताया मदनलालजी, बेझिझक कहिए!" जगत नारायण ने कहा।

"जी वो आज से ठीक 3 साल पहले रितु के साथ एक हादसा हुआ था।"

इतना सुनते ही सब चकित हो गए।

"कैसा हादसा, मदनलालजी।" जगत नारायण ने तुरंत पूछा।

"तीन साल पहले रितु की हमने एक इंजीनियर लड़के से शादी की थी, लेकिन शादी के एक महीने बाद ही उस लड़के की और उसके मम्मी-पापा की सड़क दुर्घटना में मृत्यु को गई थी, तब से रितु फिर से यहीं मेरे पास है।" मदनलालजी ने निराश मन से बताया।

"आपका मतलब लड़की विधवा है।" जगत नारायण के चहेरे पर मुसकराहट की जगह गंभीरता ने ले ली थी।

"जी, वो तो सिर्फ एक महीने…"

"लड़की विधवा है या नहीं?" अबकी बार जगत नारायण ने तेज और गुस्से वाली आवाज में पूछा।

"हाँ।" मदनलालजी ने शर्म महसूस करते हुए, सिर झुकाते हुए कहा।

जगत नारायण का चेहरा गुस्से में पूरा लाल हो चुका था।

"उठो सब, तुरंत चलो यहाँ से।" जगत नारायण ने सबसे कहा।

"लेकिन मेरी बात तो सुनिए, जगत नारायणजी!" मदनलालजी ने रोकते हुए कहा।

"चुप करिए, एक नंबर के बदमाश और धोखेबाज इनसान हैं आप। अरे, अपनी विधवा बेटी को हमारे गले बाँधना चाहते हैं! आपकी हिम्मत कैसे हुई ये सोचने की भी कि जगत नारायण पांडे के घर की बहू एक विधवा होगी? मीठी-मीठी बातों में मुझे उलझा के अच्छा फँसाया आपने!" जगत नारायण ने तीव्र-कड़वे शब्दों को इस्तेमाल करते हुए क्रोध को जाहिर किया।

"मैं सच बोल रहा हूँ, मुझे बिल्कुल याद नहीं रहा।" मदनलाल हाथ जोड़कर बोलते हैं।

"बस अब और कपट नहीं, बिल्कुल नहीं, मान-सम्मान के बीच इतना बड़ा अपमान किया है आपने, मेरे स्वाभिमान को पीड़ा दी है। विधवा लड़की को मेरे घर की बहू बना रहे थे आप, एक नंबर के गंदी सोच वाले घटिया आदमी हैं आप!" जगत नारायण गुस्से में खुद से आपा खो चुके थे।

जगत नारायण बकुर के सिर पर लगाया तिलक बिगाड़ते हैं और उसके हाथ से दिए हुए 101 रुपए छीनते हैं और मदनलालजी के मुँह पर फेंकते हैं।

"रखिए अपना रिश्ता अपने पास…!" इतना बोलकर जगत नारायण तेज

कदमों के साथ बाहर निकल जाते हैं और उनके पीछे-पीछे सब चले जाते हैं।

बकुर पलटकर किचन के दरवाजे पर खड़ी रितु मैडम को देखता है, मामाजी और चिंटू उसका हाथ पकड़कर उसे ले जाते हैं।

मदनलालजी की आँखों से आँसू की नदियाँ बहने लगती हैं, रितु उनके पास आकर उन्हें सँभालती है।

□

28

रास्ता एकदम चुप्पी के माहौल में काटकर पांडे परिवार घर पहुँचता है, मिनी ट्रक से धीरे-धीरे सब उतरते हैं। जगत नारायण अभी भी गुस्से में हैं, तभी रवि मंगल के घर से कुछ लोग निकलते हैं। रवि मंगल भी बाहर आकर उनसे हाथ जोड़ता है और वे लोग चले जाते हैं। रवि मंगल पांडे परिवार को देखता है।

"त्रिभुवनजी, जानते हैं कौन लोग थे ये? पंकज को देखने आए थे, पसंद भी करके चले गए, लेकिन हमने बोल दिया कि इसकी शादी अगले साल ही करेंगे, क्योंकि अभी तो दूसरे बेटे की कर ही रहे हैं।" रवि मंगल ने मामाजी को बोलते हुए सबको सुनाया।

"तो मुझे क्यों बता रहे हो, मैंने पूछा तुमसे?" मामाजी ने भी नाराजगी के साथ जवाब दिया।

"बस इसलिए बता रहा था कि मेरे तो तीसरे बेटे का भी टेंशन खत्म हो गया, आप बताइए क्या हुआ बकुर का, कोई बात बनी?" रवि मंगल ने चुटकी लेना शुरू किया।

कोई कुछ जवाब नहीं देता।

"एक सच्ची बात बताऊँ, तो अब न परेशान होना बंद कर दो। शायद उसके जीवन में कुँवारा ही रहना लिखा हो, क्योंकि उज्जैन के लगभग सारे ही घरों की लड़कियाँ तो आप लोग देख आए हैं और सबके अस्वीकारने के बाद भी आप लोग फिर नए घर पहुँच जाते हैं। भाई, हमें तो कोई दो लोग भी मना कर दें तो बड़ी शर्म आती है। जितना आपने लड़कियाँ देखने में समय खराब किया, उससे आधा भी बकुर के बेडौल शरीर को ठीक करने में लगाया होता तो शायद कुछ हो जाता, पर अब अधेड़ उम्र में कम ही संभावना नजर आती है।" रवि मंगल ने कहा।

जगत नारायण फौरन आकर तेज गुस्से में रवि मंगल का कॉलर पकड़ता है।

"चुपचाप अंदर चले जा, नहीं तो तेरी जुबान काट के आज क्षिप्रा में फेंक आऊँगा।"

रवि मंगल भी झटके से उसका हाथ हटाता है और बोलता है, "चूड़ियाँ नहीं पहनी है हाथों में मैंने भी, एक मार में अक्ल ठिकाने आ जाएगी तेरी, समझा!"

जगत नारायण का गुस्सा और बढ़ता है और वह दौड़ते हुए घर में जाते हैं और मोटा सा डंडा लेकर आते हैं। रवि मंगल भी फौरन अपने घर में जाकर डंडा निकालकर लाता है और दोनों की चिल्ला चोट शुरू होती है और पूरा मोहल्ला इकट्ठा हो जाता है। जगत नारायण जोर से एक डंडा घुमाकर रवि मंगल के पैर पर मार देते हैं, रवि मंगल भी अपना डंडा जोर से जगत नारायण की पीठ पर मार देता है। फिर जगत नारायण उसके सिर पर वार करते हैं तो रवि मंगल उसे अपना डंडा अड़ाकर रोक लेता है और रवि मंगल भी सिर पर मारने लगता है तो जगत नारायण हाथ से रोक लेता है। इतने में लोग दोनों को पकड़ लेते हैं और उन्हें लड़ने से रोकने की कोशिश करते हैं।

"छोड़ दो मुझे, इसकी आज एक-एक हड्डी तोड़ दूँगा मैं।" जगत नारायण लोगों की पकड़ से छूटने की कोशिश करते हुए बोला।

"जान से मार दूँगा, वैसे भी तेरे बेटे की शादी न होकर तेरा वंश तो यों ही खत्म हो जाएगा, तो मैं ही खत्म कर देता हूँ न तेरा वंश।" रवि मंगल भी लोगों से छूटने की कोशिश करता है।

"एएएए कुत्ते के मूत, हरामजादे, अपनी जुबान को लगाम दे।" जगत नारायण जैसे रवि मंगल की उस बात को बिल्कुल नहीं सह पा रहे थे, इसलिए गंदे शब्दों का प्रयोग कर गए।

"इसके बेटे को वर्षों से कोई लड़की नहीं मिल रही तो पागल हो गया है ये। दूसरों पर उसका गुस्सा निकाल रहा है। अरे, पैदा क्यों की ऐसी औलाद, हमने बोला था क्या?" रवि मंगल ने बकुर को कोसते हुए बोला।

इस बात पर तो गायत्री देवी और मामा भी रवि मंगल की तरफ बढ़ने लगते हैं कि मोहल्ले के लोग उन्हें भी पकड़कर रोक लेते हैं।

"रवि···छोड़ो मुझे, इसे मैं अभी बताता हूँ।" जगत नारायण छूट नहीं पाने के कारण छटपटाते हुए बोलते हैं।

"जलता है ये मुझसे, क्योंकि मेरे तीसरे बेटे की शादी भी आज तय हो गई

और 10 दिन बाद दूसरे बेटे की शादी है। बस, ये बातें सोच-सोचकर जलता है ये कि इसके एक बेटे की भी नहीं हुई और इसके तीनों की हो गई। अरे, तू मेरे बेटों की तुलना अपने इस मोटे, बेडौल बेटे से करेगा? एक बात ध्यान रख, सब जानते हैं, तेरे बेटे को कोई लड़की नहीं मिलने वाली।"

जगत नारायण ये बातें सुनकर अपने आक्रोश को कम करते हैं, हाथ से डंडा छोड़ते हैं, लोग उन्हें छोड़ते हैं, रवि मंगल के थोड़े और नजदीक आते हैं।

"तेरे तीसरे बेटे की शादी तक अगर मैं अपने बेटे बकुर जगत नारायण पांडे की शादी नहीं करा पाया तो मैं जगत बालकृष्ण नारायण पांडे पावन क्षिप्रा नदी में अपने शरीर को त्याग दूँगा, यह मेरा वचन है...साक्षात् भगवान् महाकाल, और ये पूरा मोहल्ला इस वचन का साक्षी रहेगा, जय महाकाल!"

इतना बोलते ही जगत नारायण जैसे चेहरे पर भोलेनाथ की तीसरी आँख खुलने पर प्रकट होनेवाले गुस्से को लेकर और अपमान को दबाते हुए, अपने घर की ओर बढ़ते हैं।

"तो ठीक है, मैं आज अपने तीसरे बेटे की शादी की तारीख भी तय करता हूँ, अगले साल के आखा तीज पर, यानी तुम्हारे पास अब 11 महीने हैं, अपने इस असंभव वचन को पूरा कर लेने के।" रवि मंगल ने बात को और तूल देते हुए कहा।

जगत नारायण इतना सुनते ही घर के अंदर चले जाते हैं...और गायत्री देवी, मामाजी, बकुर—सब लोग लगभग चिंतित और नि:शब्द थे कि जगत नारायण ने ये क्या वचन ले लिया? मोहल्ले के सभी लोग भी आश्चर्यचकित हैं, क्योंकि इस बात को सब बहुत अच्छे से जानते हैं कि जगत नारायण अपनी जुबान के बहुत पक्के व्यक्ति हैं; क्योंकि वो महाकाल के सच्चे भक्त हैं, जितना महाकाल को मानते हैं, उतना अपने वचनों को भी। लेकिन एक बात सोचकर मोहल्लेवाले जगत नारायण को दूसरे नजरिए से देख रहे थे, उनका सोचना था कि बकुर के लिए वर्षों से लड़की देख चुके हैं, इतने वर्षों में कुछ नहीं हुआ तो अब कैसे हो! ये वचन लेकर तो जगत नारायण ने अपनी मूर्खता का प्रमाण ही दिया है।

□

मध्यांतर

29

जगत नारायण घर में कुरसी पर बैठे हैं और एकटक जमीन की ओर देख रहे हैं, लग रहा है जैसे मन-ही-मन खुद से बहुत सी बातें कर रहे हैं और अपने आपको शांत करने की कोशिश।

"आपने ये क्या बोल दिया बाहर, क्या जरूरत थी ऐसा वचन लेने की?" गायत्री देवी ने जगत नारायण की ओर बढ़ते हुए बोला।

जगत नारायण ने सिर्फ अपने होंठ पर उँगली रखकर, हाथ से ही इशारा करके चुप रहने को कहा और गायत्री देवी भी उनके चेहरे पर चढ़े गुस्से के रंग को देखकर दोबारा कोई बात नहीं बोल पाई। मामा-मामी भी चुपचाप चले जाते हैं। बकुर आता है, वह भी अपने कमरे में चले जाता है, चिंटू बाहर चला जाता है। जगत नारायण सिर्फ एकटक नीचे जमीन को देखे जा रहे थे, बिना किसी से जरा भी बात किए, बिना जरा भी हिले-डुले।

बकुर ने आज अपने कमरे में घुसते ही दरवाजा लगाया था और ऐसा शायद बहुत समय बाद हुआ होगा। उसके दिमाग में रितु मैडम से रूबरू होनेवाले हर एक दृश्य बार-बार चल रहे हैं, रितु मैडम के सामने पहले माफी माँगना, फिर उनका शादी के लिए 'हाँ' करना, फिर 'हाँ' करने का कारण बताना, फिर घाट पर पानी में जाने के पहले की उनकी हँसी, उनको गीले बालों में देखना, उनसे नजरें चुराना, घर पर उसके हाथ पर रितु मैडम का पैर पड़ जाना, रितु मैडम का हाथों में बकुर के हाथ को लेना, उसपर उनका फूँक मारना, बकुर का उन्हें पूरा निहारना, उनके हाथों का खाना और उसके बाद जगत नारायण का रिश्ते के लिए मना करना और फिर रितु मैडम की आँखों में आँसू का होना, इस कल्पना तक आते-आते बकुर की आँखें तेजी से बहने लगती हैं। और उसे यह महसूस होता है कि मानो पूरी दुनिया में

उससे ज्यादा बदनसीब और परिस्थितियों का हारा इनसान कोई और नहीं होगा। वह अपने आपको मारने लगता है। सामने लगे एक छोटे से शीशे में देखते-देखते अपना शर्ट उतारकर फाड़ने की कोशिश करता है। अपने लटकते पेट को देख उसका गुस्सा 5 गुना और बढ़ता है, और वह उस पर भी जोर-जोर से अपने हाथों से मारता है और लड़खड़ा के खुद ही जमीन पर गिर जाता है, बकुर आज निराशा व उदासी से पूरी तरह भर चुका था।

जगत नारायण आधी रात के समय में लेटे हुए हैं और एकटक सिर्फ छत की ओर देखे जा रहे हैं। उनकी पलकें एक पल के लिए भी नहीं झपक रहीं, मानो जैसे उन्हें जिंदगी का आज बहुत बड़ा सदमा लगा हो, बिल्कुल उस हालत में थे वो। बकुर जब अपना दरवाजा खोल के बाहर आनेवाला होता है तो जगत नारायण को एकटक खुली आँखों में देखकर उसे और दुःख होता है और वह फिर से जमीन पर गिरकर रोने लगता है।

□

सुबह 4.30 बजे का समय है, बकुर पलंग पर चादर ओढ़े सोया है, तभी अचानक उसकी चादर कोई खींचता है, उसे जोर-जोर से हिलाकर उठाता है, बकुर डर के मारे एकदम से उठकर बैठ जाता है, वह देखता है कि सामने जगत नारायण हैं।

"खड़े हो जाओ, जल्दी से तैयार होकर बाहर आओ, आज से तुम रोज मेरे साथ कसरत और व्यायाम करने चलोगे। आनेवाले 3 महीनों तक अपने आपको दिमागी रूप से इस चीज के लिए तैयार रखो, अब जल्दी से बाहर आ जाओ।" जगत नारायण ने मानो रात भर जाग के बकुर की जिंदगी का हल निकाला!

घाट पर जगत नारायण पुश-अप्स लगा रहे हैं और बकुर घाट की सीढ़ियाँ बार-बार चढ़ रहा है, उतर रहा है। उससे बिल्कुल ये करते नहीं बन रहा, लेकिन जैसे ही रुकता है, जगत नारायण का गुस्से से भरे चेहरे का लुक देखकर अपने सारे दर्द अचानक भूल जाता है।

उसके बाद बकुर से भी पुश-अप्स लगाने को बोलते हैं, वह पुश-अप्स लगाने की पोजीशन में आता है, पर लगा ही नहीं पाता, क्योंकि उसका पेट पहले ही जमीन से टिक जाता है।

एक रस्सी, जो जगत नारायण साथ लाए हैं, बकुर से वह रस्सी कुदवाते हैं, लेकिन इतने ज्यादा वजन के कारण बकुर उछल ही नहीं पाता है।

जगत नारायण तैरने के लिए नदी में जाते हैं और बकुर को भी बुलाते हैं।

"बकुर आ जाओ और जल्दी से तैरना सीखो, क्योंकि अब से हर दिन 15-20 मिनट तक तुम्हें तैरना होगा रोज सुबह, आओ तुम्हें तैरना सिखाता हूँ।" जगत नारायण पानी में तैरते हुए बोलते हैं।

बकुर जैसे-तैसे कपड़े खोल के हिम्मत जुटा के पानी में अंदर चला जाता है और जैसे ही जगत नारायण उसे और आगे की तरफ खींचते हैं, जहाँ उसके पैर जमीन छोड़ने लगते हैं, वह अचानक घबरा जाता है और डूबने लगता है, जगत नारायण उसे फिर से सीढ़ियों की तरफ धक्का देते हैं, जहाँ उसके पैरों को फिर से जमीन मिलती है और उसकी साँस-में-साँस आती है।

"देखो, तैरने के लिए हाथ और पैर दोनों चलना चाहिए···ऐसे। चलो तुम पहले सिर्फ पैर चलाना सीखो।" जगत नारायण खुद तैरते हुए बकुर को बताते हैं।

वो बकुर के हाथ खुद पकड़ते हैं और पानी में पैर चलवाते हैं, लेकिन बकुर बार-बार डर के मारे और अपने वजन को सँभाल न पाने के कारण डूबने लगता है। जगत नारायण के बहुत देर सिखाने के बाद भी बकुर कुछ भी नहीं सीख पाता।

दोनों वापस घर आ रहे होते हैं तो रास्ते में पेड़ दिखता है, जगत नारायण उस पेड़ की नीचे लटकती एक मजबूत डाल पर बकुर को लटकने को कहते हैं, बकुर उनकी बात मानकर डाल पकड़ने की कोशिश करता है तो बकुर का हाथ उस डाल तक नहीं पहुँच पाता है, जगत नारायण उसे थोड़ा सा उठाते हैं और बकुर डाल पकड़ता है, जैसे ही जगत नारायण उसे छोड़ते हैं, बकुर के हाथ में पकड़ी डाल भी उसके भारी वजन के कारण टूटती है और बकुर जगत नारायण के ऊपर ही गिर जाता है।

□

30

दोनों घर पहुँचते हैं, बकुर के ऊपर गिरने के कारण जगत नारायण के पैर में मोच है।

"आज से तुम्हें जो कहा जाएगा, सिर्फ वह ही करोगे तुम। सुबह उठते से ही क्या खाना-पीना है, रात में सोने से पहले क्या खा-पीकर सोना है, भोजन क्या होगा, कितना होगा, अब बाजार के समोसे, कचौरी, भजिए या पूरी सब बंद। मेरी इन बातों को अपने दिमाग में बहुत अच्छे से उतार लो।"

जगत नारायण पलंग के नीचे रखा एक कागज निकालते हुए उसे पढ़ना शुरू करते हैं—

"अब से तुम्हारी दिनचर्या ऐसी होगी—सुबह 4.30 बजे उठकर फ्रेश होने के बाद एक गिलास गरम पानी में एक चम्मच शहद और नीबू मिलाकर पीना। उसके बाद व्यायाम के लिए रोज मेरे साथ आना। व्यायाम के बाद दलिया खाना थोड़ी सी। उसके बाद दिन के खाने में 4 रोटी से ज्यादा नहीं खाना और उनके साथ हरी सब्जी और दाल ज्यादा खा सकते हो। फिर सब्जियों का जूस यहाँ से बनाकर ले जाओ और खाने के 2-3 घंटे बाद दिन में पी लो और रात को 8 बजे के पहले कम-से-कम खाना, ज्यादा-से-ज्यादा सब्जियों का सलाद। इनका गंभीरता से पालन करना है तुम्हें!" पूरा पढ़कर कागज बकुर के हाथ में देते हुए कहते हैं।

"जी पापा।" बकुर ने गरदन झुकाए हुए ही कहा।

"कुछ अलग से आयुर्वेदिक चीजें भी बताऊँगा, नियम से हर चीज का पालन करना और गायत्री तुम भी इस बात का पूरा ध्यान रखोगी!" जगत नारायण ने किचन में चाय बना रही गायत्री देवी से भी कहा।

बकुर अपने कमरे में बैठा किसी विचार में खोया होता है, कुछ देर बाद

गायत्री देवी उसे चाय का कप लाकर हाथों में देती हैं, वह अपने विचारों में खोया हुआ ही चाय पीने लगता है, फिर एकदम से वह थूकता है और माँ को देखता है, तभी जगत नारायण आते हैं।

"शहद में नीबू और काली मिर्च पीस के मिलाई है, अब चाय की जगह रोज यही पीना है सुबह। चलो, पी जाओ जल्दी से।" जगत नारायण वहीं सामने आकर बोलते हैं।

बकुर का बिल्कुल मन नहीं है, वह माँ की तरफ देखता है, पर वे बिना कुछ बोले चली जाती हैं। बकुर आँख बंद करके सब पी जाता है।

15-20 दिन बकुर के इसी तरह से गुजरते हैं, रोज का वही सब खाना, जो जगत नारायण ने बताया है और रोज सुबह 4.30 बजे जगत नारायण उसे उठाने आ जाते और घाट पर लेकर जाते और ज्यादा-से-ज्यादा व्यायाम और कसरत कराते, इतने दिन हो चुके थे, लेकिन बकुर अभी तक तैरना नहीं सीखा था, वह आज भी तैरने के लिए पैर उठाता है तो डूबने लगता है। जगत नारायण भी अपनी कोशिशों में पूरी तरह से लगे थे, अब भी बकुर के लिए एक अच्छी सी लड़की देखने के लिए इंटरनेट पर जाकर, शादी से संबंधित साइट्स पर वो बकुर के बारे में जानकारी डाल चुके थे। उसके लिए वे पैसे खर्चा करने में जरा भी पीछे नहीं हटते। कुछ ऐसे पंडितों से भी मिल रहे थे, जो शादियों के रिश्ते कराते हैं। उनसे जहाँ भी संभव बन पा रहा था, वो इस बार हर तरफ कोशिश कर रहे थे।

लेकिन बकुर के मस्तिष्क की रेखाओं में अभी भी रितु मैडम इस कदर छप चुकी थीं कि वह जब कुछ नहीं कर रहा होता है, तब सिर्फ रितु मैडम के साथ बिताए समय को ही पुनः स्मरण कर रहा होता है। इन 14-15 दिनों में कुछ 5-7 दिन ही ऐसे बीते होंगे, जिसमें बकुर ठीक से सो पाया होगा। रितु मैडम बकुर के मन में बिल्कुल उस तरह घुल चुकी थीं, जिस तरह पानी में नमक, और जिस तरह पानी से नमक को अलग करना असंभव है, वैसे ही बकुर के मन से रितु मैडम का प्रेम मिटना असंभव लगता है।

एक दिन जगत नारायण घर पर दिन में रोज के समय पर खाना खाने के पहले ही आ जाते हैं।

"बकुर... बकुर... !" जगत नारायण आवाज लगाते-लगाते ही घर में आते हैं।

"जी पापा!" बकुर ऑफिस जाने के लिए तैयार, बाल बनाते हाथ में कंघा लिये हुए आता है।

"कल से इंदौर में पतंजलि का 15 दिनों का मोटापा-मुक्ति शिविर लग रहा है,

सिर्फ रजिस्ट्रेशन के 500 रुपए लग रहे हैं, उसके अलावा एक भी पैसा नहीं लगेगा और 15 दिनों तक वहीं रुकने की व खाने-पीने की व्यवस्था है। वे गारंटी ले रहे हैं कि 15 दिनों में 4 से 5 किलो वजन कम करेंगे। योगा और व्यायाम सब करवाएँगे वे। कल सुबह की बस से तुम जा रहे हो, एक घंटे में पहुँच जाओगे। अपने ऑफिस से छुट्टी ले लेना, मना करें तो मेरी बात करा देना। ये बताना तो भूल ही गया कि तेरे लिए लाल रंग का पाजामा और टी-शर्ट ले आया हूँ, ढीले कपड़ों में व्यायाम और आरामदायक होगा।" जगत नारायण ने बड़े उत्साह में सारी बातें एक साथ बता दीं।

बकुर सोचते-सोचते साइकिल उठाता है और निकल पड़ता है। आज फिर मोहल्ले के कोने पर बनी आटा चक्की पर खड़े आवारा लड़के बकुर का मजाक उड़ाते हैं और बकुर पर हँसते हैं। बकुर को क्रोध तो रोज की तरह आज भी आता है, पर आज के क्रोध को वह कल से मोटापा-मुक्ति शिविर में जाने की ठानकर थोड़ा कम कर देता है।

बकुर जब बैंड पर पहुँचता है तो सब साथी अपने-अपने इंस्ट्रूमेंट्स लेकर बाहर खड़े हैं और दुकान बंद कर रहे हैं।

"सही समय पर आ गया तू, सेठजी का आज कुश्ती का फाइनल है, उन्होंने सबको बुलाया है और कहा है कि वे फाइनल जीत जाएँगे तो घर तक ढोल-तासे, बैंड के साथ ही आएँगे। पहली बार 90 किलो वजन में लड़ रहे हैं।" गोपाल ने बकुर को सब समझाते हुए कहा।

"यार, मुझे तो 15 दिनों की छुट्टी चाहिए, पापा ने बताया कि इंदौर में मोटापा-मुक्ति शिविर लगा है, वहाँ जाओ। अब उन्होंने बोला है तो जाना ही पड़ेगा।"

"हाँ-हाँ, बस दुआ कर कि सेठजी जीत जाएँ, फिर तो वे खुशी-खुशी छुट्टी दे देंगे।" गोपाल ने बकुर के कंधे में हाथ डालकर चलते हुए कहा।

□

सब लोग कुश्ती मैदान में आ चुके थे और हाथों में अपने-अपने इंस्ट्रूमेंट्स लिये खड़े थे, गोपाल ने भी हाथ में माइक लिया हुआ था।

तभी घोषणा होती है, "90 किलो वजन में आज फाइनल मुकाबला है पप्पू कड़वा और नितिन हीरा यादव के बीच। जीतनेवाले को 10 किलो घी का एक डिब्बा और 25000 रु. इनामी राशि दी जाएगी।"

तभी नितिन हीरा यादव और सेठ पप्पू कड़वा हाथों से धूल घिसते हुए कुश्ती के मैदान में नंगे बदन आ जाते हैं।

□

31

"अरे, सेठजी तो नंगे ही घूम रहे हैं, इन्हें शर्म नहीं आ रही?" बकुर गोपाल से कहता है।

"शर्म काहे की, लँगोट तो पहनकर आए ही हैं न, इज्जत तो उन्होंने पूरी ढकी ही है अपनी।" गोपाल चुटकी लेते हुए कहता है।

तभी दोनों पहलवानों के बीच रेफरी आता है और सारे बैंडवाले 'सेठजी-सेठजी' के नाम के नारे लगाने लगते हैं।

"यार, चाहे जो भी हो, मुझे छुट्टी तो चाहिए ही चाहिए।" बकुर गोपाल से कहता है।

तभी उधर मैच शुरू हो जाता है और नितिन हीरा यादव और पप्पू कड़वा दोनों एक-दूसरे से हाथ मिलाते हैं और कुश्ती का पहला दाँव लगाना शुरू करते हैं। दोनों पहलवान एक-दूसरे के दाँव फेल करने में कामयाब हो रहे हैं। नितिन ने सेठजी के खिलाफ चार प्वॉइंट बना लिये और सेठजी से अभी तक एक प्वॉइंट ही बना था। अचानक अंत में सेठजी चालाकी से दाँव मारकर एक के बाद एक छह प्वॉइंट ले लेते हैं और कुश्ती जीत जाते हैं। गोपाल के कहते ही सब तुरंत बैंड-बाजे बजाना शुरू कर देते हैं।

सेठ पप्पू कड़वा अपनी बैंड की कलरफुल गाड़ी पर आगे बोनट पर बैठे हैं, गले में बहुत से हार हैं, पास में घी का डिब्बा रखा है और मोहल्ले में एक के बाद एक, लोग रास्ते में हार पहना रहे हैं और गोपाल गाना गाता चल रहा है, "वो सिकंदर ही दोस्तों कहलाता है, हारी बाजी को जीतना जिसे आता है।" इस शाही स्वागत के साथ सेठजी घर तक आते हैं और अपने परिवार-प्रेम में लग जाते हैं।

"सेठजी, हम लोग जाएँ?" गोपाल ने पूछा।

"हाँ-हाँ जाओ, अच्छा सुनो, आज सबको बोलो छुट्टी, घूमे-फिरें, मौज करें।" पप्पू कड़वा ने गोपाल से कहा।

सब लोग गाड़ी और अपने बाजे उठाकर जाने लगते हैं।

"अरे, वो मेरी 15 दिन की छुट्टी।" बकुर ने गोपाल से धीरे से कहा।

"अरे, तो बोल न!"

"यार तू बोल, मैं नहीं बोल पाऊँगा।"

"अरे सेठजी, वो बकुर को 15 दिन की छुट्टी चाहिए थी; क्योंकि उसके घर पर…"

"अरे जाओ, 15 क्या 20 दिन की छुट्टी लो, जाओ!" पप्पू कड़वा ने खुशी के मारे गोपाल की पूरी बात सुने बिना बकुर को छुट्टी दे दी।

"ले हो गया तेरा तो काम, तू 15 दिन के लिए जा रहा है न! यार, फिर तू मेरी आवाज को वहाँ बहुत याद करेगा, कोई बात नहीं, मैं तेरा फेवरेट गाना अभी सुना देता हूँ तुझे फिर से।" गोपाल बंद माइक को ही हाथ में लेता है और सब अपने घर की ओर चलना शुरू करते हैं।

"तेरे जैसा यार कहाँ, कहाँ ऐसा याराना, याद करेगी दुनिया, तेरा-मेरा अफसाना, मेरे दिल की ये दुआ है, कभी दूर तू न जाए, तेरे बिना हो जीना, वो दिन कभी न आए, तेरे संग जीना यहाँ, तेरे संग मर जाना, याद करेगी दुनिया, तेरा मेरा अफसाना।" गोपाल रास्ते में बकुर के कंधे में हाथ डाले चलते-चलते ही गाता है।

जैसे ही गोपाल गाना रोकता है तो देखता है, सड़कों पर चलनेवाले 20-25 लोग रुककर, उसे घूरकर गुस्से में देख रहे होते हैं।

"देख बकुर, लोगों को कितनी पसंद आई आवाज कि रुक-रुककर सुन रहे हैं!" बकुर से बड़े गर्व से बोलता है गोपाल, लेकिन बकुर समझ जाता है, इसलिए उसे वहाँ से ले जाता है।

□

अगले दिन की सुबह होती है, बकुर तैयार होकर गायत्री देवी और जगत नारायण के पैर पड़ता है और सीधा बस स्टैंड पहुँचकर बस में बैठता है। खिड़की वाली सीट पर बैठता है, उस बंद खिड़की को ठीक से खोलने की कोशिश करता है और उसकी उँगली उसमें थोड़ी सी दब जाती है, वो तुरंत उँगली में फूँक मारने लगता है और उसकी कल्पनाओं में रितु मैडम आ जाती हैं कि कैसे वो बकुर की उँगली में फूँक मार रही थीं, कैसे उँगली को सहला रही थीं, कैसे बकुर का दर्द सिर्फ इतने में ही गायब हो चुका था! अचानक पास में उसके बगल में एक बुजुर्ग आदमी

बैठने आते हैं तो देखते हैं कि बकुर एक नहीं 1.5 सीट पर बैठा है, दूसरी सीट पर भी उसका शरीर आधा तो आ चुका है। लेकिन वो बिना कुछ बोले बची हुई थोड़ी सी जगह में बैठने की कोशिश करता है, लेकिन बस चलने के बाद कम जगह मिलने के कारण वो 1-2 बार सीट से नीचे गिर जाता है। बकुर को हर बार खिसकने को बोलता है, लेकिन बकुर उससे ज्यादा खिसक ही नहीं पाता है। बुजुर्ग आदमी उसे देखकर गुस्सा होता है और उसके शरीर की ओर इशारा करके बोलता है—

"बेटा, इतनी भीड़ बढ़ती जा रही है कि बेचारी धरती से उनका वजन ही नहीं सँभल रहा है, तुम अकेले इतना वजन लिये कहाँ घूम रहे हो, इसका कुछ करते क्यों नहीं? टिकट तुमने एक आदमी का लिया है और डेढ़ आदमी को बिठा रखा है तब से!"

बकुर थोड़ा और खिसककर जगह बनाने की कोशिश करता है, लेकिन दोनों देखते हैं, जगह नहीं बनती।

"लगता है, कुछ ज्यादा ही खाते-पीते घर से हो बेटा, खाना कम-से-कम खाया करो, सलाद ज्यादा-से-ज्यादा, वजन कम होता है उससे। मेथी दाने का जूस पियो, मक्के का सूप पियो।" बोलते-बोलते बुजुर्ग आदमी खड़े हो जाते हैं अपने स्टॉप पर उतरने के लिए। बकुर उस आदमी को चिढ़कर देखता है।

कुछ देर बाद बकुर इंदौर पहुँचकर जगत नारायण के द्वारा बताई जगह पर भी पहुँच जाता है। वहाँ बाहर एक बड़ा सा बोर्ड लगा है, जिसमें एक तरफ दो मोटे-मोटे लोग परेशान चेहरे के साथ खड़े होते हैं और वह ही दोनों दूसरी तरफ पतले होकर मुसकराते हुए खड़े हैं और बीच में लिखा है—'मोटापा-मुक्ति शिविर, 15 दिनों का।'

बकुर जैसे ही थोड़ा बढ़कर उस जगह के मुख्य दरवाजे तक पहुँचा, वहाँ दो लोग कॉरपोरेट ऑफिस वाले कपड़े पहनकर कुरसी पर बैठे थे। उन्होंने बकुर को देखते ही फौरन फॉर्म निकाला और उस फॉर्म के हिसाब से सवाल पूछना शुरू कर दिए। नाम, पता से लेकर खाने-पीने की आदत तक बहुत कुछ पूछा, जिससे बकुर के शरीर के इतना मोटा होने का राज शायद जान सकें! फिर वहीं रखी वजन मशीन पर वजन भी करवाया, तो बैठे दोनों लोगों की आँखें एक बार के लिए तो पूरी की पूरी खुली रह गई थीं, क्योंकि वजन था 130 किलो, वो जानकारी उन्होंने फॉर्म में भरी और वह फॉर्म बकुर को देकर पंजीयन के 500 रुपए लेकर अंदर जाने की इजाजत दी।

बकुर अंदर की ओर आकर देखता है तो यह एक मैदान है, जिसे चारों तरफ से टेंट से लगाए परदों की दीवार से कवर किया था और मुख्य दरवाजे से थोड़ी ही दूरी पर मैदान के अंदर ही एक धर्मशाला थी, जिसके कमरों में शिविर में आए लोगों के ठहरने का इंतजाम किया गया था। आधी धर्मशाला पुरुषों के लिए और आधी महिलाओं के लिए कर दी गई थी।

बकुर फॉर्म में दिए अपने रूम नंबर के हिसाब से गया, जिसमें पहले से एक 12 या 14 साल का बच्चा है, जिसके सिर पर बँधी पगड़ी देखकर समझ जाता है कि वे सरदार हैं, लेकिन बकुर ने शायद पहली बार अपनी जिंदगी में इतना छोटा सा, इतना मोटा बच्चा देखा होगा और उसके साथ उसके पापा, जिन्होंने हू-ब-हू बच्चे के सिर की पगड़ी के कलर की पगड़ी ही पहनी है, वे उस बच्चे से भी 5 प्रतिशत ज्यादा मोटे थे। बस एक कमरे में 3 के हिसाब से और इस कमरे में इन तीनों को ही रखा गया था।

वह बच्चा, जो कि जमीन पर बिछे बिस्तर पर चिप्स और कुरकुरे के 4-5 पैकेट लेकर बैठा था, जिसमें से शायद एक ही भरा लग रहा था और बाकी हवा में इधर-से-उधर दौड़ लगा रहे थे, देखकर ही लग रहा था कि यह बच्चा इनके प्राण ले चुका है।

"अरे, आप भी शिविर के लिए आए हैं?" बच्चे के पापा सरदारजी ने बड़ा बेतुका सवाल किया।

"जी हाँ।" बकुर ने अपना बैग कोने में रखते हुए कहा।

"ओ जी, हम भी, देखो, होना-जाना तो कुछ भी नहीं है, जो शरीर 15 वर्षों में कम नहीं हुआ, 15 दिन में कैसे हो जाएगा? फ्री थे तो सोचा, एक बार इन शिविरवालों को भी ट्राई करने का मौका दे दो।" सरदारजी पेट पर हाथ घुमाते हुए बोलते हैं।

"जी, सही बात है।" बकुर चेहरे पर मुसकान लाकर जवाब देता है।

"वैसे हम तो पूरे परिवार के साथ आएँ हैं जी, जस्सी की मम्मीजी भी आई हैं, वे पास में महिलाओं वाले डिपार्टमेंट में रुकी हैं।" सरदारजी ने अपने बारे में और बताते हुए कहा।

"अच्छा जी।" बकुर ने भी जूते खोलते हुए कहा।

"आपको पता है पहले जस्सी को नहीं ले रहे थे, कह रहे थे बच्चा है नहीं लेंगे, मैंने कहा कि एक बार मशीन विच चढ़ा के तो देखो, बस जैसे ही चढ़ा, फौरन

अंदर ले लिया, अभी सिर्फ 15 साल का है मेरा जस्सी और 70 किलो पे पहुँच गया, बहुत जल्दी अपने मम्मी-पापा नू टक्कर देगा ये, 90 किलो पे आकर।" अपने बेटे को लाड़ करते हुए सरदारजी बोलते हैं।

"आपको अजीब नहीं लगता, बच्चे का इतना वजन है, फिर भी?" बकुर जस्सी को गंभीरता से देखते हुए पूछता है।

"ओ जी, खाते-पीते घर का पुत्तर है, तो वजन तो बढ़ेगा ही और फिर जिन्होंने पैदा किया है, वैसा तो दिखेगा ही।" सरदारजी ने मूँछ पर ताव देते हुए कहा।

"अच्छा अंकल, एक सवाल का जवाब दो¨A,B,C,D में सबसे बड़ा क्या होता है।" जीत्ते ने अचानक बकुर से सवाल किया।

"सबसे बड़ा, क्या होता है, तुम बताओ?" थोड़ा सोचने के बाद बकुर को जवाब न मिला।

"सबसे बड़ा उसको याद करने का टेंशन होता है और कुछ नहीं होता।" जीत्ते ने चिप्स खाते हुए चेहरे पर सामान्य भाव रखते हुए ही जवाब दिया।

"ओ जी, ये ऐसा ही पागल बच्चा है, सबसे उलटे-सीधे सवाल करता रहता है, बच के रहना इसके सवालों से। हमें तो पागल कर देता है, इतनी परेशानी हमें इसे पैदा करने में नहीं हुई, जितना इसके दिमाग में पैदा होते सवालों के जवाब देने में होती है।" सरदारजी ने जीत्ते के बारे में बताया।

"चलो, जल्दी से तैयार रहो, 9.30 बजे सबको मैदान में बुलाया है। वैसे जी, बंदे नू सुरिंदर सिंह ढिल्लन कहते हैं, ते सड्डे पुत्तर नू जीत्ते केन्दे हैं, ते आप जी?" उन्होंने खुद का और अपने गुब्बारे जैसे बेटे का नाम बताकर बकुर का नाम पूछा।

"बकुर, बकुर नारायण पांडे।" बकुर ने जवाब दिया।

"ओ हो, पंडित हो वीरा, मतलब ये पेट घर पर नहीं, श्राद्ध का खाना खा-खाकर बना है, मेरा दोस्त भी पंडित है, साल भर खीर-पूड़ी खाने में लगा रहता है और फिर कहता है, समझ नहीं आ रहा दिन-पे-दिन पेट इतना क्यों बढ़ रहा है। अरे, चलो चलते हैं नीचे मैदान में।" बोलते हुए अपने बेटे का हाथ पकड़कर उठाते हैं।

"ओ बस कर बेटा, अभी नीचे से होकर आ जाएँ, तब जान ले लेना इन चिप्स ते कुरकुरे दी।" और अपने बेटे जीत्ते को लेकर वो नीचे के लिए चले जाते हैं।

बकुर अपने बैग से पापा के दिए हुए लाल पाजामा और लाल टी-शर्ट पहनकर नीचे जाता है और सीढ़ियों से उतरते हुए नीचे मैदान में जब वह देखता है तो इस दृश्य को देखकर उसे अपनी आँखों पर भरोसा नहीं होता, शिविर में बहुत

सारे मोटे लोग आए हुए थे। बकुर ने इतने सारे मोटे लोग एक साथ जिंदगी में पहली बार देखे थे। वह सोच रहा था कि इस समय ऊपर आसमान से देखने पर ये मैदान जैसे गुब्बारों से भरा लगता होगा, इतने मोटे बच्चे, जवान, औरतें, बूढ़े, बुढ़िया— सब तरह के लोग आए हुए हैं। ऐसा लग रहा था, जैसे आज मोटे लोगों का एक नया समुदाय बना है। सब लोग मैदान में बैठ जाते हैं। सामने छोटे से बने स्टेज पर शिविर के मुख्य आयोजक अपना स्पीच दे रहे हैं मोटापे पर।

"यह हमारा मध्य प्रदेश में तीसरा मोटापा-मुक्ति शिविर है। लोगों में इस कदर बढ़ता मोटापा बड़ा चिंता का विषय है और इसलिए हम 15 दिनों में व्यायाम, योगा और खान-पान से गारंटी से 3-4 किलो वजन कम करेंगे, लेकिन 15 दिनों तक पूरी तरह से हमारे कहे अनुसार ही चलना होगा और ऐसे ही फिट और स्वस्थ रहना है तो जीवन में आगे भी हर दिन ऐसे ही बिताइएगा।"

"चलिए, अब शुरू करते हैं, पहले दिन लाइट वर्क आउट और बेसिक योगा से शुरू करेंगे, कोशिश कीजिएगा, जितना ज्यादा-से-ज्यादा मेरी तरह अपने शरीर को स्ट्रेच कर सको, खींच सको, सब मेरी तरह करो।" योग गुरु अपने शरीर को कोमलता के साथ स्ट्रेच करते हैं।

योग गुरुजी सबसे पहले सूर्य नमस्कार करते हैं, अपने लचीले शरीर को आराम से मोड़कर, घुमाकर अच्छे से सूर्य नमस्कार कर जाते हैं, बकुर उन्हें देखने के बाद जब आसपास बाकी लोगों को देखता है तो वे बेचारे नमस्कार करना तो दूर, ठीक से नीचे ही नहीं झुक पाते हैं और खुद बकुर भी नहीं झुक पाता है, बस, कैसे भी सब आधा-अधूरा करके पाप काट देते हैं।

सूर्य नमस्कार में लोगों के बार-बार उठने और झुकने के बीच थोड़ी सी दूरी पर बकुर को एक कोई जाना-पहचाना सा कुछ धुँधला चेहरा दिखता है, वह फिर से देखने की कोशिश करता है, लेकिन उसे साफ नहीं दिखता, क्योंकि वह थोड़ा पीछे खड़ा था।

सूर्य नमस्कार के बाद गुरुजी ने जंपिंग शुरू करवाई, सब अपनी ही जगह पर खड़े-खड़े जंपिंग करना शुरू करते हैं, बकुर जंपिंग में भी उस धुँधले चेहरे को बार-बार देखने की कोशिश कर रहा था, पर वह उसे साफ-साफ नहीं देख पा रहा था।

उसके बाद सबको मैदान के 3 चक्कर लगाने को कहा गया। सब लोग मैदान के चक्कर लगाने लगते हैं, बकुर भी भागता है और वह थोड़ा तेजी से भागकर उसके पीछे चला जाता है, जिसका चेहरा वह अभी तक साफ-साफ देख नहीं पाया।

मोड़ आते ही जैसे ही बकुर उसका चेहरा देखता है, वह अचानक रुकता है, जैसे उसे कोई सदमा लगा हो। वह अचंभे से भरे चेहरे के साथ कुछ पल के लिए वहीं रुक जाता है, उससे बहुत दूरी बनाने लगता है, क्योंकि वह धुँधले चेहरेवाला कोई और नहीं, बल्कि रितु मैडम होती हैं।

□

32

बकुर अब रितु मैडम से छिपकर दौड़ रहा है, इस बात से डरते हुए कि कहीं वे उसे देख न लें! लेकिन मन के दूसरे हिस्से में वह बहुत खुश भी है कि रितु मैडम भी यहाँ शिविर में हैं; लेकिन जहाँ डर होता है, वह अपने साथ किसी दूसरे भाव को मन में जगह कहाँ देता है, इसलिए बकुर बस जैसे-तैसे रितु मैडम से दूरी बनाकर अपने मैदान के चक्कर पूरे कर लेता है।

सब लोग चक्कर लगाकर वापस अपनी-अपनी जगह पर आ जाते हैं।

"बस आज पहले दिन में इतना ही, कल से सुबह-शाम दोनों समय पर होगा और हाँ, सब लोगों को खाने-पीने का चार्ट दे दिया गया है, किस समय क्या खाना है, क्या पीना है, ऐसा ही करना है हर दिन। सिर्फ व्यायाम से कुछ नहीं होगा, वजन कम करने का सबसे जरूरी हिस्सा होता है—आहार, कि आप आहार में क्या ले रहे हैं। अब सब लोग चाय-नाश्ता ले सकते हैं।" स्टेज से योग गुरु सबकुछ बताते हैं और चले जाते हैं।

कुछ लोग नाश्ते के लिए जाने लगते हैं, कुछ थकान के मारे थोड़ी देर के लिए वहीं लेटते हैं, सरदारजी भी जमीन पर ही लेटे होते हैं।

"पापा, उठो जल्दी, वहाँ नाश्ता चालू हो गया, देर से पहुँचेंगे तो कुछ नहीं मिलेगा।" जीत्ते सरदारजी को उठाते हुए कहता है।

"मैं तो तैयार हूँ, जा अपनी मम्मी नू बुला ला।" सरदारजी बिना उठे ही कहते हैं।

बच्चा जाता है, रितु मैडम के ठीक पास एक करीब 60-65 उम्रवाली बूढ़ी महिला बैठी है और वहीं पास में जीत्ते की मम्मी भी थक के लेटी हुई है।

"ओ मम्मी, तुस्सी कितनी स्लो हो, उधर नाश्ता शुरू भी हो गया, आप खड़ी

ही नहीं हुईं!" जीत्ते अपनी मम्मी का हाथ पकड़कर उठाते हुए कहता है।

"ओए चुप कर, दिन भर खाने की ही लगी रहती है तुझे।" मम्मी उससे हाथ छुड़ाते हुए बोलती है।

बूढ़ी महिला और रितु मैडम यह देखकर बहुत हँसते हैं और बूढ़ी महिला जीत्ते के फूले-फूले गाल खींचती है और फिर जीत्ते की मम्मी, बूढ़ी महिला और रितु मैडम के सामने जीत्ते की पोल खोलने लगती है, उसके खाने की आदत की।

जीत्ते की मम्मी, बूढ़ी महिला और रितु मैडम नाश्ता वगैरह करने के बाद अब अपने कमरे में जा रही थीं, तीनों एक ही कमरे में रुकती हैं और देखकर लग रहा था कि तीनों की अब काफी अच्छी पटने लगी है, लेकिन रितु मैडम बोलने की बजाय, सिर्फ सुनती और हँसती थीं उनकी बातों पर। दूर से ही सही, लेकिन सारी बातों पर बकुर ने अपना पूरा ध्यान गड़ा दिया था और फिर वह भी अपने कमरे में जाता है। अंदर से बेचैन, डरा-सा, खुश, उत्साहित और भी न जाने कितने मिले-जुले भाव दौड़ रहे थे उसके मन में। इधर-से-उधर टहल रहा था, ठीक से एक जगह पर बैठ नहीं पा रहा था, सिर्फ रितु मैडम के बारे में ही सोचने में आ रहा था उसे। कई बार तो खुद पर विश्वास नहीं कर पाता, तो फिर से रितु मैडम को देखने जाने का मन बनाता, पर वह ऐसा कर नहीं पा रहा था; क्योंकि मिले-जुले सारे भावों में अभी भी डर ज्यादा था और वह बस इतना सा था कि मैडम भी उसे न देख लें!

पहला दिन सिर्फ विचारों में, टहलने में, एक बार और रितु मैडम को देखने की चाहत में बीत चुका था, रात हो चुकी थी। सरदारजी का बेटा जस्सी अपने पापा से कहता है, "पापा, मैं मम्मी के पास जा रिया हूँ, वहीं सोऊँगा।" जस्सी पापा के पेट पर छोटी सी गाड़ी चलाते हुए बोलता है।

"नहीं बेटा, वो महिलाओं नू लिये है, हम आदमी लोगों के लिए इधर है न।" सरदारजी सोए-सोए आलस में ही बोलते हैं।

"नहीं पापा, मैंनू जाना है।" जस्सी जिद करके पेट पर मारते हुए बोलता है।

"अच्छा ठीक है, जा तू। अरे पंडितजी, एक मदद करेंगे, बच्चे को रूम नंबर 506 तक छोड़ आएँगे क्या? उधर कोने से दूसरा कमरा है।" सरदारजी लेटे-लेटे ही बताते हैं।

"जी बिल्कुल, मैं छोड़ आऊँगा।" बकुर बिना सोचे-विचारे सेकंड भर में जवाब देता है।

बकुर उसका हाथ पकड़ता है और बड़ी खुशी से उसे छोड़ने जा रहा है।

'मैं इसे कमरे के बाहर ही छोड़ दूँगा, वरना मैडम देख लेगीं।' बकुर ने मन में खुद से कहा। जैसे-जैसे कदम उस कमरे की तरफ बढ़ रहे थे, बकुर की धड़कनें भी तेज हो रही थीं।

"अच्छा, अंकल बताओ, A,B,C,D में 'C' for cat के बाद 'D' for Dog क्यों आता है?" जीत्ते ने आदतन सवाल किया।

"क्योंकि वह हमें सिखाया जाता है।" बकुर ने जवाब देने की कोशिश की।

"नहीं, क्योंकि cat dog को पसंद होती है, इसलिए c for cat के बाद d for dog आ जाता है।" जीत्ते के जवाब हमेशा ऐसे ही कुछ उलटे निकलते थे।

उसके सवाल-जवाब के चक्कर में बकुर कब कमरे तक पहुँच जाता है, पता ही नहीं लगता।

"चलो बेटा, उस कमरे में चले जाओ आप।" बकुर थोड़ा दूर खड़े होकर ही उसे बोल देता है।

बच्चा भी बकुर से हाथ छुटाता है और उस कमरे में पहुँच जाता है। बकुर वहीं 5 मिनट खड़े होकर मैडम के बाहर आने का इंतजार करता है, ताकि वह चुपके से उन्हें एक बार देख ले। कुछ देर के इंतजार के बाद भी मैडम नहीं आती हैं तो बकुर लौटने लगता है, तभी रितु मैडम फोन पर बात करती हुई बाहर आती हैं। बकुर फौरन दीवार के पीछे छुपता है। 'हाँ पापा', 'हाँ पापा', 'जी पापा', फोन पर बात कर रही मैडम को बकुर निहारते-निहारते फिर से अपने विचारों में खो गया था। बकुर सोच रहा था कि काश! मैडम उससे बात कर ले, लेकिन उसे इस बात का भी स्मरण था कि मैडम इतनी जल्दी वह बात नहीं भूली होंगी, जिसमें बकुर के पापा ने उनका और उनके पापा का कड़वे शब्दों में अपमान और तिरस्कार किया था। बकुर के इन विचारों में खोए रहने के बीच मैडम फिर से अंदर जा चुकी थीं और यह देख बकुर भी अपने कमरे की ओर चला जाता है।

रात हो गई थी, खिड़की से दिख रहा चाँद अपने साथ तारों का झुंड लेकर आ गया था। आँखों में नींद थी, पैरों में फिर से रितु मैडम के कमरे की तरफ जाने की लालसा थी। आँखें बंद करने पर भी रितु मैडम अपने पापा से ही बात कर रही थीं, पर अबकी बार बकुर उन्हें दीवार के पीछे छिप के नहीं, बल्कि ठीक उनके नजदीक खड़े होकर देख रहा था, निहार रहा था उनकी हँसी को, उनकी मीठी आवाज को, उड़ते बालों को, जो कि उसे भी छूते जा रहे थे। और रितु मैडम सिर्फ फोन में खोई हुई थीं, कल्पनाओं की सबसे अच्छी बात यही होती है कि आप अपने आपको दृश्य

में अपने हिसाब से कहीं भी रख सकते हो, किसी भी रूप में रख सकते हो, बंद आँखों में अकसर आप वह देख जाया करते हो, जो आप खुली आँखों से देखना चाहते हो। इस काल्पनिक दृश्य में बकुर इस कदर खोया कि समय का कुछ पता ही नहीं लगा और अचानक कानों में चिड़ियों और पंछियों की चहचहाने की आवाज आने लगी।

इतने दिनों में आज पहली बार बकुर की जिंदगी में इतनी जल्दी सुबह हुई थी। रोज जो रात इंतजार के दिनों की तरह गुजरती थी, आज वह मानो एक ट्रेन की तरह गुजरी। रात की बंद आँखें अकसर सुबह को दोष देती हैं कि इस सुबह ने न जाने कितने सपनों को अधूरा छोड़ा है!

सुबह के साथ सुबह के सारे काम शुरू हुए और जैसा कि चार्ट में लिखा था—सुबह उठते ही एक गिलास गरम पानी में एक चम्मच शहद और थोड़ा नीबू मिलाकर पीना है, फ्रेश होने के बाद ग्रीन टी पीना लिखा था। बकुर को टी पढ़कर इतना तो समझ आ गया था, कोई चाय वगैरह ही है ये, नीचे किचन में गया तो बकुर वह इंग्लिश नाम बोलने में शर्म और झिझक महसूस कर रहा था, कुछ लोग खड़े थे लाइन में, बकुर भी लग गया, उसका 2-3 बार नंबर आया, लेकिन सबके सामने नाम कैसे बोलेगा, इस शर्म के मारे फिर से पीछे जाकर लग जाता, तभी एक मोटे अंकल आए और उन्होंने कहा, "ग्रीन टी देना एक।" बस बकुर ने ये बड़े ध्यान से सुना और उनके पीछे ही आकर फौरन कहा, "यही एक मुझे भी देना।" बकुर ग्रीन टी लिये टेबल पर बैठता है और जैसे ही गिलास में देखता है तो खुद से बोलता है, 'अरे, ये धागे में बँधा अंदर क्या गिर गया?' वह वापस जाता है और कहता है—

"अरे, इस चाय में कुछ गिर गया है, दूसरी दे दीजिए।" गिलास टेबल पर रखते हुए बोलता है।

उस आदमी ने गिलास के अंदर देखा 2 सेंकड तक और फिर बकुर को देखा 20 सेंकड तक, वह समझ गया था कि बकुर का और ग्रीन टी का संबंध नया है और फिर बड़े अच्छे से बकुर को समझा के भेजता है। और बकुर भी मन मारकर जैसे-तैसे उस बेस्वाद चाय को पीने में सफलता पाता है।

चाय पीने के बाद सब लोग फिर से सुबह 7.30 के समय पर मैदान में पहुँच चुके थे, अपनी-अपनी जगह ले चुके थे और गुरुजी को देख-देखकर सूर्य नमस्कार करने लगे थे। आज बकुर ने कुछ इस तरह से अपनी जगह बनाई थी कि वह रितु मैडम को भी चोरी से साफ-साफ देख सके, बाकी सब लोग गुरुजी को देखकर

सूर्य नमस्कार कर रहे थे, लेकिन बकुर रितु मैडम को देखकर कर रहा था। कई बार तो रितु मैडम ने कोई सा आसन आधा किया तो बकुर ने भी उसी को सही मानकर उतना ही किया।

सूर्य नमस्कार के तुरंत बाद आज मैदान के 5 चक्कर लगाने को कहा गया था। हाँफते-हाँफते, जैसे-तैसे मैदान को देखते-देखते, रितु मैडम से छिपते-छिपाते बकुर अपने चक्कर पूरे कर रहा है।

□

33

चक्कर लगाते-लगाते बकुर को एक बात का एहसास होता है कि जो डर उसके अंदर मैडम को देखते ही पहले दिन था, वह अब धीरे-धीरे कम हो गया है। व्यायाम के बाद एक कसरत आती है, जो बकुर को बड़ी अच्छी लगने लगी थी, जिसमें कोई भी गाना बजाया जाता है और फिर उस पर सब लोग नाचते थे। आड़ी, टेढ़ी, तिरछी कमर, पैर हिलाकर अपनी बेडौल शरीर से डांस की नाकाम कोशिश करवाते हैं। आज गाना लगाया था, 'आई चिकनी चमेली···' और सब गुरुजी को देखकर करने की कोशिश कर रहे थे, जितना अच्छे से वे गाने पर अपने शरीर को घुमा रहे थे, उतना ही खराब तरीके से बाकी सब कर रहे थे, सिर्फ रितु मैडम को छोड़कर। रितु मैडम के पास खड़ी बूढ़ी महिला चिकनी चमेली गाने पर इतने उत्साह से डांस कर रही थी, मानो जैसे जवानी लौट आई हो! 10-15 मिनट डांस किया, नाचते-नाचते सब लोग पसीने में भीग चुके थे, बकुर काफी थक चुका था, लेकिन व्यायाम का यह वाला हिस्सा करने में उसे बहुत अच्छा लगता है, अंदर से बड़ा खुश था वह और रितु मैडम को इतनी पास देखकर तो और ज्यादा खुश था।

इसी तरह से रितु मैडम से छिपते-छिपाते कुछ 3-4 दिन बीत चुके थे और हर रोज की तरह कभी कसरत के समय, तो कभी जीत्ते को छोड़ने के बहाने तो कभी नीचे हॉल में खाने-पीने के समय बकुर चुपके-चुपके रितु मैडम को देखता रहता। एक दिन सुबह की सारी कसरत के बाद खाने के समय जब बकुर ने जीत्ते की मम्मी और बूढ़ी महिला को बिना रितु मैडम के आते देखा तो उसके मन में सवाल खड़ा हुआ कि आज रितु मैडम क्यों नहीं आईं और वह जीत्ते की मम्मी के थोड़ा करीब जाकर खाना खाने लगा, ताकि उनकी बात कुछ सुन सके और उन दोनों की बात

से सबसे पहले तो बकुर को यह पता लगा कि जो वह 60-65 की उम्र वाली बूढ़ी महिला हैं, जिनका नाम नीतू है, वे अभी तक कुँवारी हैं। उन्होंने कभी शादी नहीं की पढ़ाई-लिखाई के चक्कर में। और जीत्ते की मम्मी को कहती हैं, जिंदगी जीने के सिर्फ 3 तरीके हैं—खुले विचार, मस्ती और प्रेम। लेकिन इन बातों में बकुर की रुचि नहीं थी, वह रितु मैडम के बारे में सुनना चाह रहा था। जब उसे थोड़ी देर तक कुछ उनके बारे में सुनने को नहीं मिला तो उसने खुद ऊपर मैडम के कमरे में जाकर देखने की ठानी, तभी सरदारजी ने आकर जीत्ते की मम्मी से कहा, "तेरे कमरे में किसकी तबीयत खराब हुई है, किसका सिर दर्द कर रहा है, दवाई लानी हो तो ले आऊँ मेडिकल स्टोर से?" सरदारजी ने खाते-खाते पूछा।

बकुर समझ जाता है कि रितु मैडम के बारे में ही बात हो रही है, वह जाने के लिए बाहर निकलता है, फिर मन में आता है—

'नहीं, मैं ऐसे नहीं जा सकता।' फिर सोचता है, 'तो कैसे उनके बारे में जान पाऊँगा कि आपको क्या हुआ है, कितनी तबीयत खराब हुई है, थोड़ी सी या ज्यादा, थोड़ी तो कितनी थोड़ी और ज्यादा तो कितनी ज्यादा, और अगर कोई खास बात नहीं है तो चलो फिर खाना खा लो। इन सारे सवालों की आग बिना उनसे मिले कैसे बुझेगी?'

थोड़ी देर तक बकुर रितु मैडम के कमरे के बाहर असमंजस में टहलता रहा, कभी आगे बढ़ने की हिम्मत जुटाकर दरवाजे तक चला जाता तो कभी डर के मारे बहुत पीछे आ जाता। कभी दिमाग में आता कि सीधे जाकर उस बीते दिन के लिए माफी माँग ले और अभी जिद करके कैसे भी तबीयत के बारे में जान ले कि इस दुष्ट तकलीफ को जल्दी से कैसे दूर कर सकते हैं? तभी उसके दिमाग में सरदारजी की बात याद आती है, उन्होंने कहा था, सिर दर्द हो रहा है, वह फौरन जाकर सिर दर्द की दवा लाने की सोचता है।

बकुर शिविर के मुख्य दरवाजे पर आता है, जहाँ दरवाजा लगा हुआ है, बकुर ने गार्ड से 5 मिनट के लिए बाहर जाने को कहा तो गार्ड ने अंदर से किसी से अनुमति लेकर आने को कहा। बकुर ने गार्ड से थोड़ा निवेदन भी किया, लेकिन उसने नहीं सुना। बकुर को समझ नहीं आ रहा था, अंदर किसी से क्या बोलकर अनुमति लूँगा? लेकिन रितु मैडम की तकलीफ के सामने सारे विचार हलके थे। वह फौरन उस कमरे में गया, जो शिविर सँभालनेवाले लोगों का था। वहाँ योग गुरुजी के 2-3 चेले दिखे। बकुर ने फौरन थोड़ा ड्रामा कर उनसे कहा, "सर, मेरा सिर दर्द

कर रहा है, बाहर मेडिकल से दवाई लाना है।" सर ने भी फौरन एक कागज की परची ली, उसपर अपने हस्ताक्षर और आज की तारीख डाल के लिखा—'अनुमति प्रदान'। बकुर ने बाहर गार्ड को वह परची दिखाकर जेब में रखी और बाहर जाकर आसपास मेडिकल ढूँढ़कर फौरन दवाई लेकर आया और जैसे ही मैडम के कमरे तक पहुँचा, उसे याद आया कि वह मैडम के पास नहीं जा सकता और जब तक बूढ़ी महिला और जीत्ते की मम्मी भी कमरे में आ चुके थे।

कोई उसे वहाँ बेवजह घूमता न देख ले, इसलिए वह अपने कमरे के पास आ जाता है और इधर-उधर टहलकर सोचने लगता है कि मैडम तक यह दवाई कैसे पहुँचाए? तभी जीत्ते अपने पापा से कहता है, "पापा, मुझे मम्मी के पास जाना है।" यह सुनते ही बकुर के अंदर उत्साह की लहर दौड़ पड़ती है।

"चलो, मैं छोड़ आता हूँ।" जीत्ते के बोलने के तुरंत बाद बकुर बोल पड़ता है।

बकुर को आज जीत्ते पर पहली बार इतना प्यार आया था कि नीचे बैठकर उसने भी उसके फूले-फूले गाल खींच ही लिये, बदले में जीत्ते ने भी देर नहीं की और बकुर के फूले-फूले गाल उसने भी खींच लिये। बकुर ने जल्दी से जीत्ते का हाथ पकड़ा और निकल गया मैडम के कमरे की तरफ। रास्ते में बकुर ने जीत्ते को हाथ में दवाई देते हुए कहा कि यह तुम्हारी मम्मी के कमरे में जो बीमार आंटी हैं, उन्हें दे देना और बोलना, तुम्हारे पापा ने दी। जीत्ते ने 'हाँ' में सिर हिलाया।

"अच्छा, अंकल बताओ कि हम जिस स्कूल में पढ़ने जाते हैं, वह वेज होता है या नॉन वेज?" जीत्ते ने आदतन अपना सवाल पूछ डाला।

"मुझे नहीं पता, तुम बताओ क्या होता है?" बकुर भी फौरन बिना जवाब सोचे बोला।

"स्कूल नॉन वेज होता है, क्योंकि वहाँ हर दिन कोई न कोई मुरगा बनता रहता है।" बोलते हुए और वह मैडम वाले कमरे में चला जाता है। बकुर अपने कमरे की तरफ वापस लौट जाता है।

जीत्ते वह दवाई उस बूढ़ी महिला नीतू आंटी को दे देता है और कहता है, आपके लिए यह दवाई मेरे रूमवाले अंकल ने भेजी है, ले लो इससे आपका सिर दर्द बंद हो जाएगा और नीतू आंटी का भी सिर कल बहुत दर्द कर रहा था, वह यह देखकर खुश होती है और उन्हें बकुर के बारे में सोचकर अच्छा लगता है।

□

34

बकुर लेटे-लेटे यही सोचता रहा कि क्या हुआ होगा उस दवाई का, रितु मैडम के पास पहुँची होगी या नहीं, उन्होंने ले ली होगी या नहीं?

एक और नई सुबह हो चुकी थी, गरम पानी में शहद और नीबू मिलाकर पी लिया गया था। बस, हरी चाय पीकर मैदान में भी पहुँच चुके थे, पर इन सबसे ज्यादा जरूरी चीज कि मैडम कैसी होंगी, वे अभी मैदान में आएँगी या नहीं? यही सब चीजें चल रही थीं बकुर के मन में···तभी एक अजीब चीज बकुर ने देखी, वह बूढ़ी महिला, जो थोड़ा आगे बैठी थी, वो बार-बार पलटकर बकुर को देख रही थी और स्माइल कर रही थीं। बकुर को कुछ समझ नहीं आ रहा था तो उसने भी बदले में स्माइल दे दी। जब वह बार-बार पलट के स्माइल दे रही थीं, तब बकुर को एक बात समझ आई कि शायद जीत्ते ने बता दिया होगा कि रितु मैडम के लिए दवाई उसके पापा ने नहीं, मैंने दी है, शायद इसलिए वे हँस रही हैं। बकुर और ज्यादा आश्चर्यचकित तब हो गया, जब उसने जीत्ते की मम्मी को भी अकेले मैदान में आते देखा, आज भी रितु मैडम नीचे नहीं आईं। उसे कुछ समझ नहीं आ रहा था, क्या हुआ! एक पल के लिए उसने बूढ़ी महिला नीतू से या जीत्ते की मम्मी से पूछना चाहा, लेकिन हिम्मत नहीं हुई और खुद ही आज रितु मैडम के कमरे में जाने का पक्का विचार बनाया।

जब सबकी मैदान का चक्कर लगाने की बारी आई तो बकुर चक्कर लगाते-लगाते ही चुपके से धर्मशाला में घुस गया, क्योंकि वह मैदान से बिल्कुल लगी हुई थी; इसलिए उसके लिए ज्यादा मुश्किल नहीं हुई। अब बकुर के पैर उसके दिमाग में बसे डर के मानो खिलाफ हो चुके थे और वह न चाहते हुए भी बकुर को बिना रुके रितु मैडम के कमरे तक लेकर जा रहे थे। बकुर के मन में अब अपनी पहचान

छिपाने से ज्यादा बड़ा डर मैडम की तबीयत ज्यादा न बिगड़ने का था, वरना यहाँ ध्यान कौन रखता? लेकिन रितू मैडम के दरवाजे की दहलीज पर कदम पहुँचते ही रुक गए, धड़कनें इस कदर तेज हो रही थीं, जैसे फाँसी की सजा मिली हो और वह फंदे तक पहुँच गया हो! हिम्मत करके बकुर ने 4 कदम दहलीज के अंदर की तरफ बढ़ा दिए।

बकुर वहीं खड़ा देख रहा था कि रितु मैडम सच में आराम कर रही थीं, आँखें बंद थीं उनकी। बकुर की तेज-तेज चल रही धड़कनें थोड़ी कम हुईं यह जानकर कि अभी मैडम ने उसे देखा नहीं है। मैडम जमीन पर बिछे बिस्तर पर लेटी थीं और अपने आधे शरीर को चादर से ढका हुआ था। एक हाथ मोड़कर अपने सिर के नीचे दबाया हुआ था और दूसरा हाथ कमर से होता हुआ नीचे पैरों तक जा रहा था। तभी मैडम ने बिना आँखें खोले अपना वही कमर से लगा हाथ कान के ऊपर हवा में हिलाया, मानो कुछ उड़ती चीज को वहाँ से हटाया हो। फिर से थोड़ी देर बाद हाथ वैसे ही हिलाया, अबकी बार बकुर ने देख लिया, एक मक्खी मैडम को परेशान कर रही थी। मैडम ने एक-दो बार और उसे भगाने की कोशिश की, लेकिन वह नहीं गई। बकुर करना तो बहुत कुछ चाहता था; लेकिन मैडम के इतने नजदीक जा नहीं सकता था। अगर आज उसे मैडम कुछ पल के लिए नजदीक आने की इजाजत दे दे तो बकुर इस मक्खी को मसलकर इस कदर खाक करना चाहता है कि उसकी आनेवाली सात पीढ़ियों की मक्खियाँ भी मैडम को परेशान करने से पहले इस मौत को याद कर लें।

अबकी बार उस मक्खी ने मैडमजी को उठा दिया और मैडमजी की आँखें खुल गईं। आँखें खोलते ही उनकी नजर बकुर पर पड़ी। रितु मैडम ने जैसे ही बकुर को देखा, वह फौरन बैठी और अपना दुपट्टा अपने कंधों पर सबसे पहले डाला।

"बकुरजी आप?" मैडम ने दुपट्टा डालकर पूछा।

उनके चेहरे पर जरा भी पुरानी बातों को लेकर कोई नकारात्मक भाव नजर नहीं आ रहा था।

"मैं तो वो जीत्ते की मम्मी को देखने आया था, वह नीचे मैदान में दिखी नहीं, अपने कमरे में कुछ लेने जा रहा था तो सरदारजी ने कहा कि जीत्ते की मम्मी को भी देख आना, पर यहाँ तो आप दिखीं।" बकुर ने हड़बड़ाहट में जो दिमाग में आया वह झूठ बोल दिया।

"हाँ, लेकिन वे गई हैं नीचे ही मैदान में।" मैडम ने तुरंत जवाब दिया।

"वैसे आप कितने दिनों से हैं शिविर में, दिखी नहीं कभी?" बकुर हिम्मत जुटा के अब अपने आपको जीत्ते की मम्मी के विषय से हट के अपने विषय पर लाया।

"जब से आप आए हैं, तब से ही मैंने तो आपको पहले दिन से देख लिया था।" मैडम ने फिर से उस मक्खी को कान के पास से हटाते हुए बोला।

मैडम के यह बोलते ही बकुर के मन में फिर 20 नए सवाल खड़े हो गए, देख लिया था तो फिर कभी सामने क्यों नहीं आईं? कभी बात क्यों नहीं कीं, पापा के उस दिन के किए गए अपमान का गुस्सा अब तक मन में है क्या या कोई और बात थी।

"अच्छा, आप आज मैदान में नहीं आईं?" उस बात को टालते हुए बकुर ने एकदम प्वॉइंट की बात की।

"थोड़ी तबीयत ठीक नहीं लग रही थी, बस इसलिए।" मैडम ने कहा।

"क्या हो गया मैडमजी आपको?" इतनी देर से पूरी अंतरात्मा को तंग करनेवाले सवाल को पूछने का मौका बकुर को मिल गया।

"कुछ खास नहीं, बस थोड़ा सिर दर्द हो रहा था, अभी ठीक है।" मैडम ने हलकी सी स्माइल करते हुए कहा।

अब बकुर के पास सवाल कुछ थे नहीं, मगर पैर भी पलट के जाने को तैयार नहीं थे। बस यही सोच रहा था कुछ बात ऐसी आ जाए दिमाग में, जिससे कुछ पल और मैडम के साथ बैठने को मिल जाए। तभी बकुर ने कहा, "नाश्ते का समय हो गया है, कुछ लाऊँ आपके लिए?" सोचते-सोचते बकुर ने कहा।

"अरे, नहीं-नहीं, मैं खुद नीचे जाकर खा लूँगी।" मैडम ने तकलीफ न देने वाले भाव से कहा।

"नहीं-नहीं मैडम, मैं ले आता हूँ, आपकी तबीयत खराब है, आप कहाँ नीचे जाएँगी।" बकुर ने बात पर थोड़ा दबाव बनाते हुए कहा।

"नहीं-नहीं, आप रहने दीजिए।" मैडम ने फिर और जोर देते हुए मना किया।

"अच्छा ठीक है, तो चाय लाकर दे देता हूँ।" बकुर ने नया रास्ता खोजा।

"अरे रहने दीजिए, उसी ग्रीन टी के कारण तो सिर दर्द कर रहा है मेरा। अब मेरी नॉर्मल चाय पीने की आदत है, वो ये लोग देते नहीं हैं। उसी के कारण ज्यादा सिर चढ़ा मेरा।" मैडम ने अब प्रमुख बात बताई।

"तो हम बाहर चलकर पी लेते हैं न मैडम, मेरा खुद का बहुत मन है।" बकुर

ने कहा।

"अरे, लेकिन ये लोग बाहर जाने कहाँ देते हैं बिना किसी सर की अनुमति के?" मैडम ने मजबूरी बताते हुए कहा।

"आप चलिए, मेरे पास अनुमति है।" बकुर ने मुसकराते हुए कहा।

"ठीक है, आप चलिए, मैं 5 मिनट में नीचे आती हूँ।" मैडम ने खड़े होते हुए कहा।

बकुर नीचे पहुँचकर मैडम का उत्सुकता से इंतजार कर रहा था और चुपके से उस परची की तारीख सफाई से बदल रहा था, जो उसने कल ही बाहर जाने के लिए ली थी। मैडम नीचे आईं और दोनों मुख्य दरवाजे पर पहुँचे और बकुर ने वह कागज मैडम को गार्ड को दिखाने के लिए दे दिया और उसने परची देखते ही दरवाजा खोल दिया।

□

35

बाहर आकर ऐसा महसूस हुआ, जैसे अंदर कोई अलग हवा चलती है और यहाँ बाहर कोई अलग! मैडम का आधा सिर दर्द तो सिर्फ बाहर आने की खुशी में ही बंद हो गया था।

अब बकुर और रितु मैडम ने चाय की एक दुकान ढूँढ़ ली थी और दोनों वहाँ बैठ गए थे। वहाँ कुछ और लोग भी बैठे थे, जो अभी तक तो अपनी चाय का आनंद ले रहे थे; लेकिन इन दोनों को देखकर मन-ही-मन शायद उनके मोटापे का आनंद लेने लगे थे। यह उनके चेहरे पर एकदम से आई हँसी को देखकर समझा जा सकता था। तब तक दुकान का छोटू दो कप चाय बकुर के हाथ में दे चुका था और चाय हाथ में आते ही बकुर और रितु मैडम सबकुछ भूल गए, ऐसा लग रहा था जैसे चाय नहीं, अमृत आ गया है आज हाथ में! उसका पहला घूँट पीते ही बकुर और रितु मैडम के चेहरे पर जैसे मोक्ष प्राप्ति वाला भाव आ चुका था।

"मैडमजी, आपसे एक बात पूछ सकता हूँ?" बकुर ने चाय पीते-पीते पूछा।

"हाँ, पूछिए न।" मैडम ने कहा।

"आपके मन में अब भी उस दिन पापा के द्वारा किए गए अपमान की नाराजगी भरी है क्या?" बकुर ने धीरे-धीरे बात पूरी करते हुए पूछा।

"नहीं बकुरजी, ऐसा कुछ नहीं है मेरे मन में। मैं सिर्फ इतना मानती हूँ, जो किस्मत में लिखा हो, वही होता है। छोड़िए वह बात, इतनी अच्छी चाय का मजा लीजिए।" मैडम ने मन की बात कही।

उसके बाद मैडम ने चाय पीते-पीते बकुर से कॉलेज की, शिविर में कैसे आई, अपनी कुछ दोस्तों की और बहुत सी इधर-उधर की बातें कीं, चाय खत्म करके बकुर और रितु मैडम वहाँ से जा ही रहे थे कि वहाँ बैठे कुछ और लोग, जो पहले

भी हँस रहे थे, उनमें से किसी ने कमेंट कर दिया, "कैटरिना कैफ है बिल्कुल।" इतनी बात बोलते ही वे लोग जोरो से हँसने लगे। यह कमेंट सुनकर बकुर को इतना समझ आ गया था कि ये भद्दा कमेंट उन्होंने मैडम पर किया है, लेकिन बकुर अनसुना करके चल ही रहा था, तभी मैडम फिर से पीछे पलटी—

"भाई साहब, आपको पता है, जो मेरे पास है, वह कैटरिना के पास नहीं है···।" मैडम ने सबकी आँख-में-आँख डालकर कहा।

"क्या?" उनमें से किसी ने पूछा।

"उसके आसपास ऐसे बदतमीज लोग नहीं हैं, जो मेरे आसपास हैं, इसलिए वह कैटरिना कैफ है, समझे आप?" इतना बोलते ही मैडम पलटकर और आगे निकल गई थी, मैं वहीं खड़ा उन्हें देख रहा था, तो उनमें से किसी ने कहा, "क्या हो गया भाई, तब से खड़े होकर घूर क्यों रहे हो, क्या बात हो गई?" बकुर ने देखा, वे लोग उसे एकदम अलग लगने लगे। वह फौरन पलटा और मैडम के पास चला गया।

बकुर और रितु मैडम अंदर शिविर में गए। अंदर जाकर अलग-अलग हो गए, ताकि किसी को ऐसा न लगे कि ये साथ-साथ घूम रहे हैं, या उन्हें लेकर कोई गलत विचार न करे, इसलिए। लेकिन दोनों को जैसे ही, जब भी मौका मिलता, दोनों जरूर साथ होते और इधर-उधर की बातें करते और इन बातों में बकुर ने अपने पिताजी द्वारा किए गए अपमान की मैडम से कई बार माफी भी माँगी। उन्होंने भी हर बार यही कहा कि वह उस बात को कब की भूल चुकी हैं। कई बार उन्होंने चिंटू के बारे में भी पूछा, मम्मी-मामा और सबके बारे में···बकुर ने सबके बारे में बताया। मैडम ने भी अपने पिछले पति और उनके परिवार के बारे में कुछ बताया, मतलब सारी सामान्य बातें बकुर और रितु मैडम लगभग कर चुके थे···रोज की सुबह की कसरत के बाद दोनों नाश्ता साथ में करते थे धर्मशाला की उन सीढ़ियों पर बैठकर, जो छत के दरवाजे से लगी होती है। जहाँ चौकीदार के सुबह पानी की टंकी देखने के अलावा और कोई नहीं आता। छत का इस्तेमाल कोई और नहीं करता था, इसलिए छत के दरवाजे से लगी सीढ़ियों तक भी कोई नहीं आता, सिर्फ ये दोनों चुपके से आ जाते हैं और बैठकर बहुत सी बातें करते रहते हैं। और इस बीच दोनों एक-दो बार और चाय पीने के लिए चुपके से बाहर गए थे, लेकिन इस बार उस तरह का कोई बदतमीज नहीं मिला।

शिविर में अंदर आए और वही सब चलता रहा। हर दिन कोई एक नई कसरत

जुड़ जाया करती थी और धीरे-धीरे अब सबसे थोड़ा ज्यादा और कठिन कसरत करवाई जा रही थी। मैदान के चक्कर भी 10-20 तक हो गए थे, कसरत के रूप में किसी दिन मैदान की घास उखड़वाई गई, तो किसी दिन धर्मशाला की सीढ़ियों से 50-50, 100-100 बार चढ़वाया और उतरवाया। एक दिन प्रतियोगिता रखी गई रस्सी कूद की, कौन ज्यादा देर तक कूद सकता है।

40 लोगों की प्रतियोगिता थी, जिसमें एक के बाद एक सब ढेर हो रहे थे और अंत में सिर्फ 3 लोग बचे थे, रितु मैडम, बकुर और बूढ़ी महिला नीतू आंटी। नीतू आंटी अभी भी बकुर को स्माइल देते-देते रस्सी कूद रही थीं, तभी रितु मैडम भी हार जाती हैं, अब बकुर और नीतू आंटी में प्रतियोगिता चल रही थी कि तभी बकुर खुद ही रुक जाता है और हार मान लेता है, नीतू आंटी जीत जाती हैं।

इस सबके बीच एक अजीब किस्सा यह भी चल रहा था कि बकुर की जब भी रितु मैडम से बात नहीं हो पाती, उनके कमरे में जा नहीं सकता था और उन्हें कुछ बात बोलनी होती थी तो एक चिट्ठी में कुछ लिखा और जीत्ते को देता तथा बोलता की रितु आंटी को दे आना और फिर उधर से वह वापस जवाब भी लेकर आ जाता था। यह काम भी बकुर और रितु मैडम की अच्छी बात होने के बाद अच्छे से चल रहा था, लेकिन बकुर यह बात नहीं जानता था कि वह जो चिट्ठी भेजता था, वह रितु मैडम के पास नहीं, नीतू आंटी के पास जाती थी और उसका जवाब भी वही भेजती थी और बकुर की चिट्ठियाँ पाकर नीतू आंटी धीरे-धीरे बकुर को पसंद करने लग गई थी। उन्हें 65 की उम्र में फिर से प्यार हो गया था। वे जब भी बकुर को देखती, उसे देखकर बस स्माइल देती और शरमा जाती और सारी बातें सिर्फ चिट्ठी में ही करते। कई बार बकुर को चिट्ठी पढ़कर थोड़ा अजीब भी लगता था, लेकिन वो रितु मैडम की दुनिया में खोया ज्यादा ध्यान नहीं देता और आपस में बकुर और रितु मैडम जब भी मिलते, कभी चिट्ठी की बात बकुर ने उनके सामने छेड़ी नहीं। तो यह कन्फ्यूजन बढ़ते-बढ़ते इतना बढ़ गया कि नीतू आंटी बकुर के सामने अब सिर ढक के चलने लगी थी और एक दिन अचानक सुबह-सुबह बकुर के उठते ही उन्होंने चाय लाकर रख दी, अब वह बकुर की सेवा भी करने लगी थी। बकुर को बात बहुत हद तक समझ नहीं आ रही थी। चिट्ठियों के आदान-प्रदान को गलत जगह पहुँचाकर जीत्ते ने बकुर के जीवन में एक और नई परिस्थिति खड़ी कर दी थी।

□

36

एक शाम खाना खाने के बाद बकुर और रितु मैडम चुपके से बाहर चाय पीने निकले थे तो मैडम ने अचानक कह दिया कि आज तो उनका आइसक्रीम खाने का मन भी कर रहा है। बकुर को सुनकर थोड़ा अजीब जरूर लगा, क्योंकि थोड़ी देर पहले ही चाय पी थी; लेकिन मैडम का मन था, फिर कैसे कुछ बोला जा सकता था? चूँकि मोटापा–मुक्ति शिविर का यह मैदान शहर से बाहर एक कोने में था, इसलिए ज्यादा गाड़ी या कोई दूसरा साधन दिख नहीं रहा था, दोनों ने सोचा ही था कि अब छोड़ते हैं, तभी रितु मैडम की नजर उस खाली ठेले पर गई, जिससे टिककर बकुर खड़ा था कि वह ठेला वहाँ ऐसे ही खड़ा है, किसी जंजीर या ताले से बँधा भी नहीं है और न ही इतनी देर में कोई उसके पास आता दिखा।

"एक अजीब बात कहूँ, क्या हम इस ठेले से नहीं जा सकते? आकर फिर से इसे यहीं रख देंगे।" रितु मैडम ने कहा।

बस मैडम की बोलने की देर थी कि बकुर ने अगले ही पल ठेले को आगे बढ़ा लिया और मैडम भी उत्साह में फौरन ठेले के ऊपर चढ़ गईं और बकुर चलाने लगा। रितु मैडम ठेले के ऊपर बहुत मस्ती और शोर कर रही थीं। बकुर ठेले को धक्का रहा था और धीरे–धीरे वह भी रितु मैडम के साथ ऊर्जा में आ गया था और जो भी रास्ते में आता, रास्ते भर चिल्ला रहा था, 'साइड–साइड'। थोड़ी आगे बढ़ते-बढ़ते वे 'बड़ा गणपति मंदिर' तक पहुँचे, बकुर ने सिर झुकाकर प्रणाम किया और मस्ती में जोर से 'जय गणेश' की आवाज लगाई और ठेला धकाते–धकाते सर्राफा पहुँचकर आइसक्रीम खाई और फिर से वैसे ही मस्ती करते हुए लौट जाते हैं। बकुर ने इतने दिनों में इतनी कसरत नहीं की होगी, जितना आज उसने ठेला धकाया था।

शिविर के खत्म होने के एक दिन पहले एक अजीबोगरीब दौड़ प्रतियोगिता

का आयोजन किया गया, 50 मीटर की दौड़ का, जिसे मेढक की तरह बैठकर और फिर खड़े होकर, उछल-उछलकर पार करना था, जो कि शरीर के लिए भी कसरत की तरह थी और प्रतियोगिता भी। और प्रतियोगिता जीतनेवाले को शिविर की तरफ से 2000 के इनाम की राशि तय की गई थी।

5 राउंड रखे थे, जो-जो जीता, उसे अगले राउंड के लिए भेजते जाते, ऐसे 5 राउंड हो चुके थे और हर राउंड में से एक विजेता निकला था, वो 5 लोग थे, जिसमें एक बकुर, एक जीत्ते, एक नीतू आंटी और 2 शिविर के और लोग थे। रितु मैडम हारकर साइड में खड़ी थीं और वे बकुर का नाम लेकर उसका बार-बार उत्साह बढ़ा रही थीं, लेकिन सब इन 5 लोगों में सबसे बूढ़ी महिला नीतू आंटी को देखकर आश्चर्यचकित थे।

सीटी बजने के साथ प्रतियोगिता चालू हो चुकी थी और सब मेढक की तरह उछल रहे थे। इन मेढकों में सबसे तेज जीत्ते उछल रहा था और तेजी से आगे बढ़ रहा था और बाकी के दो लोग भी बराबर की टक्कर में थे। सब लोग आधे रास्ते तक थक चुके थे और बिल्कुल उछलकर आगे जाते नहीं बन रहा था, जीत्ते जैसे-तैसे धीरे-धीरे उछल रहा था, लेकिन बाकी सब वहीं बैठ गए थे। नीतू आंटी थोड़ी पीछे थी तो 2-3 बार और उछलकर बकुर के पास आकर बैठ गई और फिर किसी से आगे बढ़ते नहीं बना, सिवाय जीत्ते के और जीत्ते जीत की लाइन तक पहुँचा और वहीं पहुँचते ही थकान के मारे वहीं लाइन पर सो गया। सबके पैरों में भयानक दर्द था, सब महसूस कर रहे थे कि अब तो बस कोई कंधे पर उठाकर ले जाए! ये सबकुछ सुबह हुआ था और दिन में सब थकान के मारे सोए। शाम को करीब 4 बजे बकुर ने जीत्ते को चिट्ठी दी और जीत्ते ने वो चिट्ठी कमरे में बाहर खड़ी नीतू आंटी के हाथ में दे दी थी और नीतू आंटी ने दूर से बकुर को देखा और शरमाई। तब जाकर बकुर को सारा किस्सा समझ आया, लेकिन अब इस बात पर ध्यान देने से ज्यादा बड़ी बात यह थी कि यह शाम इस शिविर की आखिरी शाम है, कल सुबह सब लोगों को जाना है, शिविर के 15 दिन पूरे हो चुके थे।

शाम को शिविर के गुरुजी के भाषण के बाद उनकी समझाइश थी कि जैसे 15 दिनों तक यहाँ रहे हो, व्यायाम और खान-पान के साथ, कोशिश करना अगले 3 महीने भी इसी तरह रहने की इन्हीं चीज के साथ तो और ज्यादा फिट होंगे सब; और सबको मशीन पर खड़ा करके वजन चेक कराया तो औसतन सबका वजन 2 से 3 किलो कम हुआ था। सब बहुत खुश थे, इसलिए आखिरी-आखिरी में गानों

पर नाचनेवाली कसरत को 15-20 मिनट के लिए दोहराया गया और सब लोगों ने खुशी में उस कसरत को बहुत अच्छे से किया और पहले दिन की तुलना में आज सबकी कमर और शरीर में ज्यादा लचक और बदलाव था।

उसके बाद सब अपने-अपने कमरों में जाकर बैग पैक करने लगे थे, क्योंकि सुबह 7 बजे सबको धर्मशाला छोड़ने का आदेश था।

इतने दिनों में अब बकुर और रितु मैडम के रास्ते पहले की तुलना में काफी अलग थे। अब बकुर में वह पहले दिन वाला डर रितु मैडम के प्रति नहीं था, क्योंकि उन्होंने काफी समय साथ में बिताया था। बकुर ने अपनी जिंदगी के 31 वर्षों में, यानी 372 महीनों में, यानी 11351 दिन में, यानी 271560 घंटों में, यानी 16293600 मिनटों में, और 977616000 सेकंड में रितु मैडम ऐसी पहली लड़की होंगी, जिनके साथ बकुर ने इतनी बात की, या यों कह लो कि लड़कियों से बात करने का सबसे पहला एहसास रितु मैडम ने दिलाया था। बकुर को इस बात पर भरोसा नहीं था कि वह कैसे रितु मैडम से इतने दिन बात कर गया, क्योंकि ऐसा उसके साथ पहले कभी नहीं हुआ था, यह उसके स्वभाव के बिल्कुल विपरीत बात थी। पर कहते हैं कि आपके मन में अगर कोई चाह अधूरी रह जाती है तो वह जिंदगी में कभी-न-कभी एक बार फिर से आपके पास लौटकर जरूर आती है और रितु मैडम एवं बकुर की शायद वही चाह थी।

□

37

सब लोग अपना-अपना बैग पैक करने के बाद खाना खाकर सीधे अपने रूम में चले गए थे। बकुर के मन में बहुत सी बातें करने को थीं, पर कुछ कहता उसके पहले ही रितु मैडम आगे कमरे में जा चुकी थीं। रात के 9 बज चुके थे और लगभग सबके सोने का समय हो चुका था और सुबह 7 बजे निकलना था। बकुर के दिमाग में यही बात चल रही थी—वह रितु मैडम से मिलना चाहता था, कुछ और बातें करना चाहता था उनके साथ, पर कैसे बोले, उन तक बात कैसे पहुँचाए? परेशान सा अपने कमरे में घूम रहा था, तभी जो उसने देखा, यह 15 दिनों के शिविर में आज पहली बार हुआ था। रितु मैडम उसी के कमरे के दरवाजे पर खड़ी थीं और बकुर यह देखते ही अचंभित और खुशी दोनों भाव से भरा हुआ था।

"वो जीत्ते को उसकी मम्मी बुला रही है।" रितु मैडम ने कहा।

चूँकि सरदारजी तो सो चुके थे और जीत्ते अकेला वीडियो गेम खेल रहा था। बकुर ने फौरन उस बच्चे के प्यार से गाल खींचे।

"चलो, तुम्हारी मम्मी बुला रही हैं।" बोलते हुए बकुर भी जीत्ते को लेकर रितु मैडम के साथ ही उसे छोड़ने के लिए आ गया।

"मैडम, आप अगर बुरा न मानें तो हम थोड़ी देर ऐसे ही बातें कर सकते हैं, क्योंकि वैसे भी आज आखिरी रात ही है।" बकुर थोड़ी सी हिचक के साथ बोला।

"ठीक है तो छत की सीढ़ियों पर ही बैठ जाएँगे, वरना इतनी रात में कोई ऐसे देखेगा तो अच्छा नहीं लगेगा।" मैडम ने जवाब दिया।

इतना सुनते ही बकुर खुश हो चुका था और मैडम का कमरा भी आ चुका था। कमरे के अंदर जाने के पहले, वीडियो गेम खेलते-खेलते जीत्ते के अंदर का सवाल बाहर आया—

"अच्छा अंकल, बताओ, पहले अंडा आया या मुरगी?" यह सवाल सुनते ही बकुर और रितु दोनों सोचने लगे।

"मुरगी आई, फिर उसने अंडा दिया, फिर उस अंडे से मुरगी आई।" बकुर ने इस बार सोचकर सही जवाब देने की कोशिश की।

"नहीं अंकल, पहले टीचर आई, उसने परीक्षा में अंडा दिया, फिर उस अंडे से मुरगी आई।" जीत्ते का जवाब सुनकर बकुर और रितु दोनों जोर-जोर से हँस रहे थे।

जीत्ते अंदर गया तो जीत्ते की मम्मी ने बोला कि यहाँ क्यों आया, पापा के पास सोया था तो? तब बकुर को समझ आया कि रितु मैडम जीत्ते के लिए नहीं, उसी से मिलने आई थीं। बकुर को और ज्यादा खुशी होती है, दोनों 15 मिनट बाद छत की सीढ़ियों पर मिलने की बात फाइनल करते हैं। मैडम अपने कमरे में जाती हैं और बकुर तो उसी समय जाकर सीढ़ियों पर बैठ जाता है, क्योंकि जीत्ते की मम्मी की उस लाइन के बाद उसने नीतू आंटी की भी एक लाइन सुन ली थी कि "चल जीत्ते, मैं तुझे छोड़ के आती हूँ।"

बकुर अभी आकर बैठा ही था और उसे लग रहा था जैसे घंटों हो गए, ये 15 मिनट कटने को तैयार नहीं थे। 1-1 मिनट गुजरते हुए 1-1 घंटे का एहसास दिला रहा था। अकसर ऐसा होता है, जिन पलों का हम बेसब्री से इंतजार करते हैं, वे आते बैलगाड़ी की तरह हैं और जाते रेल की तरह हैं।

आखिरकार समय कटा और मैडम आकर मुझसे एक सीढ़ी नीचे बैठीं हमेशा की तरह। 4 मिनट तक दोनों खामोश रहे, किसी ने कुछ नहीं बोला। बकुर को आज कुछ अलग महसूस हो रहा था, समझ नहीं आ रहा था कि कहाँ से बात शुरू करे। अकसर जब मन में बहुत सारी बातें चल रही होती हैं, तो जुबान पर पहले किस बात को रखा जाए, इसका निर्णय थोड़ा कठिन मालूम पड़ता है।

"वैसे छत पर बड़ी अच्छी हवा चलती है, कल मैं थोड़ी देर टहला था।" थोड़ी देर चुप रहने के बाद बकुर ने कहा।

बकुर ने अप्रत्यक्ष रूप से मन की बात बोली, जो मैडम समझ भी गई थीं।

"लेकिन इस समय छत पर? कोई आ गया तो अच्छा नहीं लगेगा।" मैडम ने अपने मन के संकोच को बताया।

"इस समय तक शिविर के सारे कर्मचारी सो जाते हैं और छत पर सिर्फ सुबह ही आते हैं पानी की टंकी में पानी देखने।" बकुर ने कहा।

मानो जैसे बकुर ने इतने दिनों से छत पर आने-जानेवालों पर जैसे पैनी नजर रखी हो! किसी को पाने की चाह इनसान को उसके चरित्र के खिलाफ ले जाने में भी पीछे नहीं हटती। मैडम भी इतना सुनते ही खड़ी हुईं और बकुर ने धीरे से उस लोहे के दरवाजे को खोला और दोनों छत पर चले गए और बकुर ने उस दरवाजे की वहीं से कुंडी लगा ली, क्योंकि उस लोहे के दरवाजे की बार-बार हिलने की आवाज शोर खड़ा कर सकती थी।

बकुर और रितु मैडम छत पर थे। अब उनके बीच साँय-साँय कर चलने वाली सुकून भरी हवा के सिवा और कोई नहीं था। ऊपर चाँद-तारे और पूरा काला आसमान इस रात का गवाह बन रहा था, आसपास लगे 2 पेड़ों की पत्तियाँ भी हवा में झूम रही थीं। वहीं मैडम की गरदन नीचे झुकी थी, वे ओढ़ी हुई चुन्नी का एक कोना दोनों हाथ से मरोड़े जा रही थीं। बकुर की गरदन भी कभी नीचे गिरती तो कभी हिम्मत करके ऊपर उठती और मैडम की नजर से टकराने भर से फिर से झुक जाती। जुबान पर दोनों की अभी तक कुछ नहीं आया था, लेकिन मन में दोनों के बहुत कुछ चल रहा था। दोनों को समझ नहीं आ रहा था, कैसे शुरू करें, या कौन शुरू करे। प्रेम के आरंभ में अकसर जुबान और दिमाग का तालमेल ठीक से नहीं बैठ पाता।

"हम बैठ जाते हैं।" कुछ देर की चुप्पी के बाद बकुर बोला।

मैडम बिना कुछ कहे, दरवाजे से सट के जो दीवार लगी थी, उससे टिककर बैठ गईं। बकुर हिचकिचाहट में अब भी खड़ा था।

"बैठ जाइए आप भी।" मैडम ने कहा।

बकुर भी उसी दीवार से टिक के बैठा। बैठने के बाद फिर से चुप्पी थी। बकुर का एक हाथ मुँह में था, जिससे वह नाखून चबा रहा था, दूसरा हाथ जमीन पर टिका था। मैडम के दोनों हाथ अभी भी चुन्नी के कोने को ही मोड़ने में लगे थे।

"अब तो शिविर खत्म हो गया, सुबह सब चले जाएँगे, वैसे आपका कितना वजन कम हुआ?" मैडम ने चुप्पी वाले माहौल को तोड़कर सामान्य बात छेड़ी।

"4 किलो कम हो गया और आपका?" बकुर ने जवाब देते हुए मैडम से पूछा।

"मेरा तो 2 किलो ही कम हुआ, वो मुझे भूख लगती है तो फिर मैं सारे नियम भूल जाती हूँ। जब मैं स्कूल जाती थी, मेरी माँ कहती थी, इतनी मोटी हो रही है कौन लड़का 'हाँ' करेगा तुझे ले जाने के लिए? तो पापा कहते थे, मेरी बेटी के लिए लाइन लगेगी लड़कों की।"

पता नहीं यह सुनकर बकुर के मन में अचानक क्या आया कि वह फौरन खड़ा हो गया।

"क्या हुआ।" मैडम ने आश्चर्य से पूछा।

"आपके लिए जो लाइन लगेगी, सोचा, उसमें सबसे आगे खड़ा हो जाता हूँ।" बकुर ने घबराहट और झिझक के भाव में रहते हुए कहा।

मैडम सुनते ही बहुत जोर-जोर से हँसने लगीं और इशारों में बकुर को बैठने को कहा। बकुर फिर से बैठ गया। मैडम की हँसी अभी भी नहीं रुकी थी, वे बस हँसते जा रही थीं जोर से और हँसते-हँसते उनका सिर बकुर के कंधे पर आ गया, बकुर की साँसें अचानक तेज हो गईं मैडम के छूने भर से। मैडम को भी जैसे ही एहसास हुआ, उनकी हँसी रुक चुकी थी और आँखों में शर्म थी, लेकिन उनका सिर अब भी बकुर के कंधे पर था। थोड़ा ठीक होने की कोशिश कर ही रही थीं कि जमीन पर रखे बकुर के हाथ के ऊपर उनका हाथ आ गया। बकुर की साँसें अब किसी तेज ट्रेन से भी तेज हो चुकी थीं। मैडम की तेज साँसें भी अब बकुर को महसूस हो रही थीं। मैडम ने हाथ नहीं हटाया था, अपना सिर बकुर के कंधे से धीरे से शर्म के साथ बकुर से दूर कर रही थीं, जो बकुर बिल्कुल नहीं चाह रहा था। फिर वे हाथ हटाने वाली थीं कि बकुर की किसी उँगली ने उनकी उँगली को जकड़ लिया और धीरे-धीरे उसमें मैडम की रजामंदी मिलने पर अब बकुर का हाथ मैडम के हाथ के ऊपर था। उनके हाथ के एहसास से मानो बकुर अब उनकी धड़कनों की गति महसूस कर सकता था और बकुर का सिर अब खुद मैडम की तरफ झुक रहा था।

"मैडम, मैं···मैं···मैं···आपको···" इतना बोलते ही मैडम ने अपने झुके हुए सिर को उठाकर बकुर की आँखों में देखा। बकुर और रितु मैडम अब बहुत नजदीक थे और इस वक्त अब लगभग दोनों की आँखें जैसे बेशर्म हो गई थीं। पूरा शरीर आग की तरह अंदर से गरम हो चुका था। पता नहीं कौन सा रसायन था वह, जो पूरे शरीर में उबालें मार रहा था और बकुर ने मैडम के हाथ-से-हाथ हटाकर उनके हाथ को खुद के हाथों की उँगली में कसकर जकड़ लिया और बस बकुर के होंठ और मैडम के होंठ के बीच की दूरी अब सिर्फ इतनी थी कि हवा भी वहाँ से गुजरने में तंगी महसूस करने लगी थी। बकुर अब मैडम के इतने ज्यादा नजदीक था कि उसकी नाक से हर साँस के साथ मैडम के शरीर की खुशबू भी बकुर के शरीर में समा रही थी। बकुर के होंठ मैडम के होंठों की रजामंदी के लिए एक पल के लिए रुके, लेकिन जैसे ही मैडम ने अपनी आँखें बंद कीं, बकुर के होंठों ने

वह दूरी भी फौरन तय कर ली। इन होंठों का मिलन होते ही मानो बकुर का शरीर अब उसका साथ छोड़ चुका था, वो सो चुका था या मर चुका था, होश में था, या बेहोश था, मूर्च्छित था या जीवित था, पता नहीं! उस पल बकुर ने महसूस किया कि शायद इसी एहसास को पा लेने वाले समय को मोक्ष की प्राप्ति के नाम से जाना जाता होगा शास्त्रों में!

□

38

मैडम शरमा के खड़ी हो चुकी थीं, वह जाने को तैयार थीं।

"बहुत लेट हो गया है, हमें अब चलना चाहिए।" मैडम ने कहा।

"हाँ।" बकुर ने सहमति दिखाते हुए फौरन दरवाजा धीरे से खोला, नीचे देखा, कोई नहीं था।

"आप जाइए, मैं दरवाजे को लगाकर आ जाऊँगा।" बकुर ने मैडम को जाने का इशारा करके कहा।

मैडम जाने लगीं और पहली सीढ़ी से उतरी ही थीं कि बकुर ने उनका एक हाथ पकड़ लिया, वे पलटीं, बकुर को देखा और आधे चाँद की तरह मुसकराकर शरमाते हुए बकुर से अपने हाथ को छुड़ाया और चली गईं।

बकुर फिर से छत पर था, उसे अब हवा कुछ अलग महसूस हो रही थी। वह आज मानो उड़ रहा था। अपने सामने उसे सबकुछ छोटा लग रहा था। ऐसा लग रहा था, जैसे आज उसे रियासतें मिल गई हों। एक चुंबन ने, किसी के साथ होने के एहसास ने बकुर को मन से इतना अमीर बना दिया था कि आत्मविश्वास और उत्साह से भरपूर यह कोई नया बकुर पैदा हुआ जान पड़ता है। चेहरा फूल से ज्यादा खिला था, आँखों में आज चाँद और तारों से ज्यादा चमक थी और मन में उत्साह इस चलती ठंडी हवा से कई गुना ज्यादा और तेज था। आसमान जरूर काला था, इस वक्त, लेकिन बकुर की जिंदगी में रोशनी आ चुकी थी, वह पूरी तरह खो चुका था। वह इस दुनिया में होकर भी किसी और दुनिया का हो चुका था। दिमाग छोड़, जुबान भी बहक चुकी थी, बार-बार होंठों को छूकर अंदर जा रही थी और उस स्वाद का एहसास पूरे शरीर को चखा रही थी। आसमान के अँधेरे को देखते-देखते कब आँखों के परदे लगे, पता ही नहीं लगा।

और सुबह जब तक बकुर की आँखें खुलीं, लगभग सब लोग शिविर से जा चुके थे। बकुर भी जब अपना बैग लेकर नीचे आया तो नीतू आंटी अब भी वहीं खड़ी थी और बकुर को देखते ही वह शरमा गई और अपने दुपट्टे से फौरन अपना सिर ढक लेती है। बकुर नीतू आंटी को 'बाय' कहता है और नीतू आंटी पास में आती है बकुर के और एक कागज देती है।

"आपका इंतजार करूँगी मैं, और हाँ, आपकी सारी चिट्ठियाँ अपनी आत्मा से लगाकर रखती हूँ हमेशा।" हाथ में वो सारी चिट्ठी निकालकर बताती है, जो बकुर ने रितु मैडम के लिए भेजी थीं।

बकुर कुछ बोले, इसके पहले नीतू आंटी बकुर के पैर पड़ती है।

"आपके फोन का इंतजार रहेगा।" बोलते-बोलते चली जाती है।

बकुर वह कागज खोलकर देखता है तो उसपर नीतू आंटी ने फोन नं. लिखा है। बकुर को झटका लगता है और सारा मामला पूरा साफ-साफ समझ आ जाता है कि उसकी एक भी चिट्ठी कभी रितु मैडम के पास नहीं पहुँची और जो वापसी चिट्ठी उसके पास आईं, वो मैडम की नहीं, बल्कि नीतू आंटी की भेजी हुई थीं।

□

बकुर 15 दिन के शिविर को पूरा कर, अपना 2 से 2.5 किलो तक वजन कम करके फिर से महाकाल की नगरी, यानी अपने घर पहुँच चुका था। चेहरे पर खुशी, मन में तरंग और दिमाग में रितु मैडम छाई हुई थीं बस। बकुर में बहुत बदलाव आ चुके थे। पहले मायूस सा शांत रहनेवाला बकुर अब ऊर्जा से भरा हुआ दिख रहा था। उसने हँसते-खेलते शिविर के अपने किस्से गायत्री देवी को सुनाए और कैसी-कैसी कसरत करवाते, क्या खिलाते-पिलाते, सबकुछ बड़े उत्साह से बताया। जगत नारायण भी बकुर में थोड़ा बदलाव देखकर खुश थे और अब इसी तरह से आगे जीवन को निरंतर रखने का आदेश भी देते हैं, शिविरवालों के अनुसार ही खाने-पीने पर जोर दिया।

"देखना, अब कितनी जल्दी तुम्हारी शादी करवाएँगे हम।" जाकर पलंग पर बैठते हुए कहा।

और जगत नारायण रोज की तरह समाज और उन्हीं की जाति की एक किताब खोलकर बैठ जाते हैं, जिसमें अविवाहित लड़के और लड़कियों के बारे में सारी जानकारियाँ होती हैं, ताकि समाज के लोग आसपास में किताब की सहायता से लड़का-लड़की देखकर रिश्ते की बातों को आगे बढ़ा सकें। जगत नारायण उस किताब में से लड़की को पसंद करते, फोन नंबर देखते और तुरंत कॉल करके

उसके परिवार से शादी की बात करते। कुछ दिनों से मंदिर से आने के बाद वे रोज यही किया करते थे।

बकुर खाना खाकर बैंड पर पहुँचा ही था कि रितु मैडम का कॉल उसके पास आ जाता है। बकुर जब पूछता है कि उन्होंने बकुर का नंबर कब लिया, तो मैडम याद दिलाती है, चिंटू के पापा बनकर जब कॉलेज में आए थे, तब के नंबर अब काम आए। ऐसे ही रितु मैडम रोज कॉलेज से छूटकर 5 मिनट के लिए बकुर को फोन जरूर करती हैं, इसलिए बकुर हमेशा उनके कॉलेज की छुट्टी के समय मोबाइल निकालकर उनके फोन के इंतजार में बैठ जाता, कई बार बैंड पर बीच अभ्यास में उनका फोन आ जाता तो बकुर अभ्यास छोड़ पहले उनसे बात करता, तो कई बार बीच बरात में फोन आ जाता तो बकुर वह छोड़कर भी साइड में बात करने चला जाता और जब वापस आकर देखता तो सब उसके इंतजार में रुके रहते और उसे घूरकर देखने लगते। इस बात के पप्पू कड़वा सेठ बकुर के पैसे भी काट लिया करते थे, जिसका बकुर को कोई फर्क नहीं पड़ता। जब इनसान प्रेम में होता है तो उसे प्रेम के अलावा संसार की सारी चीजें गैर-जरूरी मालूम पड़ती हैं।

रात में बकुर और रितु मैडम अकसर मिसकॉल से बात करते थे। अगर एक बेल बजी तो उसका मतलब हम जाग रहे हैं, दो बेल बजी, मतलब खाना भी खा लिया है और इसका जवाब सामने वाला भी 2 बेल बजाकर देता, अगर खाना खा लिया तो और एक होती थी बेल, 3 बेल बजीं, मतलब क्या अभी फोन करके बात कर सकते हैं, अगर सामने वाले की भी 'हाँ' है तो 3 बेल से ही जवाब आता, जो अकसर न ही होता था और आखिरी में 4 बेल मतलब अब सो जाते हैं। इस तरह बकुर की जिंदगी के ये सबसे सुखद दिन प्रेम में डूबे ऐसे बीत रहे थे, जैसे ये दिन नहीं, बल्कि ईश्वर के द्वारा दिए हुए वरदान के पल हों।

इन सबके बीच बकुर ने गोपाल को भी उसकी जिंदगी में चल रहे इस खूबसूरत समय के बारे में बताया, जिससे गोपाल के मन में भी प्रेम में पड़ने का भाव जाग्रत् हुआ और वह अब बरातों में गाना गाने के अलावा लड़कियों पर भी विशेष नजर रखने लगा था और बरात में नाचने-कूदनेवाले गानों से ज्यादा प्रेम गीत गाने लगा था और एक शोभायात्रा में तो लड़की को देखकर गोपाल भगवान् के भजन की जगह प्रेम गीत गा पड़ा, और इस बात पर उसकी जमकर बड़ी पिटाई हुई और सेठ पप्पू कड़वा ने पैसे भी काटे।

एक दिन सुबह-सुबह बकुर अपने पिता जगत नारायण के साथ रोज की तरह

व्यायाम करके घर लौटता है और तभी चिंटू घर में आता है। उसके हाथ से लगा एक और हाथ अंदर आता है, जो एक लड़की का हाथ है और दोनों ने गले में हार पहना है, लड़की की माँग भरी हुई है, गले में मंगलसूत्र है। चिंटू अंदर आकर चुपचाप गरदन झुकाकर लड़की का हाथ पकड़े खड़ा हो जाता है। इस पूरे दृश्य को देखकर कुछ और सोचने की जरूरत नहीं थी, फिर भी इस दृश्य पर पुख्ता मोहर लगाने के लिए गायत्री देवी ने चिंटू से पूछा—

"ये सब क्या है चिंटू?"

"माँ, वो मैंने इससे शादी कर ली।" चिंटू डर, हिचक, झिझक, थोड़ी हिम्मत, सबके मिले-जुले भाव से बोला।

"नालायक, राक्षस!" जगत नारायण ने फौरन चिंटू को दो जोर के थप्पड़ मारे, साथ खड़ी लड़की यह देख पीछे हट चुकी थी।

"अरे रुको, क्या कर रहे हो?" गायत्री देवी ने जगत नारायण का हाथ पकड़ा, उन्हें दूर करते हुए कहा।

"अरे, कॉलेज में पढ़ने जाता था या ये करने जाता था? अरे, लोग क्या कहेंगे कि बड़ा भाई कुँवारा बैठा है अभी, छोटे ने शादी कर ली और वह भी भागकर?" इतना बोलकर एक और चाँटा मार दिया जगत नारायण से चिंटू को।

"आप रुको, पूछ तो लेने दो पहले क्या हुआ!" गायत्री देवी फिर से रोकते हुए बोली, "चिंटू क्या हुआ ये, किसी को बताया तक नहीं तूने; और सुबह तो कॉलेज के लिए निकला था और एकदम से शादी, क्या है ये सब?" गायत्री देवी ने चिंटू से सारे सवाल कर दिए।

"इसके पापा ने इसका रिश्ता कहीं और तय कर दिया था तथा आज वे सगाई के लिए आनेवाले थे। इसने अपने घर बोला कि ये मुझे पसंद करती है, लेकिन इसके पापा नहीं माने, इसलिए हमें भागकर शादी करनी पड़ी।" चिंटू ने सारा किस्सा सुनाया।

"जगत बालकृष्ण नारायण पांडे के खानदान में आज तक ऐसी नीच हरकत किसी ने नहीं की, अपने कुल की मान-मर्यादा को भूलकर जो कुल की नाक कटा सकता है, वह इस कुल का वंशज नहीं हो सकता।" जगत नारायण का चेहरा गुस्से में लाल हो चुका था।

"पापाजी, हमें माफ कर दीजिए, हमें इसके अलावा कुछ समझ नहीं आ रहा था, इसलिए सबकुछ अचानक हो गया।" लड़की ने बीच में बोल माफी माँगने की कोशिश की।

"तुम अब बड़े हो चुके हो, अपना बुरा-भला अच्छे से समझते हो। अपना सामान लेकर जा सकते हो तुम इस घर से, हमारा नाता बस यहीं तक था।" ये बोलकर जगत नारायण जाने लगते हैं।

"पिताजी, प्लीज, माफ कर दो एक बार।" चिंटू जगत नारायण के पैर पकड़ते हुए बोलता है।

"मेरे मान-सम्मान और स्वाभिमान के बीच में अगर मैं खुद भी आ जाऊँ तो माफी नहीं है, समझ लो, जैसे तू वर्षों पहले अनाथ हुआ था, आज फिर से हो गए।" इतना बोलकर जगत नारायण पैरों से चिंटू को धक्का देकर निकल जाते हैं।

जगत नारायण के निर्णय के आगे कोई और नहीं बोलता, इसलिए गायत्री देवी और बकुर चुपचाप खड़े रहे और चिंटू अपना सामान लेकर चला जाता है। बकुर और गायत्री देवी की आँखें नम हो जाती हैं।

□

39

पूरे घर में एक चुप्पी छा जाती है, सब लोग आपस में एक-दूसरे से बात तक नहीं करते। बकुर भी चिंटू के बारे में सोचता रहता है कि एकदम से अचानक ये सब क्या हो गया और चिंटू ने इस बारे में बकुर को भी कुछ नहीं बताया। इन सारी बातों के बारे में सोचते-सोचते पूरा दिन खत्म हो जाता है, लेकिन फिर भी सोचना जारी ही रहता है। अगली सुबह फिर वहीं व्यायाम करने के बाद बकुर और जगत नारायण लौटते हैं, बकुर रोज की तरह गरम पानी में शहद मिलाकर पीता है और उसे याद आता है कि कल पूरे दिन मैडम का न फोन आया, न रात में कोई मिसकॉल! शिविर से आने के बाद यह पहली बार हुआ था, जब किसी दिन मैडम ने फोन न किया हो। बकुर थोड़ा चिंतित हो रहा था। उसने 2-3 बार फोन करने की कोशिश की, लेकिन मैडम ने नहीं उठाया। बैंड पर पहुँचकर मैडम के कॉलेज से छूटनेवाले समय भी फोन किया, लेकिन फिर भी कोई जवाब नहीं आया। दिमाग में सवालों का झुंड घूमने लगा था, हर रोज फोन को चेक करते रहना कि चालू है या नहीं, बैटरी चार्ज है या नहीं, फोन आ रहा है या नहीं! ऐसे कठिनाई भरे 4-5 दिन जैसे-तैसे बीतते हैं, लेकिन तब तक भी मैडम का न फोन आता है, न बकुर के फोन लगाने पर जवाब आता है।

एक शाम को घर के दरवाजे पर पहुँचते ही बकुर के अंदर एक सकारात्मक लहर आती है। उसे याद आता है कि मैडम चिंटू के कॉलेज की टीचर भी तो हैं, चिंटू से पूछना चाहिए, मैडम कॉलेज आ रही हैं या नहीं? फौरन घर में आते ही बकुर 'चिंटू-चिंटू' के नाम की आवाज लगाने लगा। जब गायत्री देवी से उसकी आँखें मिलती हैं, तब याद आता है कि चिंटू तो इस घर से जा चुका है। रात भर नींद जरूर नहीं आई, लेकिन दिमाग में चिंटू से कॉलेज जाकर मिलने का विचार जरूर

आया, जहाँ चिंटू के साथ-साथ मैडम के भी मिल जाने का मन में विश्वास आया।

बकुर सुबह 12 की बजाय, 9 बजे ही घर से निकल जाता है। कॉलेज में चिंटू को बकुर तो नहीं दिखता, लेकिन वह रिसेप्शन पर जब रितु मैडम के बारे में पूछता है तो वहाँ बैठा आदमी बताता है—

"उनकी तो शादी हो चुकी है और उन्होंने कॉलेज छोड़ दिया है।" इतना बोलते ही आदमी एक फाइल उठाकर ऑफिस की तरफ चला जाता है।

इतना सुनते ही बकुर का मन बकुर के शरीर से ज्यादा भारी हो जाता है, आँखों के ऊपर लगी आँसुओं की थैली ये सब सुनकर लगभग फूट चुकी थी, लेकिन बकुर जैसे-तैसे खुद को सँभाल के कॉलेज के बाहर तक आता है, अपनी साइकिल लेकर चलने लगता है। उसे अचानक सबकुछ अँधेरा-अँधेरा सा लगने लगता है। वह लड़खड़ाते हुए, गिरते-पड़ते क्षिप्रा नदी के घाट पर आकर बैठता है और फिर अचानक से उसकी आँखों से टप-टप-टप-टप करते हुए एक के बाद एक इतने आँसू बहने लगते हैं कि दूर से देखने पर यह दृश्य एक पल के लिए ऐसा भी लगता है कि यह नदी में भरा पानी बादलों के बरसने का नहीं, बल्कि बकुर के टूटने का परिणाम है।

कुछ देर बाद बकुर का फोन बजता है, वह देखता है तो फोन रितु मैडम का है। वे थोड़ी परेशान और थोड़ी घबराई हुई थीं। बड़ी जल्दी-जल्दी में बात कर रही थीं। उनकी एक बात से बकुर के दिमाग की सारी नसें एक झटके में खिंचा गईं।

"बकुर, मैं तुमसे शादी करना चाहती हूँ, क्या तुम मुझसे शादी करोगे?" रितु मैडम ने कहा।

"लेकिन…"

"बकुर मेरे पास बहुत कम समय है, अगर तुम मुझसे शादी करना चाहते हो तो 20 मिनट में महाकाल मंदिर पर आ जाओ, वरना उसके बाद मैं तुम्हें कभी नहीं मिलूँगी।" बकुर की पूरी बात सुनने से पहले ही मैडम इतना बोलते ही सिसकियाँ भरते हुए फोन काट देती है।

बकुर खुद ही को कुछ जवाब नहीं दे पा रहा था। कुछ समझ नहीं पा रहा था कि ये सब क्या हो रहा है? बकुर लाल शर्ट और लाल पैंट पहने, बिखरे बालों में जिस भी हाल में था, उसी हाल में फौरन साइकिल उठाकर निकल गया। जल्दी से मैडम के पास पहुँचनेवाले विचार ने इतनी ताकत भर दी थी शरीर में कि शहर की गाड़ियों से ज्यादा रफ्तार बकुर की साइकिल की थी आज। तभी रास्ते में अचानक

धीरे-धीरे भीड़ ज्यादा होने लगी, एक जुलूस निकल रहा था। बकुर को याद आया कि आज तो श्रावण का पहला सोमवार है, इसलिए महाकाल मंदिर के आसपास बहुत भीड़ होगी, 20 मिनट में वह कैसे पहुँचेगा रितु मैडम के पास? बकुर अपनी साइकिल को वहीं रास्ते में छोड़कर दौड़ते-भागते, टकराते-लड़खड़ाते, रास्ता बनाते हुए मंदिर पहुँच जाता है।

लेकिन हर तरफ नजर घुमाने के बाद भी रितु मैडम कहीं दिखाई नहीं दे रही थीं। घड़ी में भी 20 की जगह 25 मिनट हो चुके थे। मन का डर धीरे-धीरे तेजी से बढ़ रहा था और जल्दी न पहुँच पाने का खुद पर गुस्सा आ रहा था। तभी 'जय महाकाल, जह महाकाल!' के नारों के बीच एक आवाज आई 'बकुर', 'बकुर'— यह रितु मैडम की आवाज थी।

"मैं बस जा ही रही थी वापस, लेकिन तुम इन लाल कपड़ों में दूर से भी सबसे अलग ही दिख जाते हो।" वह बकुर के पास आकर बोली।

बचपन से लेकर आज तक बकुर के साथ में चल रहा ये लाल चोला, पहली बार बकुर के इतने जरूरी समय में काम आया था, इसीलिए आज बकुर मन में लाल मंदिर वाले बाबा और दादी दोनों को 'थैंक यू' बोला था। मैडम के चेहरे पर खुशी, लेकिन आँखों में आँसू थे और बकुर की आँखों में खुशी और आँसू दोनों थे।

बकुर के पूछने पर कि कॉलेज में पता चला कि आपकी शादी हो चुकी है, तो मैडम ने जवाब दिया—

"नहीं, कॉलेज में एक और लायब्रेरी वाली मेम हैं, जिनका नाम भी रितु है। उनकी शादी हुई है और मेरी तो आज सगाई है, पापा ने लड़का फाइनल कर दिया है। मैं उनसे तुम्हारे बारे में बोल नहीं पाई, बस इतना कहा कि मैं किसी और के साथ खुश रह सकती हूँ पापा, मुझे एक घंटे का समय दे दो, अगर 1 घंटे में वापस आ गई तो आप जहाँ बोलेंगे, शादी कर लूँगी, नहीं तो फिर मेरा इंतजार मत करना।" रितु मैडम ने सारी बात बताते हुए कहा।

बकुर इन बातों पर अभी ठीक से ध्यान नहीं दे रहा था कि रितु मैडम ने अगली बात कही, "हमें आज ही शादी करनी होगी, बकुर।" उन्होंने बकुर का हाथ पकड़ते हुए कहा।

तभी अचानक बकुर को पिताजी की कद-काठी का आदमी आता दिखा, जिसका चेहरा ठीक से नहीं दिख रहा था, बकुर डरा और उसे तब ध्यान आया कि वह मैडम के साथ महाकाल मंदिर पर खड़ा है, जिस मंदिर में जगत नारायण पंडित

हैं, जिनका पूरा दिन यहीं व्यतीत होता है। इसके साथ ही बकुर को वह सब भी याद आया कि मैडम के विधवा होने का पता लगते ही कैसे पिताजी खुद को अपमानित महसूस करने लगे थे और फौरन खड़े होकर वे रौद्र रूप में आ गए थे! बकुर के दिमाग में वे सारी बातें चल रही थीं, लेकिन सामने रितु मैडम खड़ी थीं, कुछ समझ नहीं आ रहा था और अचानक बकुर की नजर जगत नारायण पर पड़ती है। बकुर सुध-बुध खो देता है और इसके पहले कि जगत नारायण बकुर को देखते, वह रितु मैडम का हाथ पकड़ के वहाँ से लेकर आगे चला जाता है और फिर तीव्र चिंता के भाव में मानो गुम हो जाता है। रितु मैडम उसकी चिंता देखकर समझ जाती हैं।

"सॉरी बकुर, मुझे माफ कर दो, मैंने सबकुछ कुछ ज्यादा ही जल्दी सोच लिया, पर मेरे पास समय नहीं था शायद इसलिए। तुम पर भार डालना मेरा मकसद नहीं था। कोई बात नहीं, बकुर तुम भी लौट जाओ, मैं भी लौट जाती हूँ।" इतना बोलते ही मैडम जाने लगती हैं।

बकुर अपनी असमंजस से भरी मनोदशा को छोड़कर, मैडम का हाथ पकड़ता है, एक रिक्शे में बैठाकर थोड़ी दूर माताजी के एक मंदिर में जाता है, जहाँ माताजी की मूर्ति के अलावा और कोई नहीं है। वहाँ से सिंदूर उठाकर बकुर मैडम की माँग भरता है, वहीं चरणों में रखा मंगलसूत्र उठाकर वह मैडम को पहनाता है और फिर माताजी के त्रिशूल पर चढ़े हार उठाकर दोनों एक-दूसरे को पहनाते हैं और माताजी का आशीर्वाद लेते हैं, मैडम बकुर के पैर छूती है।

□

40

बकुर और रितु मैडम की शादी हो चुकी थी। दोनों बहुत खुश थे। मैडम ने कहा, “आज श्रावण का सोमवार है तो हमें महाकाल मंदिर में भी चलना चाहिए।”

यह सुनते ही बकुर को अंदर से ऐसा झटका लगा, जैसे किसी ने बिजली की नंगी तारे शरीर से लगा दी हो! उसने मैडम को सबकुछ बताते हुए, मंदिर में पिताजी के होने के बारे में बताया और कहा, “मैं बहुत जल्द, वक्त आने पर पिताजी को हमारे बारे में बताऊँगा, लेकिन अभी नहीं।” मैडम ने बकुर को समझा और इस बात पर अपनी सहमति दिखाई।

लेकिन बकुर अब यह सोचकर चिंतित था कि आगे अब करना क्या है, कैसे करना है? घर कैसे जाए? उसे कुछ दिन पहले बीता समय याद आता है, और चिंटू के शादी करके आने पर जगत नारायण की कही हर बात कानों में गूँजती है। बकुर कहीं और जाने का तो सोच भी नहीं सकता था, क्योंकि उसके पास पैसे थे नहीं। बहुत सोचने के बाद जब कुछ विकल्प नहीं सूझा तो बकुर ने घर जाकर ही एक कोशिश करने का फैसला लिया और रिक्शे में बैठा, जो सीधा घर के बाहर रुका था।

बकुर ने रिक्शे में से ही पहले इधर-उधर झाँककर देखा तो कोई नहीं दिखा, डर के मारे उसके पैर रिक्शे से नीचे जमीन पर नहीं पड़ रहे थे। उसे जगत नारायण द्वारा चिंटू को मारे गए थप्पड़ और उसे कही गई बात—‘मेरे मान-सम्मान और स्वाभिमान के बीच में अगर मैं खुद भी आ जाऊँ तो माफी नहीं है!’ बार-बार उसके दिमाग में घूम रही थी। वह जैसे-तैसे डरते-काँपते कदमों से आगे बढ़ा और दरवाजे को खोला और ‘मम्मी-मम्मी’ के नाम की आवाज लगाई, कोई नहीं दिख रहा था।

उसने फिर पूरा घर देखा, घर में कोई नहीं था। बकुर फौरन मैडम को रिक्शे से उतारकर अंदर लाया, मैडम घर देखने लगीं और बकुर मैडम को छिपाने की जगह।

उसने घर में हर तरफ देखा, लेकिन मैडम, जो अच्छे-खासे यानी 85 से 90 किलो वजनवाली थीं, उन्हें किसी सँकरी या छोटी जगह पर तो छुपाया नहीं जा सकता था। परेशान होकर बकुर जब अपने कमरे में बैठा तो उसे अपने कमरे की ऊपर मचान दिखी, जहाँ अधिकतर घर का पुराना और कम इस्तेमाल किया जानेवाला सामान रखा जाता है। जहाँ पर आमतौर पर कोई ज्यादा ध्यान भी नहीं देता है। उस मचान की सफाई का आइडिया बकुर के दिमाग में फौरन आया कि मैडम को ऊपर चढ़ा दें तो कम-से-कम अभी तो कोई नहीं देखेगा। मैडम ने भी बकुर की इस बात पर सहमति दिखाईं। बकुर फौरन स्टूल लगाकर ऊपर के सामान जल्दी-जल्दी इकट्ठे रखकर, वहाँ हलकी सफाई करके, एक पुराना खराब कूलर ऊपर मचान से नीचे उतार लेता है और वहाँ छोटा सा बिस्तर लगा देता है। फिर नई-नवेली दुलहन को जल्दी से मचान पर चढ़ा देता है और मचान का परदा लगाता ही है कि गायत्री देवी और जगत नारायण घर में आ जाते हैं और बकुर को स्टूल पर चढ़ा देख लेते हैं।

"क्या कर रहा है कुरसी पर चढ़कर?" पूजा की थाली हाथ में पकड़े ही गायत्री देवी ने पूछा।

"और यह खराब कूलर क्यों निकाला?" जगत नारायण ने कूलर देखते हुए पूछा।

बकुर एकदम निस्तब्ध हो चुका था।

"वो गरमी लगती है तो सोचा, इसे सुधरवा लेते हैं।" संकोच से भरी आवाज में बकुर ने बोलने की कोशिश की।

"अभी कोई इतनी गरमी नहीं है, और उसे रिपेयर करवाने में पैसे ज्यादा लगेंगे, बाद में देखेंगे।" जगत नारायण ने फौरन जवाब दिया।

"वापस ऊपर चढ़ा दो इसे। रुको, मैं आकर मदद करवा देता हूँ।" जगत नारायण के इतना बोलते ही बकुर का डर के मारे कुरसी से पैर फिसलता है और वह नीचे गिर जाता है

"अरे राम, थोड़ा तो ध्यान से काम करा कर।" गायत्री देवी फौरन बकुर के पास जाकर बोली।

"कुछ नहीं मम्मी, थोड़ी सी मोच आई है बस।" बकुर पैर पकड़े हुए बोला।

"श्रावण का पहला सोमवार है आज और सुबह-सुबह महाकाल के दर्शन करने की बजाय यहाँ उलटे-सीधे काम कर रहा है। ले प्रसाद महाकाल का।" गायत्री देवी ने हाथ में पूजा की थाली से प्रसाद लेकर दिया।

"चलो, कोई बात नहीं, थोड़ा मरहम लगा लेना और ध्यान से काम करा करो जरा, पहले ही कमरे में कम जगह थी, ऊपर से कूलर निकाल लिया। लाओ, हटो, मैं अकेला चढ़ा देता हूँ इसे।" जगत नारायण ने फिर कहा।

बकुर कुछ समझ नहीं पा रहा था कि क्या करे, क्या कहे, लेकिन तभी गायत्री देवी ने कहा, "अरे, रहने दो आप, अभी उसका पैर फिसला है, आप भी फिसल गए तो? रहने दो नीचे ही, उसे गरमी लगती है तो वह ठीक करवा लेगा कूलर।"

माँ की इस लाइन ने जैसे बकुर का सारा दुःख-दर्द, परेशानियों को एक पल में दूर कर दिया।

"हाँ पापा, मेरा एक दोस्त इलेक्ट्रीशियन ही है, उसे एक बार दिखा दूँगा, सस्ते में कर देगा वह।" बकुर ने कहा।

"ठीक है, देख लो अपने हिसाब से; लेकिन ज्यादा खर्चा हो तो मत करवाना।" यह बोलते ही जगत नारायण और गायत्री देवी कमरे से बाहर चले जाते हैं।

"बकुर, चल खाना खा ले।" माँ ने हाथोहाथ खाने के लिए आवाज लगा दी।

मैडम ने धीरे से मचान का परदा हटाया झाँका और इशारों-इशारों में बकुर से पूछा, "तुम ठीक हो न?" बकुर ने हँसते हुए 'हाँ' में सिर हिलाया।

खाने को इंतजार नहीं करानेवाले जगत नारायण की लाइन आने से पहले बकुर खाने के लिए बैठ जाता है, वह जैसे ही पहला निवाला तोड़कर खाने लगा, उसे याद आया कि मैडम भी तो भूखी होंगी!

"माँ, पैर में मोच के कारण बैठते नहीं बन रहा, अपने कमरे में बिस्तर पर आराम से बैठ के खा लूँ?" बकुर बहाना बनाता है।

"नहीं, बिस्तर पर बैठकर खाना खाने से अन्न का अपमान होता है।" जगत नारायण ने तुरंत कहा।

"अरे, उसके पैर में चोट आई है, दर्द कर रहा होगा, जा बेटा जा, खा ले।" गायत्री देवी ने बकुर का पक्ष लेते हुए कहा।

"ठीक है, लेकिन रोज-रोज नहीं।" जगत नारायण ने भी अपनी सहमति दी।

बकुर ने माँ से कुछ रोटियाँ और ले लीं, यह बोलकर कि बार-बार नहीं आना पड़ेगा और थोड़ी सब्जी भी ज्यादा ले ली। बकुर कमरे में आया और थाली ऊपर मैडम को दे दी।

"आप खा लो, तब तक मैं मम्मी–पापा का ध्यान रखता हूँ।" बकुर ने मैडम को कहा।

लेकिन मैडम ने खुद खाने से पहले, पहला निवाला बकुर को खिलाया, फिर खाने लगीं।

बकुर ने सोचा, एक बार रोटियाँ और लेकर आ जाता हूँ, वह रोटी लेने लगा तो जगत नारायण उसे घूर के देखने लगे।

"ये इतनी रोटियाँ खाता है अभी भी?" जगत नारायण ने पूछा।

"अरे, खाने पर तो नजर मत लगाओ।" गायत्री देवी ने कहा।

"नजर नहीं लगा रहा हूँ, रोज सुबह व्यायाम इसलिए नहीं कर रहे और न ही इसलिए शिविर भेजा था कि फिर से खा–खाकर अनाप–शनाप वजन कर ले! बहुत मेहनत करता हूँ दिन भर इसके लिए। अगले कुछ महीने में इसकी शादी करनी है, रवि मंगल को दिया हुआ वचन मैं भूला नहीं हूँ, इस बात का भी ध्यान रखो।" जगत नारायण अपनी थाली से उठ जाते हैं।

□

41

जगत नारायण ने घर के माहौल को गंभीर कर दिया था। बकुर ने जगत नारायण के वचन के बारे में मैडम को बताया कि उन्होंने क्या वचन लिया था। उस बात से मैडम के परेशान होने पर बकुर ने उन्हें यह भी विश्वास दिलाया कि वह जगत नारायण को बहुत जल्द उनके बारे में बताएगा। मैडम ने खाना खाकर थाली बकुर को दी। उसमें जो बचा-कुचा था, बकुर ने सिर्फ वही खाया और फिर से खाना लेने का सोचा भी नहीं।

"तुम आज इतनी देर तक गए क्यों नहीं अपने काम पर?" जगत नारायण ने अचानक से पूछा।

उनके सवाल से ही जैसे बकुर को याद आया कि 'हाँ' वह नौकरी पर भी तो जाता है और आज आधे घंटे लेट हो चुका है।

"बस, जा ही रहा हूँ पापा, आज मार्केट की डाक बाँटना है तो दुकानें लेट खुलती हैं न, इसलिए।" बकुर ने बात को सँभालते हुए कहा।

बकुर के दिमाग में सेठ पप्पू कड़वा का डर आ चुका था, वह फौरन तैयार होता है और मैडम को 'बाय-बाय' करके चला जाता है।

बकुर आज बैंड पर पूरे एक घंटा लेट पहुँचा था और इस डर में था कि सेठ पप्पू कड़वा पता नहीं आज क्या बोलेंगे? अंदर जाते ही उसे पता लगता है कि पप्पू कड़वा आज नहीं आए हैं, वे तो आज कुश्ती लड़ने गए हैं। गोपाल ने कहा, "वैसे भी आज बैंड पर कोई काम नहीं है तो सेठजी की कुश्ती ही देखने चलते हैं।" बकुर कुछ सोच के जवाब दे, इसके पहले ही गोपाल उसे लेकर चल पड़ता है।

कुश्ती में क्या एक से एक पहलवान लोग आए थे, सबने कसी हुई बॉडी बनाई हुई थी। सेठ पप्पू कड़वा कहीं नजर नहीं आ रहे थे, तभी घोषणा हुई—"80

किलो वजन में कुश्ती करेंगे उज्जैन के पप्पूसिंह कड़वा और कृपासिंह यादव भोपाल से।" घोषणा के तुरंत बाद सेठजी छोटी सी लँगोट में मैदान में उतर गए, दोनों हाथों में और सिर पर मिट्टी लगाई और क्या एक से बढ़कर एक दाँव-पेंच लगा रहे थे बॉस भी। 15 मिनट का मैच चला और सेठजी जीत गए।

"यार, यह भी अच्छा काम है, सेठजी ने एक बार में ही 15000 जीत लिये।" वापस आते हुए रास्ते में गोपाल ने बकुर से कहा।

"क्या बात कर रहा है, उन्हें जीत के 15000 मिले?" बकुर ने आश्चर्य में पूछा।

"हाँ, सिर्फ 15000 नहीं, साथ में एक 5 किलो का घी का डिब्बा भी और हर 2 महीने में 1 बार कुश्ती लड़ ही लेते हैं। आसपास के शहरों में हो तो वहाँ भी चले जाते हैं।" गोपाल ने और विस्तार से बताते हुए कहा।

बातों-बातों में टाइमपास करते-करते शाम हो गई थी, बकुर ने अपने और रितु मैडम के बारे में गोपाल को भी सबकुछ बताया, गोपाल हद से ज्यादा आश्चर्य में था; लेकिन उससे ज्यादा खुश था कि आखिर बकुर ने शादी कर ली। उसने भाभी को कभी घर लेकर आने के लिए भी कहा। फिर बकुर ने अपनी परेशानियाँ भी बताईं कि कैसे मचान पर उसे छुपाकर रखा है, और जब तक पिताजी को नहीं बता लेता, तब तक ऐसे ही चलाना पड़ेगा। दोनों रास्ते में रुककर गन्ने का रस पीने लगे। रस का पहला घूँट पीते ही बकुर को याद आया कि वह मैडम के लिए पानी तो रखकर आया ही नहीं, पूरा दिन हो गया, उन्हें प्यास लगी होगी तो क्या पिया होगा उन्होंने? बकुर रस का गिलास फौरन रखकर साइकिल उठाकर जाने लगता है।

"अरे क्या हुआ?" गोपाल रस पीते-पीते बोला।

"अरे, मेरे गधेपन की वजह से रितु मैडम ने सुबह से पानी तक नहीं पिया।" इतना बोलते ही निकल जाता है।

"तुम आ गए हो, नूर आ गया है..." गोपाल बदले हुए बकुर को जाता देख अचानक किशोर दा का गाना गाने लगता है।

बकुर घर पहुँचा, फौरन अपने कमरे में गया। मैडम को देखा, बाहर से पानी लाकर पिलाया, माफी माँगी। खाने के समय फिर से पैर में चोट का बहाना कर अपने कमरे में ही खाना लाया, मैडम को खिलाया; लेकिन उसके बाद फिर से और खाना लेने जाने की हिम्मत नहीं हुई, क्योंकि जगत नारायण वहीं थे। थोड़ी देर बाद जगत नारायण टहलने निकलते हैं तो बकुर चुपके से खाना लेने जाता है, गायत्री

देवी देख लेती हैं, बकुर के पास आती हैं और फिर वे अपने हाथों से आराम से खाना खिलाती हैं।

रात हो चुकी थी, सब सो चुके थे। आज बकुर और रितु मैडम की शादी की पहली रात थी, जिसे सुहागरात कहते हैं, यह बात बकुर को गोपाल ने बताई थी। लेकिन बकुर के कमरे से स्टूल हटाकर जगत नारायण ने उसे किचन में रख दिया था, जो कि उसकी वास्तविक जगह है। लेकिन उसकी जरूरत तो अभी बकुर को है, स्टूल के बिना मचान पे चढ़ना या उतरना मुश्किल था। बकुर स्टूल लेने जाता है, वहीं रास्ते में जगत नारायण और गायत्री देवी सोए हुए हैं, क्योंकि घर में सिर्फ एक हॉल था, एक कमरा थोड़ा छोटा, जो बकुर के सोने के बाद और छोटा लगने लगता है। जगत नारायण और गायत्री देवी को पार करके बकुर किचन में स्टूल तक पहुँच जाता है, स्टूल उठाकर लाने लगता है, धीरे-धीरे आगे बढ़ता जाता है, तभी उसका पैर जगत नारायण के पैर पर रखा जाता है, वह फौरन स्टूल वहीं छोड़ देता है।

"क्या कर रहे हो इतनी रात में, सोया क्यों नहीं अभी तक?" जगत नारायण ने आधी खुली आँखों से पूछा।

"बस पानी पीने गया था पापा! सो जाइए, जय महाकाल!" इतना बोलते ही बकुर फौरन अपने कमरे में बिना स्टूल लिये आ जाता है।

जगत नारायण का डर बकुर के अंदर इतना था कि अब वह वापस स्टूल लेने नहीं जा सकता था, इसलिए उसने रितु मैडम को कभी अपने पलंग पर उतारने की कोशिश की तो कभी अपने कंधों पर पैर रखवाकर, तो कभी कूलर पर। जो-जो भी दिमाग में आया, सब कोशिश की, लेकिन मैडम नीचे नहीं आ पाई थीं, सुबह के 4 बज चुके थे, अंततः दोनों ने मान लिया कि बिना स्टूल के मैडम नीचे नहीं उतर पाएँगी। बस बकुर अपने बिस्तर पर लेटता है और मैडम मचान से बकुर को देखती रहीं और बकुर नीचे लेटे-लेटे मैडम को।

□

42

सुबह हो चुकी थी, बकुर और जगत नारायण व्यायाम करके आ चुके थे और जगत नारायण तो नहाकर मंदिर भी जा चुके थे। बकुर बस इंतजार कर रहा था कि गायत्री देवी भी नहा लें तो वह मैडम को बाथरूम में भेज दे, ताकि जल्दी से वे फ्रेश होकर, नहाकर आ जाएँ। थोड़ा काम करने के बाद गायत्री देवी नहा लीं और किचन में खाना बनाने लग गईं। बकुर ने मैडम को ऊपर मचान से नीचे उतारा और गायत्री देवी की नजरों से बचाकर उन्हें बाथरूम भेजा और जल्दी से वापस आ जाने को कहा। खुद गायत्री देवी से बात करने बैठ गया। सब्जी काटते-काटते गायत्री देवी के खुले बाल बार-बार उड़कर उनकी आँखों पर आ रहे थे, उन्होंने हेयर क्लिप नहीं लगाया था। गायत्री देवी को याद आता है कि उनका हेयर क्लिप नहाते समय बाथरूम में ही छूट गया है।

"बकुर, बाथरूम से मेरा हेयर क्लिप ला दे, तो बालों में लगा लूँ।" गायत्री देवी ने आँखों के सामने आते बालों को हटाते हुए बोला।

"अभी 10 मिनट से ला दूँगा मम्मी, अभी उठने का मन नहीं कर रहा।" बकुर ने बात टालने की कोशिश की।

"मैं ही ले आऊँगी, अभी तुम्हारी माँ इतनी बूढ़ी नहीं हुई है।" वह बोलते-बोलते खड़ी हुईं।

"अरे रुको, मैं लाकर देता हूँ।" बकुर उनसे फुरती में खड़ा होकर बाथरूम की ओर चला गया।

वह दरवाजे तक पहुँच तो गया, लेकिन उसे समझ नहीं आ रहा था कि क्या करे, शर्म के मारे मैडम से भी नहीं बोल सकता कि दरवाजा खोलो। और माँ उसे एकटक देख रही थीं।

"माँ, बालों में लगानेवाला तुम्हारा हेयर क्लिप, जो बाथरूम में छूट गया है, वह किस तरफ रखा है।" बकुर ने दरवाजे के पास खड़े होकर जानबूझकर ऐसी भाषा बोलकर मैडम को सब सुनाते हुए कहा।

तभी थोड़ा सा दरवाजा खुलता है, कोने पर पड़ा क्लिप बकुर उठाता है और गायत्री देवी को दे देता है।

इसी तरह रोज सबसे चुपके-चुपके, जैसे-तैसे बचते हुए बकुर और रितु मैडम का समय बीत रहा था। बकुर बस हर दिन यही सोचता कि पिताजी को कब रितु मैडम और उसके बारे में बता पाएगा! रितु मैडम के बार-बार पूछने पर भी बकुर बस थोड़ा समय और माँग लिया करता था, कहता था, बस थोड़ी हिम्मत आ जाए, तब बोल दूँगा। हिम्मत करने की कोशिश करता भी, लेकिन जगत नारायण का चेहरा देखने भर से दिमाग के सारे विचार उड़ जाया करते थे।

एक रात बकुर ने चुपके से स्टूल अपने ही कमरे में रख ली और सब सो चुके थे। बकुर भी अपने कमरे का दरवाजा लगा चुका था। रितु मैडम स्टूल से उतर के नीचे आ चुकी थीं, लेकिन साथ में फिर एक नई परेशानी भी आ चुकी थी कि दोनों एक पलंग पर नहीं सो सकते थे, क्योंकि बकुर के पलंग पर सोने के बाद और किसी के सोने की जगह बचती नहीं है। इसलिए दोनों पलंग पर बैठे रहते हैं।

बकुर अचानक रितु मैडम का हाथ अपने हाथ में ले लेता है, दोनों की साँसें तेज-तेज चलने लगती हैं। एक-दूसरे की आँखों में देखते ही मानो वे कमरे से निकलकर एक-दूसरे की आँखों में समा जाते हैं। दोनों के बीच की दूरी कम होती जा रही थी और शरीर की बेचैनी, बेसब्री उतनी ही तेजी से बढ़ती जा रही थी, जिसे बकुर फौरन रितु मैडम को सीने से लगाकर शांत करता है, वह रितु मैडम को इतना कसकर अपने सीने से लगा के रखता है, जैसे इस पल में वह उन्हें अपने अंदर मिला लेना चाहता हो! उसके अंदर जल रही आग इसके बाद और ज्यादा भड़क चुकी थी, वह लगभग खुद से बेकाबू होने लगा था। वह रितु मैडम को पागलों की तरह चूमने लगा था और फिर बकुर के होंठों को पुराना स्वाद याद आया और होंठों ने बिना देरी करे होंठों से दोस्ती की और चंद पलों में ये दोस्ती इतनी गहरी हो चुकी थी कि अब दोनों कुछ सेकंड भी एक-दूसरे से अलग नहीं हो पा रहे थे। कहते हैं, एक चुंबन की क्रिया में चेहरे की 34 और पूरे शरीर की 112 मांसपेशियाँ भाग लेती हैं, लेकिन बकुर के शरीर की तो सारी मांसपेशियाँ इस वक्त भाग ले चुकी थीं। वह जब और ज्यादा बेकाबू होकर पलंग पर लेटने लगते हैं तो अचानक दोनों नीचे गिर

जाते हैं, पलंग का एक पैर टूट जाता है और इस बात पर ज्यादा ध्यान न देते हुए बकुर और रितु मैडम फिर से एक-दूसरे में समा जाते हैं।

हर दिन इसी तरह से लुका-छुपी में बीत रहा था। कभी भी परेशानी और मुसीबत आती तो उनका हल भी निकल जाता था। सबकुछ इसी तरह ठीक चल रहा था, लेकिन श्रावण के आखिरी सोमवार को ऐसी मुसीबत आई, जिसका कुछ हल बकुर को भी नहीं सूझा और फिर आखिरकार बकुर ने जगत नारायण के सामने इस सच के साथ आने का फैसला लिया। हुआ यों कि गायत्री देवी श्रावण का सोमवार था तो महाकाल मंदिर गई थीं, घर में सिर्फ बकुर और रितु मैडम ही बचे थे, जो आराम से पूरे घर में घूम रहे थे, रितु मैडम ने बकुर को अपने हाथों के बनाए गरम-गरम आलू के पराँठे भी खिलाए। फिर बकुर के कहने पर मैडम जल्दी से नहाने के लिए बाथरूम में जाती हैं और कुछ पल बाद ही बकुर को जगत नारायण और गायत्री देवी के आने की आवाज सुनाई पड़ती है। वो फौरन बाथरूम का दरवाजा बजाता है। मैडम के बाथरूम का दरवाजा खोलते ही, जगत नारायण और गायत्री देवी भी घर के अंदर आ जाते हैं और बकुर तुरंत बाथरूम में घुस जाता है। बकुर जानता है जगत नारायण घर में आते ही सबसे पहले बाथरूम में जाकर हाथ-पैर धोते हैं।

"बकुर, कितना समय लगेगा तुम्हें, मुझे पहले हाथ-पैर धो लेने दो।" जगत नारायण बाथरूम के दरवाजे पर आकर बोले।

"मैं बस 10 मिनट में नहाकर निकल जाऊँगा पापा।" बकुर के गले से घबराहट के मारे ठीक से आवाज भी नहीं निकल पा रही थी।

"आ जा जल्दी, आलू के पराँठे बनाए हैं आज मैंने तेरे लिए।" गायत्री देवी ने कहा।

बकुर तो कहना चाहता था कि रितु मैडम के पराँठों के बाद अब और जगह नहीं बची पेट में, लेकिन अभी दिमाग कहीं और लगा था। जगत नारायण पेपर पढ़ते-पढ़ते इंतजार कर रहे थे। बकुर और रितु मैडम दोनों अभी तो नहाए भी नहीं थे, लेकिन घबराहट के मारे पसीने से दोनों नहा चुके थे। बहुत देर तक दोनों सोचते रहे कि क्या करें, कैसे बचें ? लेकिन कुछ भी समझ नहीं आ रहा था।

"अरे, कितना समय लगेगा बकुर, इतना समय लगता है क्या नहाने में ?" इंतजार कर रहे जगत नारायण अबकी बार गुस्से में बोले।

"मैडम, अब कुछ नहीं हो सकता, हमें अब पापा के सामने ही निकलना

होगा।" बकुर उदासी भरे चेहरे से बोलता है।

जगत नारायण बकुर के इतनी देर तक बाथरूम से न निकालने पर गुस्सा हो चुके थे, गायत्री देवी सब्जी बनाने में लगी हुई थीं। तभी बकुर और रितु मैडम दोनों बाथरूम से बाहर निकलते हैं। वे बकुर के पीछे आती हैं, दोनों देखते हैं कि जगत नारायण कुरसी पर बैठे गुस्से में पेपर पढ़ रहे हैं। बकुर डरते-डरते उनके सामने सिर झुका के खड़ा हो जाता है। पिताजी अपना सिर उठाते हैं और एकदम आश्चर्य भरी नजरों से बकुर को और ज्यादा गुस्से में देखते लगे थे। गायत्री देवी के चेहरे पर भी आश्चर्य साफ नजर आ रहा था।

□

43

"ये क्या है बकुर?" जगत नारायण ने गुस्से में पेपर फेंकते हुए पूछा।

"पापा, वो मैं आपको बताने वाला था!" बकुर के मुँह से डरे-सहमे शब्द, कुछ कटे शब्द, कुछ अधूरे शब्द निकल रहे थे।

"मूर्ख हो गए हो तुम।" जगत नारायण ने अबकी बार आवाज और ऊँची की।

"मुझे माफ कर दो पापा।" बकुर लगभग रोते हुए बोला।

"अरे, पर तुझे क्या हो गया है, इतनी देर बाद भी बाथरूम के अंदर से वही कपड़े पहने बाहर निकला है, नहाया क्यों नहीं?" गायत्री देवी ने बकुर की बात को काटते हुए कहा।

"और मुझे यहाँ आधे घंटे से बिठाकर बेवकूफ बना रहे हैं, कोई मान-सम्मान नहीं रह गया है क्या मन में पिता का?" जगत नारायण ने कहा।

बकुर को उनकी बातें समझ नहीं आ रही थीं, फिर जब वह अपने कपड़े देखता है तो समझ आता है कि उसने कपड़े वही पहने हुए हैं अभी तक, लेकिन बकुर इस डाँट के डर से ज्यादा इस बात से अचंभित था कि इन्होंने अभी तक रितु मैडम के बारे में कुछ क्यों नहीं बोला? बकुर पलटकर देखता है तो उसके पीछे रितु मैडम थी ही नहीं, यह देखकर बकुर और ज्यादा अचंभित हो जाता है।

"हम कुछ पूछ रहे हैं?" जगत नारायण ने फिर बकुर से कहा।

"मैं नहा तो लिया हूँ, शैंपू नहीं मिला तो सिर्फ सिर नहीं धोया।" बकुर ने जो मन में आया, बोलते हुए कहा।

जगत नारायण ने बकुर के जवाब सुनना व्यर्थ समझा और बाथरूम में जाने लगे, उन्हें बाथरूम की ओर जाता देख बकुर ने अपनी आँखें जोर से बंद कीं और दोनों मुट्ठी भी, क्योंकि उसे पता था कि मैडम उसके पीछे नहीं आईं, मतलब वे बाथरूम

में ही रुकी हुई हैं। जगत नारायण बाथरूम के अंदर गए, हाथ-पैर धोकर भी आ गए, लेकिन कोई हरकत नहीं हुई। बकुर के दिमाग में जैसे भूचाल आ गया, वह समझ नहीं पा रहा था कि आखिर मैडम बाथरूम में भी नहीं हैं तो गई कहाँ ? वह फौरन अपने कमरे में जाकर, मचान का परदा हटाकर ऊपर देखता है तो रितु मैडम वहीं पर गीले बालों में बैठी मिलती हैं, वह सोचता रह गया कि मैडम यहाँ कब आ गईं ?

फिर मैडम बताती हैं कि वह बकुर के पीछे-पीछे ही आ रही थी, लेकिन जब उसने देखा कि गायत्री देवी का खाना पकाने में और जगत नारायण का पेपर पढ़ने में ध्यान है तो वह दौड़कर कमरे में आ गई। तेज-तेज दौड़ती-भागती साँसों के बीच बकुर ने पलंग पर बैठकर सुकून भरी साँस ली।

तब एक बार और बकुर बच जाता है और अब तो आदत सी हो गई थी दोनों को ऐसे दिन बिताने की और दूसरी तरफ जगत नारायण भी अपने कर्तव्य और अपने वचन को नहीं भूले थे। वे बकुर को रोज सुबह दौड़ने ले जाना, व्यायाम कराना बिल्कुल नहीं भूलते और हर दिन ज्यादा-से-ज्यादा मेहनत कराते। उनके दिमाग में हर पल बस एक ही बात होती थी, रवि मंगल के बेटे की शादी से पहले बकुर की शादी करानी है ! जैसे-जैसे दिन बीतते जा रहे थे, जगत नारायण की भी बेचैनी बढ़ती जा रही थी, क्योंकि अभी तक बकुर की किसी लड़की से बात नहीं बनी थी।

इसलिए उन्होंने आगे का कदम उठाते हुए और इंटरनेट पर शादी वाली और भी साइटों पर बकुर का बायोडाटा डलवाया, रिश्ते जुड़वानेवाले और ज्यादा-से-ज्यादा पंडित लोगों के संपर्क में आने लगे। यहाँ तक कि अखबार में अविवाहित युवक-युवती वाले पेज में इश्तिहार तक देने लगे थे। अपने दिमाग में वह पूरी तरह से ठान चुके थे कि समय के पहले बकुर के लिए लड़की निश्चित करना है, लेकिन इस बात से बकुर परेशान था, हर दिन सुबह यही सोचता था कि आज पिताजी से अपने मन की बात बोल देगा, सब सच बता देगा, लेकिन कभी उनके चेहरे के भाव ने बकुर को इजाजत ही नहीं दी।

इस बीच पिताजी की मेहनत थोड़ी रंग लाने लगी, कुछ लड़कियों के रिश्ते आने भी लगे, लेकिन आखिरी चरण तक पहुँचते-पहुँचते सब मना कर ही देते थे और इस बार इस बात से बकुर खुश होता था। वह बस इसी विचार में रहता था कि एक दिन जगत नारायण को अपना सच बताएगा और वह रितु मैडम को स्वीकार कर लेंगे। लेकिन उसके साथ उसके मन में इस बात का भी बड़ा डर था कि जगत नारायण ने रवि मंगल के सामने जो शपथ ली है, उसका क्या होगा ? क्योंकि पूरे शहर में यह बात भी प्रसिद्ध है कि जगत नारायण के मुँह से निकला एक-एक शब्द उतना ही सच्चा होता है, जितना हर दिन सूर्य का निकलना सच होता है। अपने मुँह से निकले शब्दों

का वे पूरी तरह पालन करते हैं।

इस बीच कई बार बकुर ने रितु मैडम से भी कहा कि वह अपने पिताजी से कम-से-कम फोन करके बात कर लें तो उन्होंने यही कहा—

"मेरे पिताजी को भी अगर यह बात पता लगी कि उनका जिस आदमी ने इतना अपमान किया, मैंने उसी घर में शादी की है तो वे तो मुझे वैसे भी नहीं अपनाएँगे, लेकिन हाँ, जिस दिन तुम अपने पिताजी को बता दोगे, उस दिन मैं भी बता दूँगी।" यह कह के रितु मैडम ने बकुर को चूम लिया।

यह सब चलते-चलते दीवाली आ चुकी थी और अभी तक सबकुछ पहले की तरह ही चल रहा था। पप्पू कड़वा सेठ ने दीवाली के 4 दिन पहले आए रविवार पर भी सबको बैंड पर बुला लिया, क्योंकि पूरे बैंड की, सारे इंस्ट्रूमेंट्स की अच्छे से सफाई करनी थी।

"एक नंबर का चालू आदमी है हमारा सेठ, सुबह से सफाई करा रहा है, पर एक चाय तक नहीं पूछी। पूरी दुकान साफ करा ली, अब पुताई भी हमसे ही कराएगा।" गोपाल ने गुस्से में सफाई करते-करते कहा।

"मैं तो इसलिए थोड़ा-थोड़ा ही साफ कर रहा हूँ, सिर्फ अपना बाजा अच्छे से साफ कर लिया मैंने।" बकुर भी बाजा साफ करते हुए बोला।

"चार दिन बाद दीवाली है, आज रविवार के दिन तो घर की सफाई करने का समय था, उसमें भी यहाँ बुला लिया।" गोपाल फिर थोड़ा और गुस्सा होते हुए बोला।

गोपाल की बात सुनते ही बकुर फिर झटके में आ जाता है, क्योंकि उसे याद आता है कि आज तो घर पे भी दीवाली की सफाई होनेवाली है। माँ ने पिछले हफ्ते कहा था और अगर मचान की सफाई भी करने लगे होंगे तो, बकुर अपने बाजे को रखकर, बिना कुछ बोले अपनी साइकिल उठाता है और तेजी से पैडल मारते हुए घर पहुँचता है।

वे जैसे ही अपने कमरे के दरवाजे पर पहुँचता है तो देखता है कि माँ स्टूल पर खड़ी हैं और आश्चर्य से मचान पर देख रही हैं, जगत नारायण हॉल में सिर पर हाथ रखकर परेशान बैठे हैं। देखकर लग रहा है जैसे गायत्री देवी ने उन्हें भी सारा दृश्य दिखा दिया है।

"बकुर, इस चुड़ैल को इस घर में तू लेकर आया?" गायत्री देवी ने स्टूल पर खड़े-खड़े ही बकुर से सवाल किया।

बकुर बिना गरदन ऊपर उठाए सिर्फ 'हाँ' में सिर हिलाता है।

□

44

"मचान पर बिस्तर भी तूने इसके लिए लगाया, ताकि हमसे छुपाकर इसे यहाँ सुला सके?" माँ ने थोड़ा और गुस्सा होकर पूछा।

बकुर काँप रहा था, फिर से बिना गरदन उठाए ही 'हाँ' में सिर हिलाता है।

"आप ही कुछ बोलिए, मैं तो अब इससे बात भी नहीं करनेवाली। पता नहीं कब से हमारी पीठ पीछे यह सब चल रहा है।" गायत्री देवी ने स्टूल से उतरकर बाहर हॉल में आकर कहा।

"कब से है वह हमारे घर में?" जगत नारायण ने बकुर से पूछा।

"पापा वो···वो···" बकुर के शब्द अटक से गए थे। होंठ, हाथ, पैर सब सर्दी के मौसम से भी ज्यादा काँप रहे थे।

"तुम उसे घर में लेकर कैसे आए?" जगत नारायण ने गुस्से में पूछा।

"पापा, माफ कर दो, वह मैं आपको सब सच बतानेवाला था पापा।" बकुर बोलते-बोलते नीचे जमीन पर घुटनों के बल बैठता है।

तभी अचानक बकुर के कमरे से बिल्ली निकलकर भागती है और सब उसे देखते हैं।

"यह तुमको हमारी आखिरी बार समझाइश है, ये बिल्ली अब फिर से घर में नहीं दिखना चाहिए, समझे? और वह मचान पर से सब बिस्तर वगैरह नीचे उतारो, एक बिल्ली के लिए बिस्तर लगा दिया तुमने, दिमाग अब पूरा खराब हो गया है क्या तुम्हारा?" जगत नारायण बोलते-बोलते बाथरूम में चले जाते हैं।

बकुर सुनकर बहुत ताज्जुब करता है।

"मम्मी, आप बिल्ली की ही बात कर रही थीं।" बकुर ने दबी आवाज में माँ से पूछकर निश्चित करने की कोशिश की।

"हाँ, और किसकी बात करूँगी? कितनी बार समझानी पड़ती है तुझे एक ही बात, वह तो सफाई करने में हमने देख लिया, वरना पता नहीं कितनी बिल्लियाँ पाली होंगी घर में तूने! इतनी ही अच्छी लगती है तो बिल्लियों से ही शादी कर ले न।" बोलते-बोलते गायत्री देवी किचन में चली जाती हैं।

बकुर फौरन अपने कमरे में जाकर देखता है कि रितु मैडम कहाँ हैं! वह पूरे घर में इधर-उधर हर जगह देखता है, रितु मैडम कहीं नहीं दिखतीं।

"बकुर, तेरे पापा ने घर की सारी दीवारों की पुताई कर दी है, सिर्फ तेरे कमरे की बची है, तू जल्दी-जल्दी पुताई कर ले अपने कमरे की।" गायत्री देवी ने पुताई की बाल्टी लाकर रखते हुए कहा।

अभी तो बकुर को ठीक से इस बात का चैन भी नहीं मिला था कि मम्मी-पापा ने रितु मैडम को नहीं, बल्कि सिर्फ बिल्ली को देखा कि दूसरी बात का चैन सताने लगा कि आखिर रितु मैडम गईं कहाँ? बेचारा क्या करता, मन नहीं लग रहा था, लेकिन फिर भी दीवारों की पुताई करता रहा, रात होते-होते पूरे कमरे की पुताई भी हो चुकी थी और सारा सामान भी जम चुका था।

"बेटा, बाल्टी और जितना भी पुराना भंगार का सामान निकला है, सब पीछे बरामदे में रख आ।" गायत्री देवी ने किचन के बरतन जमाते हुए बकुर से कहा।

बरामदा वही, जहाँ जमुना और कालू को बाँध के रखा जाता था, दादी जहाँ बकुर और कालू को साथ खिलाती थीं, लेकिन दादी और जमुना के शांत होने के बाद जगत नारायण ने बरामदे में सारा भंगार का सामान भर के वहाँ ताला लगा दिया, जिसे सिर्फ दीवाली पर ही खोलने का काम पड़ता था। बकुर अंदर पेंट की बाल्टी और कबाड़ का सामान रखने जाता है, वहाँ अँधेरा सा रहता है। बकुर को जाने में थोड़ा डर लगता है। वह सामान रख रहा होता है, तभी उसके कंधे पर अचानक एक हाथ आता है, वह घबराकर पलटते ही पेंट की बाल्टी उसको मार देता है, मारने के बाद देखता है कि वह तो रितु मैडम हैं। बाल्टी की चोट उनके सिर पर भी लगी और उन पर पूरा पेंट भी ढुलक जाता है। ऐसा लग रहा है जैसे वह आज पेंट में नहाई हों। बकुर फौरन उनसे माफी माँगता है, उनका सिर दबाता है, जहाँ बाल्टी के लगने से चोट आई और फिर मम्मी-पापा के सोने के बाद लेने आने का बोलता है। जगत नारायण और गायत्री देवी जब नींद में पहुँच गए थे तो बकुर धीरे-धीरे चुपके से मैडम को फिर से अपने कमरे में ले आता है। और रितु मैडम सब बताती हैं कि वे कैसे मचान से उतरकर बरामदे तक गईं, कैसे दोपहर से वहीं

छुपी हुई हैं और साथ ही रितु मैडम एक बार फिर से वही सवाल भी करती हैं कि ऐसा कब तक और चलेगा? कब बकुर अपने पिता को सबकुछ बता पाएगा? ये सवाल हमेशा बकुर के अंदर हलचल और चेहरे पर चुप्पी ले आता था।

□

दीवाली, क्रिसमस, नया साल जा चुके थे। लगभग 3 से 4 महीने और बीत चुके थे। हर कोई अपने आपको अब हारा हुआ महसूस कर रहा था, बकुर खुद से हार चुका था, मैडम बकुर से हार चुकी थीं अब तक सच न बता पाने की वजह से, और जगत नारायण सबसे हार चुके थे, क्योंकि बकुर के लिए अभी तक कोई लड़की नहीं मिली। सिर्फ 2 महीने और बचे थे अब रवि मंगल के बेटे की शादी में। अब आलम यह हो गया था कि रवि मंगल के दिखते ही जगत नारायण को अपना सिर तक झुकाकर निकलना पड़ता था।

बकुर बैंड पे जाता है तो देखता है कि गोपाल आज लगातार 5वें दिन भी बैंड पर नहीं आया है, वह शाम को बैंड से थोड़ा जल्दी निकलकर गोपाल के घर जाता है, तो देखता है गोपाल बिस्तर पर बहुत बुरी हालत में पड़ा है। उसका शरीर ठंड की वजह से बुरी तरह काँप रहा है, पूरा शरीर आग की लपटों की तरह गरम हो रहा है, वह ठीक से बोल भी नहीं पा रहा है, बकुर के किसी सवाल का जवाब तक नहीं दे पा रहा था। बकुर फौरन उसे हॉस्पिटल लेकर जाता है, जहाँ डॉक्टर भी उसकी गंभीर स्थिति बताते हैं और फौरन एडमिट करने का बोलते हैं। इलाज शुरू करने और एडमिट कर आई.सी.यू में ले जाने के पहले कुछ 4–5 जाँच और दवाइयाँ वगैरह के 15000 रु. एडवांस माँगते हैं, बकुर सोच में पड़ जाता है कि इतने पैसे कहाँ से आएँगे!

□

45

बकुर फौरन पप्पू कड़वा के पास जाकर उन्हें सारा किस्सा बताता है और फिर वह पप्पू कड़वा से 15000 रु. माँगता है।

"15000 रु. गोपाल पर खर्च करने से अच्छा मैं नया गानेवाला न ढूँढ़ लूँ! पैसे आसमान से नहीं गिरते हैं!" पप्पू कड़वा बकुर को नजरअंदाज करते हुए बोला।

बकुर यह सुनते ही सेठ को गुस्से में देखते हुए वहाँ से निकलता है और बाहर निकलते ही वह एक खंभे पर बड़ा सा पोस्टर लगा देखता है, जिस पर लिखा है उषाराजे मैदान में आज से 3 दिन कुश्ती का आयोजन, इनामी राशि 20000 रु. है। बकुर वहाँ से निकल जाता है और जान-पहचान वाले दूसरे कुछ लोगों के पास जाकर भी मदद माँगता है और खुद के पास के सारे पैसे इकट्ठे करता है, तो भी 4000 रुपए ही होते हैं। वह सिर पकड़कर बैठ जाता है और मान लेता है कि अब उसके हाथ में कुछ नहीं है, वह कुछ नहीं कर सकता गोपाल के लिए। निराशा इतनी हावी हो जाती है कि आँखें पूरी तरह भर आती हैं और आँसू गिरने लगते हैं। बकुर के दिमाग में कुश्ती का वह पोस्टर भी बार-बार दस्तक दे रहा था, जिसमें इनामी राशि 20000 लिखा था। लेकिन बकुर यह सोचने भर से डर जाता है कि वह अगर गलती से कुश्ती मैदान में गया भी तो लोग उस पर हँसेंगे, उसके बेडौल शरीर का बेबाकी से मजाक बनाएँगे, जो 4 लोग के बीच पूरे कपड़े पहना हो तो जाने से डरता है, वह नंगे बदन 400 लोगों के बीच कैसे जा सकता है?

थोड़ी देर तक अपने अंतर्द्वंद्व और अंतर-विचारों से लड़ने के बाद बकुर अपनी साइकिल उठाता है और सीधा कुश्ती के मैदान में पहुँचता है और अपना नाम कुश्ती लड़नेवालों में लिखवा देता है। कुछ देर बाद बकुर को कुश्ती के लिए तैयार रहने को कहा जाता है। बकुर अपने शरीर की सारी हिम्मत जुटा के अपने कपड़े

उतारने लगता है। लोगों के देखने भर से डरता भी है, कभी फिर से शर्ट पहन लेता है, कभी खुद ही अपने आपको देखकर असुखद महसूस करता है, लेकिन तभी बकुर के नाम की घोषणा होती है और उसके साथ में लड़नेवाले के नाम की भी घोषणा होती है, जिसे सुनकर बकुर का मुँह खुला-का-खुला रह जाता है, हाथ, पैर, गरदन सब एक ही जगह पर अटक जाते हैं, क्योंकि जो बकुर से कुश्ती लड़नेवाला था, उनका नाम है—पप्पू कड़वा।

बकुर और पप्पू कड़वा मैदान में आ चुके थे, बकुर मैदान में बैठे सैकड़ों लोगों की आवाजें, उनका सामना करने में बहुत असहज महसूस कर रहा था। बकुर का लटकता पेट, लटकती छाती, हवा में हिलनेवाले कपड़ों की तरह उसके शरीर की झूलती चमड़ियाँ, मांस के लोथड़ों से भरे मुक्केबाजी बैग समान मोटे-मोटे पैर, मैदान में बैठे लोग बकुर को इसी नजर से देखते हुए अलग-अलग भद्दे नामों से पुकारकर उसका मजाक बना रहे थे।

रेफरी सीटी बजाकर कुश्ती शुरू करवा देता है और पप्पू कड़वा बकुर के साथ बच्चों की तरह लड़ता है, उसे टाँग अड़ा-अड़ाकर चुटकियों में बार-बार नीचे गिराता है, बकुर पप्पू कड़वा को ठीक से पकड़ भी नहीं पा रहा था। उसका चेहरा देखकर साफ पता लगाया जा सकता था कि लोगों के शब्दों से वह अंतर्मन तक चोटिल हो चुका है, जीतने के भाव से कई गुना ज्यादा उसके मन में शर्म का भाव था। माइक पर कॉमेंट्री चल रही है, जिसमें बार-बार कहा जा रहा है कि जीतनेवाले को 20000 का इनाम। और थोड़ी ही देर में पप्पू कड़वा बकुर को फाइनल पटकनी देकर कुश्ती जीत लेता है, लेकिन वह बकुर के चेहरे के असहज भाव को देखता रह जाता है।

बकुर फिर से कपड़े पहनकर जल्दी से उस जगह से निकलता है और अपना लटका हुआ चेहरा लेकर हॉस्पिटल पहुँचता है, डॉक्टर को 4000 रु. देकर ही गोपाल का इलाज शुरू करने की विनती करता है, लेकिन डॉक्टर नहीं मानते, वे फौरन गोपाल को हॉस्पिटल से बाहर निकालकर दूसरे हॉस्पिटल में लेकर जाने को कहते हैं। गोपाल की हालत इस हद तक गंभीर है कि देखकर लगता है, जैसे मानो बस कुछ ही पल का मेहमान हो। बकुर अपने कुछ न कर पाने पर और गोपाल की हालत देखकर, स्ट्रेचर पर सिर रखकर रोने लगता है। तभी बकुर के हाथ में एक आदमी 10000 रु. रखता है, बकुर पैसे देखकर अचंभे में पड़ता है, वह पलटकर देखता है तो पैसे देनेवाला कोई और नहीं, सेठ पप्पू कड़वा है।

"नहीं-नहीं, यह गोपाल पर तरस खाकर या मेरा मन पिघल गया, इसलिए नहीं दे रहा हूँ, बल्कि यह पैसा तुम्हारी हिम्मत का है बकुर, जो कुश्ती के मैदान में तुमने इतनी असहजता, इतने डर के बाद भी आने की हिम्मत दिखाई। इतनी शर्म करनेवाला इनसान नंगा बदन, इतने सारे लोगों के सामने आ गया। मुझे बाद में अहसास हुआ, तुम मुझसे लड़ने में जरूर हारे, लेकिन इतने सारे लोग जो तुम्हारी भली-बुरी आलोचना कर रहे थे, उन सारे लोगों से लड़ाई में तुम जीत गए और यह उसी की इनाम राशि है।" पप्पू कड़वा बकुर को कंधे पर शाबाशी देते हुए कहते हैं।

बकुर दौड़ते हुए गोपाल का स्ट्रेचर अंदर हॉस्पिटल में लेकर जाता है, पैसे जमा करवाता है और फौरन गोपाल को अंदर एडमिट कर इलाज शुरू किया जाता है।

3-4 दिन बीतते हैं, गोपाल की हालत में सुधार आता है। सेठ पप्पू कड़वा गोपाल को सबकुछ बताते हैं कि कैसे बकुर के कारण उसकी जान बची है, बकुर ने उसके लिए कितनी बड़ी हिम्मत की। सारी बातें सुनते-सुनते गोपाल की आँखों में आँसू आ जाते हैं, वह सेठ पप्पू कड़वा के कान में कुछ बोलता है और सेठजी फौरन फोन लगाते हैं और अपने बैंड के सारे उपकरणों और बैंडवालों को हॉस्पिटल में बुला लेते हैं, सब अपना-अपना बाजा लेकर गोपाल के बेड के आसपास बजाना शुरू करनेवाली स्थिति में बैठे हैं और गोपाल के हाथ में माइक है, शायद वह अपने दोस्त का शुक्रिया इस अंदाज में करना चाहता है। बकुर जो नीचे दवाई लेने गया है, सब उसके आने का इंतजार कर रहे हैं।

□

46

जैसे ही बकुर अंदर प्रवेश करता है, सेठ पप्पू कड़वा के इशारे पर सब बजाना शुरू करते हैं, पूरा हॉस्पिटल गूँज उठता है और बकुर के गोपाल के पास आते ही वह बकुर का मनपसंद गाना गाने लगता है—

"तेरे जैसा यार कहाँ, कहाँ ऐसा याराना, याद करेगी दुनिया तेरा-मेरा अफसाना। मेरे दिल की ये दुआ है, कभी दूर तू न जाए, तेरे बिना हो जीना, वो दिन कभी न आए, तेरे संग जीना यहाँ, मेरे संग मर जाना, याद करेगी दुनिया, तेरा-मेरा अफसाना।"

दोनों एक-दूसरे को कसकर गले लगाते हैं, तभी डॉक्टर आकर बैंड को बंद करवाता है, सब बैंडवालों को बाहर निकालते हैं और सेठ पप्पू कड़वा को इस हरकत के लिए कठोर डाँट लगाते हैं।

तभी बकुर के पास फोन आता है, जगत नारायण का, जो कि बहुत गंभीरता से बकुर को तुरंत महाकाल मंदिर में पहुँचने को बोलते हैं। बकुर सोच नहीं पाता कि अब क्या नई मुसीबत आ गई और मंदिर में क्यों बुलाया है? बकुर साइकिल उठा के मंदिर पहुँचता है, अंदर गर्भगृह के सामने देखता है गायत्री देवी, मामा, मामी सब वहीं हैं और बड़े गंभीर चेहरे के साथ खड़े हैं, बकुर सिर झुकाते हुए उनके नजदीक तक पहुँचता है।

"जी पापा, क्या हुआ?" सबके पैर छुने के बाद बकुर जगत नारायण से पूछता है।

"बकुर, बहुत कुछ सोचने के बाद, आज हम सबने तुम्हारे लिए एक अंतिम फैसला ले लिया है।" मामाजी ने गंभीरता बरकरार रखते हुए कहा।

"जी क्या?" बकुर ने हिचकिचाते हुए पूछा।

"अरे, हमने तुम्हारी शादी फिक्स कर दी है, ये देखो लड़की (फोटो दिखाकर), उन्हें घर, परिवार, लड़का सब पसंद है।" मामाजी ने एकदम अति उत्साह के साथ कहा और साथ में खड़े बाकी लोगों ने भी तुरंत चेहरे के भाव बदलकर हँसना शुरू किया।

"जाओ बेटा, महाकाल के अच्छे से दर्शन करो। उनसे अपने आनेवाले नए जीवन के लिए भी आशीर्वाद ले लो, इसलिए तुम्हें मंदिर बुलाया।" जगत नारायण बहुत खुश होकर सिर पर हाथ घुमाते हुए बोले।

बकुर की जीवन की परेशानियाँ मानो जैसे आसमान के तारों जैसी अनगिनत हों, जो कभी खत्म ही नहीं होतीं। इस बात पर बकुर ठीक से यह भी नहीं समझ पा रहा था कि वह क्या प्रतिक्रिया दे, शादी तो वह रितु मैडम से 8 महीने पहले ही कर चुका है, अब क्या होगा ? यही सब दिमाग में घूमने के साथ-साथ बकुर ने महाकाल के दर्शन किए।

"महाकाल की कृपा से आज तीज का मुहूर्त निकला है तुम्हारी शादी का भी, ठीक 2 महीने बाद।" पिताजी ने महाकाल को हाथ जोड़ते हुए कहा।

"उसी दिन जिस दिन पड़ोसी रवि मंगल के बेटे की भी शादी है, इसलिए तुम्हारे फेरे 2 घंटे पहले होंगे, जीजाजी ने वचन दिया था न कि उसके बेटे की शादी के पहले हमारे बकुर की शादी होगी, तो अब बकुर की शादी पहले ही होगी।" मामाजी ने यह बोलते हुए जोर से हँसते-हँसते मुँह में गुटखा दबाया।

"अब घर भी चलें कि सारी बातें यहीं कर लेंगे, सिर्फ 2 महीने हैं शादी में, बहुत सारी तैयारियाँ करनी हैं।" गायत्री देवी मामाजी की बात पर बोलीं।

"आप लोग जाइए, मैं कुछ कूरियर बाँटकर आता हूँ।" बकुर हाथ में रखा प्रसाद खाते हुए बोला।

सब लोग निकल जाते हैं, बकुर भी हॉस्पिटल पहुँचकर गोपाल को बताने लगता है सब, लेकिन अचानक रुक जाता है कि वह अभी पूरी तरह ठीक हो जाए, तब बताएगा, वरना वह इस बात का टेंशन न ले ले! बकुर कुछ देर समय बिताने के बाद जब घर पहुँचता है तो आज घर में एक अलग ही ऊर्जा महसूस होती है उसे। सबकुछ खिला-खिला है घर में, सब लोग इतने खुश हैं कि न कोई किसी को डाँट रहा था, न किसी की गलती पर कोई उँगली उठ रही थी। मामाजी अपनी पंडित विद्या के श्लोक आज जगत नारायण को सिखा रहे थे और मजे की बात यह थी कि जगत नारायण पहली बार जिंदगी में खुशी-खुशी वह सीख भी रहे थे और

शादी से संबंधित अपनी-अपनी मनोकामनाएँ सभी रख रहे थे और कैसे सबकुछ करना है, उसपर भी सब अपने-अपने अनुभव के हिसाब से तय कर रहे थे। बकुर चाह के भी आज अपने कमरे में नहीं जा पा रहा था, क्योंकि मन में उसके यही चल रहा है कि ये सारी बातें रितु मैडम भी अंदर कमरे में सुन रही हैं और आज बकुर को मन-ही-मन यह एहसास हो जाता है कि रितु मैडम के गुस्से को आज फटने से नियंत्रित नहीं किया जा सकता।

थोड़ी देर बाद सारी बातें होने पर मामाजी-मामीजी के चले जाने के बाद जब बकुर भी अपने कमरे में जाता है, मचान पर परदा हटा के देखता है तो उसकी तेज-तेज चल रही साँसों को आराम सा महसूस होता है, क्योंकि रितु मैडम सो चुकी थीं। बकुर भी सोने की कोशिश करता है, लेकिन दिमाग में अब यह सवाल बहुत तेजी से घूमने लगा था कि जगत नारायण को सच कैसे बताऊँ? क्या करूँ? कैसे बोलूँ? मैं दूसरी शादी नहीं कर सकता? उस रात को बकुर सोचते हुए सुनिश्चित कर देता है कि अब पापा को यह बात किसी भी तरीके से बतानी ही पड़ेगी।

□

47

बकुर ने कई दिनों तक जगत नारायण को बताने के लिए हर तरह की संभव कोशिश की। व्यायाम पर साथ जाते समय, घर पर साथ खाने के समय, तो कभी अचानक महाकाल मंदिर में जाकर, तो कभी फोन लगाकर, कभी चिट्ठी लिखकर बताने की तो कभी गोपाल की मदद से बताने की कोशिश करना। और भी बहुत से प्रयासों में वह बात जगत नारायण तक पहुँचाने की कोशिश की, पर अंत में बकुर हर दफा विफल हो जाता। उसकी जैसे-तैसे पैदा हुई हिम्मत जगत नारायण के पास उस बात के पहुँचने की शुरुआत में ही मर जाती थी।

और दिन के आधे से ज्यादा समय में तो जगत नारायण और गायत्री देवी शादी की तैयारियों में ही लगे रहते, इस कारण भी बकुर को उनके साथ खाली समय ज्यादा मिल नहीं पा रहा था। लेकिन दूसरी तरफ रितु मैडम की नाराजगी इतनी ज्यादा बढ़ चुकी थी कि पूरे एक महीने तक उन्होंने बकुर से बात नहीं की थीं। बकुर के लाख समझाने के बाद मैडम का गुस्सा अपनी जगह पर स्थायी था, लेकिन अपने अंदर ही उसे दबाकर भी रखा था। मैडम का वह गुस्सा उस दिन फूट पड़ा, जब बकुर की शादी में अब सिर्फ 15 दिन बचे थे और घर में रवि मंगल अपने बेटे की शादी की पत्रिका देने आया था। उसकी छाती आज आम दिनों से ज्यादा फूली हुई थी, लेकिन जगत नारायण ने भी उसका बहुत खुशी और सम्मान के साथ स्वागत किया और रवि मंगल से चौगुनी छाती आज जगत नारायण की फूली हुई थी, उन्होंने भी फौरन अपने बेटे बकुर नारायण की शादी की पत्रिका रवि मंगल के हाथ में दी, जिसे देखते ही रवि मंगल हैरान हो जाता है और बिना कुछ बोले वहाँ से निकल जाता है। गायत्री देवी और जगत नारायण भी बची हुई शादी की पत्रिकाएँ दूसरे मेहमान और रिश्तेदारों के यहाँ बाँटने के लिए घर से निकल जाते हैं, इतने में

रितु मैडम कमरे से बाहर आकर गुस्से में घर के सारे बरतन फेंकना शुरू करती हैं और बकुर पर जोरों से चिल्लाने लगती हैं। उस पर उन्हें धोखा देने का आरोप लगाती हैं—

"तुम पर जितना भरोसा कर सकती थी, कर लिया, जितना समय चाहिए था, दे दिया, अब नहीं। अपने होते हुए तुम्हारी दूसरी शादी होती नहीं देख सकती, अगर मुझे चाहते हो तो अपने पापा को सब बताकर मुझे मेरे पापा के घर से ले जाना, वरना तुम इधर घोड़ी पर चढ़ोगे और मैं घर में फंदा लगाकर फाँसी पर। बस इतना ध्यान रखना, इधर तुम्हारा सेहरा सजेगा और उधर मेरी अरथी।" इतना बोलते ही रितु मैडम तेज कदमों में घर से बाहर निकलकर चली जाती हैं और बकुर चाहकर भी उन्हें नहीं रोक पाता है।

एक बार फिर से अकेला, मायूस, तनहा, बेबस सा हो गया था और अपने कमरे में लेटे-लेटे बहुत कुछ सोचने लगा। वह गोपाल के पास जाता है, गोपाल को सबकुछ बताता है। गोपाल शांति से काम लेने का कहकर कुछ-न-कुछ रास्ता निकालने की उम्मीद देता है और कुछ समय तक सोचने के बाद वह बकुर को एक बात सुझाता है और उसके अनुसार बकुर एक दिन अपने मामाजी से मिलने क्षिप्रा घाट जाता है और उनके सामने वह अपने मन की बात कह देता है।

"मामाजी, मुझे आपसे कुछ जरूरी बात करनी थी, मामाजी मैं शादी नहीं करना चाहता हूँ···" बकुर की बात को पूरा होने के पहले ही मामा नाराजगी में बोल पड़ते हैं।

"बकुर···ऐसी बातें अगर तेरे सपने में भी आए तो तुझे सोना छोड़ देना चाहिए, तू जानता भी है कि यह जो दिन आया है, कितने वर्षों तक इंतजार किया है तेरे बाप ने इस दिन का, एक-एक दिन, एक-एक महीना, एक-एक साल कैसे काटा है उन्होंने, जरा भी अंदाजा नहीं है इस बात का तुझे? जिस बाप के घर में एक अविवाहित बेटा बैठा हो न, उस बाप का सिर अकसर मोहल्ले में झुका हुआ निकलता है। शरीर में खून नहीं, चिंता दौड़ती है, बैठना सुकून नहीं, पाप लगता है। कितना भटके हैं वे, कितना खुद को परेशान किया है, कितनी लोगों की सुनी है, सुबह, दोपहर, शाम, रात कुछ नहीं देखा, हर समय सिर्फ एक ही खयाल कि बकुर की शादी करनी है। महाकाल की पूजा रोज करते, लेकिन आशीर्वाद में सिर्फ बकुर की शादी माँगते, लोगों से हर पल मिलते-जुलते, लेकिन बात बकुर की शादी पर ले आते, ऐसा कोई तरीका नहीं बचा होगा लड़की ढूँढ़ने का, जो तेरे बाप ने न अपनाया

हो। इसकी सिर्फ एक वजह थी, जिंदगी में तकलीफ और परेशानियाँ अगर हों तो बकुर का एक साथी हो, क्योंकि बकुर इतना भोला और सीधा है कि यह दुनिया उस अकेले को खुशी-खुशी नहीं जीने देगी और तेरी शादी होगी, तभी तो पांडे परिवार का वंश भी आगे बढ़ेगा। लेकिन अगर तेरा यह रिश्ता तय न हुआ होता तो तेरे पिताजी ने तो अपनी जिंदगी के अंतिम समय को गिनना भी शुरू कर दिया था। रवि मंगल को दिए वचन को पूर्ण करने के लिए वह मानसिक रूप से अपने प्राणों को त्यागने की तैयारी कर चुके थे। तुम्हें तो एहसान मानना चाहिए उस आनेवाली लड़की का; और इतने संघर्ष के बाद सफलता प्राप्त करनेवाले अपने पिता को पूजना चाहिए। तुम बड़े हो गए हो बकुर, किसी भी कारण से ऐसी बातें करना तुम्हें शोभा नहीं देता। विद्वान् लोग कहते हैं, 'बिगरी बात बने नहीं, लाख करो किन कोय। रहिमन फाटे दूध को, मथे न माखन होय॥' अर्थात् मनुष्य को सोच-समझकर व्यवहार करना चाहिए, क्योंकि किसी कारणवश यदि बात बिगड़ जाती है तो फिर उसे बनाना कठिन होता है, जैसे यदि एक बार दूध फट गया तो लाख कोशिश करने पर भी उसे मथकर मक्खन नहीं निकाला जा सकेगा।" इतना बोलते ही मामाजी अपना झोला उठाते हैं और नाराजगी भरे स्वभाव में ही वहाँ से चले जाते हैं।

□

48

मामाजी के द्वारा बोली गई जगत नारायण से संबंधित बातें बकुर के दिमाग में घूमने लगती हैं। अब बकुर खुद को इतनी बड़ी दुविधा में पाता है कि इसके आगे का वह कुछ सोच ही नहीं पाता है, न ही कुछ और तरीका उसे सूझ पाता है। देखते-ही-देखते घर में मेहमानों के आने के साथ-ही-साथ शादी का दिन भी आ जाता है। बकुर को हल्दी लगाई जा रही है, बुआ, चाची, मामी, मौसियों में हल्दी के साथ-साथ हँसी की ठिठोली भी लग रही है। लेकिन बकुर के चेहरे पर हल्दी लगी होने के बावजूद जैसे उसके चेहरे का पूरा रंग उड़ा हुआ है। उसे अंदर-ही-अंदर बहुत घबराहट हो रही है, जिसे वह बहुत देर से दबाकर बैठा है, जैसे ही वह चिंटू को देखता है, उसी हालत में फौरन चिंटू का हाथ पकड़ता है और उसे अकेले में ले जाकर, उससे यह पूछने की बजाय कि वह इतने दिनों से कहाँ था, कैसा था, उसकी पत्नी कहाँ है? इन सब बातो के बजाय बकुर चिंटू को रितु मैडम और उसके बीच घटा सारा सच बताता है। जिसे सुनते ही चिंटू का दिमाग जैसे अचानक से ठहराव वाली स्थिति में आ जाता है, उसकी हालत ऐसी हो जाती है, जैसे बिजली की मोटी वाली तारों के संपर्क से वह अभी हाल में ही दूर हुआ हो। वह इतना ताज्जुब कर रहा था कि उस बात पर यकीन करने के लिए उसने बकुर से सैकड़ों सवाल कर डाले और सारे जवाब मिलने के बाद अंत में चिंटू उस बात पर यकीन करता है।

"चिंटू, मेरे भाई, कैसे भी करके तू गोपाल के साथ जाकर रितु मैडम को वापस ले आ, मैं उनके साथ खड़े होकर खुद पापा से इस शादी के लिए मना करूँगा और हमारी शादी के बारे में हम दोनों पापा को मनाएँगे। बस, मुझे उनका साथ चाहिए, पता नहीं वह बेचारी अभी क्या कर रही होंगी, प्लीज-प्लीज, उन्हें

लेकर आ जाओ।" इतना बोलते-बोलते बकुर चिंटू के पैरों में गिर जाता है।

"अरे, ये क्या कर रहे हो भैया, उठो और आप बेफिक्र रहो, आपके घोड़ी पर चढ़ने से पहले मैं कैसे भी रितु मैडम को मनाकर ले आऊँगा।" चिंटू बकुर को ऊपर उठाते हुए बोलता है।

पूजा-पाठ, रस्म-रिवाज, माता पूजन, गणेश पूजन आदि कार्यक्रम एक के बाद एक संपूर्ण होते जा रहे थे, शादी के गीत गाए जा रहे थे, ढोली से अलग-अलग तरह के ढोल बजवाए जा रहे थे, सब लोग नाच रहे थे, जगत नारायण की खुशी का ठिकाना नहीं था। जब भी रवि मंगल अपने घर से बाहर निकलता, जगत नारायण को उसके सामने नाचने में बहुत खुशी मिलती। रवि मंगल का घर भी उसी तरह सजा हुआ था, वहाँ भी उसी तरह धूमधाम से शादी मनाई जा रही थी, लेकिन जगत नारायण को नाचता देख रवि मंगल बाहर रुकने की बजाय घर में जाना ही बेहतर समझता था; क्योंकि बकुर की शादी उसे जरा भी हजम नहीं हो रही थी।

पांडे परिवार में देश की हर शादी की तरह छोटे-छोटे कामों की हाय-तौबा मची हुई थी, एक सुई न मिले तो उसे भी इतनी चिंता के साथ ढूँढ़ा जाता है, जैसे सुई नहीं, दूल्हा गायब हो गया हो और उसे भी ढूँढ़ने में 5 लोग लगे होते हैं तथा पाँचों लोग ऐसी भाग-दौड़ में लगे रहते हैं, जैसे पूरे घर की जिम्मेदारी इन्हीं के कंधों पर है। कभी इसको आवाज देना, कभी उसको आवाज लगाना, कभी चावल कहाँ रख दिए, तो कभी पूजा की थाली नहीं मिलती, तो कभी याद आता है, मुहूर्त निकला जा रहा है, तो कभी याद आ जाता है रतलामवाली बुआ नहीं दिख रहीं, तो कभी पूजा के समय ढोली नहीं दिखता, ढोली दिख जाए तो दूल्हा नहीं दिखता, पूजा शुरू हो, तो दीये में घी नहीं दिखता, पूजा ठीक से पूरी हुई नहीं कि पता लगता है बैंडवाले आ गए। और फिर मामाजी आकर फौरन सबको बरात के लिए तैयार होने का बोलते हैं और अपने भानजे बकुर को तैयार करने की जिम्मेदारी खुद सँभालते हैं।

बैंडवालों ने गाना बजाना शुरू कर दिया था, "बहारों फूल बरसाओ, मेरा मेहबूब आया है, मेरा महबूब आया है⋯।" इस वक्त बकुर को उसकी शादी के बैंड की आवाज से ज्यादा, उसकी जिंदगी के बज रहे बैंड की आवाज ज्यादा महसूस हो रही थी। चेहरे पर चिंता की लकीरों के अलावा और कोई दूसरा भाव नजर नहीं आ रहा था। बार-बार दूसरी तरफ देखकर किसी के आने का इंतजार कर रहा था, बरात के लिए सज-धजकर आई घोड़ी को चने खिलाकर तैयार किया जा रहा था। बकुर को भी पूरी तरह तैयार कर घोड़ी के पास लाया जाता है, बकुर घोड़ी की तरफ बहुत

छोटे-छोटे कदमों से धीरे-धीरे बढ़ रहा था, चिंटू और गोपाल अभी तक भी नहीं आए थे। वह रितु मैडम के बारे में सोचकर ज्यादा परेशान होने लगा था कि वे कहाँ होंगी, कैसी होंगी, अभी तक चिंटू और गोपाल के साथ आई क्यों नहीं? बकुर गोपाल को फोन भी करता है, लेकिन गोपाल नहीं उठाता। बकुर को घोड़ी पर चढ़ाया जाता है, घोड़ी पर चढ़ते ही बकुर का मन बुरी तरह विचलित हो उठता है, उसके दिल की धड़कन, सावन में होनेवाली मूसलधार बारिश से भी तेज हो गई थी। बकुर के दिमाग में मैडम की कही बात गूँजती है, 'तुम इधर घोड़ी पर चढ़ोगे, और मैं घर पे फंदा लगाकर फाँसी पर'। बकुर अचानक से चिल्लाना शुरू कर देता है कि मैं यह शादी नहीं करूँगा, मैं यह शादी नहीं करूँगा और ऊपर से ही घोड़ी से उतरने की कोशिश करने लगता है। घोड़ी भी डर के मारे और बकुर के इतने वजन के कारण बिगड़ जाती है, वह कूदने लगती है और बकुर सिर के बल जमीन पर जोर से गिरता है। गिरते ही उसके सिर से धीरे-धीरे खून आने लगता है। जगत नारायण यह देखते ही तुरंत बकुर को अस्पताल लेकर जाते हैं।

बकुर का पूरी तरह से उपचार करके सिर में पट्टी बाँध दी जाती है। सिर की चोट है, इसलिए ब्रेन का सिटी स्केन भी किया जाता है, जिसकी रिपोर्ट का इंतजार करने को बोला जाता है और तब तक बकुर को बाहर वाले बेड पर आराम करने के लिए लिटा दिया जाता है। दुलहन के पिताजी भी अस्पताल में पहुँच जाते हैं। तभी बकुर देखता है कि उसके सामने से स्ट्रेचर पर रितु मैडम को एक नर्स लेकर जा रही है। रितु मैडम के हाथ में एक नवजात बच्चा भी है। बकुर तुरंत खड़ा होकर रितु मैडम के पास जाता है।

□

49

"मैडम, आप आ गईं मैडम, मैंने चिंटू को बोला था कि मैडम को ले आ, हम दोनों मिलकर पापा को सबकुछ बता देंगे। अरे, ये हमारा बच्चा है मैडम! आप इतनी नाराज हैं कि मुझे इतनी बड़ी बात भी नहीं बताई, माफ कर दीजिए मुझे। पापा–पापा, आप दादा बन गए पापा, ये हमारा बच्चा है पापा, मुझे माफ कर दीजिए, मैं आपको बता नहीं पाया, रितु मैडम और मैं साल भर पहले शादी कर चुके हैं।" बकुर लगातार बोलता जाता है, सारी बीती बातें एक के बाद एक बिना रुके बोल रहा है, लेकिन सब उसकी बातों से ज्यादा उसके अंदर के उतावलेपन और उत्साह पर ध्यान दे रहे हैं।

जैसे ही वह रितु मैडम की गोद में सोए बच्चे को हाथ लगाने लगता है, रितु मैडम उसका हाथ हटा देती हैं।

"ये क्या फालतू बातें कर रहे हैं आप तब से, पागल हो गए हैं क्या?" रितु मैडम अपने बच्चे को थोड़ा बकुर से और दूर करते हुए बोलती हैं।

"क्या हुआ रितु?" पीछे से एक आदमी आकर रितु मैडम से पूछता है।

"देखिए न, पागलों जैसी बातें कर रहे हैं ये! इसे अपना बच्चा और मुझे अपनी पत्नी बता रहे हैं!" रितु मैडम उस आदमी से बोलती हैं।

"ओ भाईसाहब, ये मेरी पत्नी है और मेरा बच्चा है।" वह आदमी, जो रितु मैडम का पति है, बकुर के सामने आकर उसकी आँखों में आँखें डालकर कहता है।

बकुर इतना सुनते ही तुरंत उस आदमी का कॉलर पकड़कर उसे मारने की कोशिश करने लगता है।

"तेरी जान ले लूँगा मैं, कमीने कहीं के, मेरी रितु मैडम को अपनी पत्नी बता रहा है!"

जगत नारायण और दुलहन के पिता मिलकर बकुर को पकड़ते हैं और उनसे जाने की विनती करते हैं। तभी गोपाल और चिंटू आ जाते हैं।

"ए गोपाल, ए चिंटू, ये क्या हो गया रितु मैडम को, ये मेरे साथ ऐसा व्यवहार क्यों कर रही हैं, मैंने बता तो दिया हमारे बारे में सबकुछ पापा को, फिर किस बात पर अभी भी गुस्सा हैं? वह दूसरा आदमी उन्हें अपनी पत्नी बोल रहा है और वह कुछ नहीं बोलीं उसे। अरे, मेरे बच्चे को मुझे नहीं छूने दे रही हैं, क्या हुआ है उन्हें, बता न गोपाल, चिंटू, बता न क्या हुआ?" बकुर जगत नारायण की पकड़ से छूटने की कोशिश करते हुए बोलता है।

चिंटू और गोपाल दोनों रितु मैडम से हाथ जोड़कर उनसे जाने की विनती करते हैं। बकुर यह देखकर लगभग पागल हो जाता है, वह खुद से आपा खो देता है, चिंटू और गोपाल उसे सँभालने की कोशिश करते हैं, लेकिन वह बकुर को उसके सवालों के कोई जवाब नहीं देते और बकुर पानी से निकाल दी गई मछली से भी दुगुनी तेजी से छटपटा रहा था। तभी रितु मैडम के बाप मदनलालजी भी उधर से गुजरते हैं तो जगत नारायण को वहाँ देखकर एकदम रुकते हैं।

"अरे, जगत नारायणजी, पहचाना। लीजिए लड्डू खाइए, नाना बन गया मैं आज। और हाँ, अच्छा हुआ उस दिन आपने इतना अपमान करके शादी के लिए मना कर दिया था, अगर आप तब मना नहीं करते तो फिर मुझे इतना अच्छा और काबिल दामाद कहाँ मिलता, इंजीनियर है और आपके बेटे से हर बात में चार गुना आगे है, चलता हूँ, 'जय महाकाल!'" इतना बोलते ही वे निकल जाते हैं।

बकुर को सँभालना अब हद से ज्यादा मुश्किल होता जा रहा था, वह लगभग पागलों की तरह बरताव करने लगा था, और कैसे भी बस सबसे छूटकर वह रितु मैडम के पास जाना चाहता है। रितु मैडम आखिर ऐसा क्यों बोल रही थीं, वह उनके साथ कौन था? 'रितु मैडम, रितु मैडम' के नाम की चीख और चिल्लाहट पूरे हॉस्पिटल में गूँजने लगी थी। बकुर जब किसी की बात नहीं सुनता, किसी के काबू में नहीं आता है तो मजबूरन डॉक्टर उसे बेहोशी का इंजेक्शन लगा देते हैं और बकुर धीरे-धीरे शांत होने लगता है और डॉक्टर के साथ सब अंदर जाते हैं, जहाँ डॉक्टर और जगत नारायण के मन में पैदा हुए ढेरों सवालों के जवाब चिंटू और गोपाल देते हैं। चिंटू बकुर के द्वारा बताई गई सारी बात, मैडम का शिविर में मिलना, उनसे प्रेम होना, उसके बाद शादी कर लेना, घर में साल भर तक मचान पर छुपाकर रखना और वह सारी यात्रा जगत नारायण को बताता है, लेकिन रितु मैडम से पूछने पर

पता लगा कि ऐसा कुछ हुआ ही नहीं है, उनकी तो साल भर पहले एक इंजीनियर से शादी हो चुकी है, जो अभी बाहर उनके साथ था।

"भैया ने जितनी भी कहानी बताई, वो सब झूठ है, लेकिन भैया ऐसा क्यों कर रहे हैं?" चिंटू के सिर पर चिंता की लकीरें बाहर उभरकर आ चुकी थीं।

डॉक्टर इन सारी बातों को सुनकर, बकुर से संबंधित गहराई से बहुत से सवाल करते हैं और सारी बातों को जानने के बाद वह जगत नारायण को बकुर का सच बताते हैं—

"बकुर हम लोगों की तरह साधारण नहीं है, उसे सिजोफ्रेनिया नाम की बीमारी है। यह एक मानसिक रोग है, जिसमें व्यक्ति कल्पना और वास्तविकता में अंतर नहीं कर पाता। वह बहुत चीजों को देख, महसूस, स्वाद या गंध से महसूस करने लगता है, जो असल में है ही नहीं, मतलब वह उस वस्तु या इनसान को उसकी अनुपस्थिति के बिना भी देख सकता है, उससे बातें कर सकता है। कई तरह की तनावपूर्ण स्थितियों के कारण इस बीमारी का जन्म होता है, लेकिन अधिकतर समाज, काम, स्कूल और रिश्तों में आई समस्याओं के कारण ही यह होता है। इसे एक प्रकार का पागलपन भी कहते हैं और यह आजीवन रहनेवाली बीमारी है, जिसे ठीक नहीं किया जा सकता, सिर्फ नियंत्रित किया जा सकता है।"

इतना सुनते ही दुलहन का बाप वहाँ से चला जाता है। चिंटू हाथों से पोंछ-पोंछकर अपनी आँखों को आग की तरह लाल कर चुका है, लेकिन फिर भी आँसू एक पल भी रुकने को तैयार नहीं थे। गोपाल की इससे ज्यादा बकुर के बारे में सुनने की हिम्मत खत्म हो चुकी थी, वह बाहर निकलकर आता है और बकुर को रोते हुए कसकर गले से लगाता है और उसके चेहरे को देखते ही गोपाल के मन में बकुर का पसंदीदा गाना उठने लगता है—"मेरे दिल की ये दुआ है, कभी दूर तू न जाए, तेरे बिना हो जीना, वो दिन कभी न आए, तेरे संग जीना यहाँ, तेरे संग मर जाना, याद करेगी दुनिया, तेरा-मेरा अफसाना।" गोपाल पूरी तरह टूट चुका है और अचानक फूट-फूटकर रोने लगता है वह, अपने आपको हद से ज्यादा बेकाबू पाकर वह भागते हुए बाहर निकल जाता है।

जैसा कि मैंने कहा था कि इस सफर के अंत में मैं बताऊँगा कि यह कहानी सुनानेवाला मैं कौन हूँ? मैं वह हूँ, जो शरीर की साँसें रुकने पर भी जागता हूँ, मैं वह हूँ, जो दिल की धड़कनों के रुकने पर भी जागता रहता हूँ, मैं वह हूँ, जिसमें इनसान के जीने से लेकर मरने तक का सारा अनुभव, सारी यात्रा, किस्से, यादें, बातें, लमहें

सब सुरक्षित रहता है। हाँ, मैं बकुर का दिमाग हूँ, अभी बेहोशी का इंजेक्शन लगाते ही बकुर की आँखें तो बंद हो गई थीं, लेकिन दिमाग अपने जी चुके समय के सफर पर निकल पड़ा था। बस, उस सफर को, उस याद को मैंने शब्द देकर आप तक पहुँचा दिया।

कुछ देर में जगत नारायण बाहर आकर बकुर के बेड पर बैठते हैं, बकुर के बालों में अपना हाथ सहलाते हैं, उसका सिर अपनी गोदी में रखते हैं। बकुर के चेहरे पर लगातार आँसुओं की बूँदें गिर रही हैं। आज जगत नारायण पूरी तरह स्तब्ध हैं। वह बकुर की पहनी हुई शेरवानी के ऊपर के बटन खोलने लगते हैं और शेरवानी पर गहराई से देखने पर अचानक उनके दिमाग में वे शब्द गूँज उठते हैं—'तेरे तीसरे बेटे की शादी तक अगर मैं अपने बेटे बकुर जगत नारायण पांडे की शादी नहीं करा पाया तो मैं जगत बालकृष्ण नारायण पांडे पावन क्षिप्रा नदी में अपने शरीर को त्याग दूँगा, ये मेरा वचन है।'

समाप्त···

□□□